KB118349

오늘은
다를 거야

TODAY WILL BE DIFFERENT
by Maria Semple

Copyright ⓒ Maria Semple, 2016
Korean Translation Copyright ⓒ MUNHAKDONGNE Publishing Corp., 2019

This Korean edition is published by arrangement with
ICM Partners, New York, N. Y. through EYA(Eric Yang Agency), Seoul.
All Rights Reserved.

이 책의 한국어판 저작권은 EYA(Eric Yang Agency)를 통해
ICM Partners 사와 독점 계약한 (주)문학동네에 있습니다.
저작권법에 의해 한국 내에서 보호를 받는 저작물이므로
무단 전재 및 무단 복제를 금합니다.

이 도서의 국립중앙도서관 출판예정도서목록(CIP)은
서지정보유통지원시스템 홈페이지(http://soeji.nl.go.kr)와
국가자료공동목록시스템(http://www.nl.go.kr/kolisnet)에서 이용하실 수 있습니다.
(CIP제어번호: CIP2019044482)

MARIA SEMPLE

마리아 셈플
장편소설

이진 옮김

오늘은
다를 거야

Today
will be
Different

문학동네

일러두기

1. 원주라고 밝히지 않은 주석은 모두 옮긴이주다.
2. 본문 중 고딕체나 볼드체는 원서에서 이탤릭체나 대문자로 강조한 부분이다.

조지와 포피, 그리고
그보다는 약간 적게, 랠피를 위하여

차례

오늘은 다를 것이다. 오늘 나는 현재에 충실할 것이다. 오늘, 누구와 이야기를 나누건, 눈을 바라보며 진심으로 이야기를 들어줄 것이다. 오늘 나는 팀비와 보드게임을 할 것이다. 조와의 섹스를 주도할 것이다. 오늘 나는 외모에 대한 자신감을 가질 것이다. 샤워를 하고, 제대로 옷을 입고, 요가 시간에만 요가복을 입을 것이다. 오늘은 진짜로 요가 수업에 참석할 것이다. 오늘 나는 욕을 하지 않을 것이다. 돈 얘기를 하지 않을 것이다. 오늘 나에게는 편안함이 깃들 것이다. 나의 얼굴은 편안할 것이고, 그 쉼터엔 미소가 떠올라 있을 것이다. 오늘 나는 평온함을 발산할 것이다. 친절과 자제력이 넘쳐날 것이다. 오늘 나는 지역신문을 살 것이다. 오늘 나는 나의 가장 멋진 자아, 내가 되고자 하는 바로 그 사람이 될 것이다. 오늘은 다를 것이다.

술수

왜냐하면, 다른 방식이 통하지 않았기 때문이다. 아침에 일어나 잠자리에 들 때까지 또 하루를 때우는 것. 그것은 치욕이며, 살아 있음의 영광과 희소성에 대한 모욕이었다. 유령처럼 걸어다니고, 툭하면 샛길로 빠지고, 혼란 속에서 허둥거린다. (나는 이 모든 것을 추측만 할 뿐이다. 어떻게 대처해야 할지 알지도 못할뿐더러, 나의 의식은 겨울철 두꺼비처럼 저 땅속에 있기 때문이다.) 나는 단지 이 세상에 존재함으로써 이 세상을 더 나쁜 곳으로 만들고 있다. 내가 지나간 자리에 남겨진 파괴에 무지하다. 나는 미스터 마구*다.

군이 정직하게 말하자면, 지난 한 주 동안 나는 세상을 이렇게 바꿔놓았다. 더 나쁘게, 더 나쁘게, 더 좋게, 더 나쁘게, 동일하게, 더 나쁘게, 동일하게. 딱히 뿌듯함으로 가슴이 벅차오를 정도는 아

---

* 1949년에 처음 선보인 미국의 만화 캐릭터. 낙천적인 백만장자이며 항상 온갖 위험과 사고를 몰고 다니지만, 정작 본인은 눈치채지 못하는 사이 늘 아슬아슬하게 위험을 비켜간다.

니다. 하지만 내가 반드시 세상을 더 좋은 곳으로 만들어야 할 필요는 없지 않은가. 오늘 나는 히포크라테스 선서에 따라 살아볼 생각이다. 우선, 해를 끼치지 말라.

그게 어려워봐야 얼마나 어렵겠는가? 팀비를 학교에 내려주고 시 수업을 듣고(내가 가장 좋아하는 시간!), 요가 수업에 갔다가, 시드니 매드슨과 점심식사를 하고—그녀와의 점심시간은 도저히 참을 수가 없지만, 적어도 그 약속은 취소할 수 있다(그 얘기는 나중에)—팀비를 학교에서 데려오고, 이 모든 말도 안 되는 풍족함의 제공자인 조에게 보상해주는 것 말이다.

아마 잘 이해가 안 갈 것이다. 그저 평범한 백인들의 문제로 점철된 평범한 하루를 놓고 내가 왜 이리 호들갑인지. 그건 바로 나와 내 안의 괴물 때문이다. 엄청난 파괴력을 지닌, 충격적이고 무시무시한 괴물을 널찍한 캔버스에 풀어놓아서 두고두고 이야깃거리가 된다면 참 근사할 텐데. 그럴 수만 있다면 정말 그렇게 할지도 모른다. 찬란한 행위예술을 위해 나 자신을 장렬하게 불태운다고나 할까. 하지만 서글픈 진실이 뭐냐? 내 안의 괴물은 운신의 폭이 지극히 좁아서, 주로 팀비와 내 친구들, 혹은 조와 관련된 유감스럽게도 극히 작은 교류의 범위 안에서만 움직인다는 것이다. 그들과 함께 있을 때 나는 툭하면 짜증을 내고 불안감에 휩싸이고, 함께 있지 않을 땐 푸념하고 욕한다. 그러니 일정 거리를 유지하고, 문을 잠그고, 차창을 올리고 있는 당신은 참 다행이 아닌가? 아, 그냥 해본 소리다. 사실 난 착한 사람이다. 극적으로 보이려고 약간 과장한 거다. 진짜로 그 정도는 아니다.

그렇게 하루가 시작된다, 내가 이불을 걷어젖히는 바로 그 순간부터. 요요의 발톱이 톡-톡-톡 마룻바닥을 가로지른 뒤 침실 앞에서 멈춘다. 대체 조가 이불을 걷어젖힐 때는 왜 요요가 총-총-총 걸어와 비굴한 희망을 품고 기다리지 않는 거지? 요요는 대체 어떻게, 닫힌 문 반대편에서, 이불을 걷어젖힌 사람이 나인지 조인지 알 수 있는 걸까? 언젠가 어느 개 사육사에게서 아주 암울한 설명을 들은 적이 있다. 요요에게 나의 냄새가 훅 하고 풍긴 거라고. 녀석이 생각하는 해탈이라는 게 고작 해변에 떠밀려온 죽은 물개* 정도라는 사실에, 벌써 잠자리에 들 시간인가 하는 생각이 든다. 아니, 그러지 않을 것이다. 오늘만큼은.

시드니 매드슨에 대해 말하기를 주저할 뜻은 없었다.

조와 내가 십 년 전 뉴욕을 떠나 시애틀로 왔을 때 우리는 가정을 꾸릴 준비가 되어 있었다. 나는 〈루퍼 워시〉 팀에서 보낸 힘겨웠던 오 년을 막 정리한 터였다. 어디를 봐도 〈루퍼 워시〉 티셔츠, 범퍼 스티커, 마우스 패드 천지였다. 나는 비비언. 나는 도트. 당신도 기억할 것이다. 혹시 기억이 나지 않는다면 가장 가까운 달러 스토어**에 가서 원 플러스 원 제품들이 담긴 통을 확인해보길. 거기 꽤 오래 있었으니까.

---

* 주인공이 자신을 죽은 물개로 비하한 것으로 짐작된다.
** 일 달러 이하의 저렴한 물건들을 파는 가게.

수부외과의사인 조는, 엄지손가락이 뒤로 꺾여 누구도 선수생활을 장담하지 못했던 한 쿼터백의 손을 성공적으로 재건해내면서 명의의 반열에 올랐다. 이듬해 그 선수는 경기에 출전해 슈퍼볼 우승을 거머쥐었다. (이름은 기억나지 않지만, 설령 기억한다 해도, 의사/환자/캐내기 좋아하는 아내 사이의 비밀 보장 협약 때문에 어차피 밝힐 수 없다.)

조는 어디에서든 일자리를 구할 수 있었다. 그런데 왜 하필 시애틀을 골랐느냐고? 버펄로 외곽에서 선량한 가톨릭 신자로 자란 조는 나의 최우선 선택지인 맨해튼에서 아이 키우는 것을 도저히 용납할 수 없었다. 우리는 계약을 체결했다. 그가 원하는 도시가 어디건 거기서 십 년을 살고, 다시 뉴욕으로 돌아와 십 년을 살고, 다시 그가 선택한 도시에서 십 년을 살고, 다시 내가 선택한 도시에서 십 년을 살고, 그렇게 죽을 때까지 왔다갔다하면서 살기로. (이제 십 년이 다 되어가는데 아직 이사할 생각을 하지 않는 것을 보니, 조는 편리하게도 자기 시한을 잊어버린 모양이다.)

모두가 알다시피, 머리가 반만 여물었을 때부터 가톨릭 신자로 자란다는 것은 곧 무신론자가 되는 것을 의미한다. 우리가 참석했던 무신론자 대회에서(그렇다, 연애 초창기에 우리는 펜 질렛*이 랍비와 논쟁을 벌이는 것을 보려고 실제로 필라델피아까지 차를 몰고 가는 짓거리를 하며 시간을 보냈다! 아, 다시 아이 없는 삶으로 돌아갈 수 있다면…… 아니, 그건 아니다) 조는 시애틀이 미국

---

* 미국의 마술사이자 코미디언, 음악가, 발명가, 배우, 영화 제작자, 방송인, 작가. 무신론자로도 널리 알려져 있다.

에서 가장 덜 종교적인 도시라는 얘기를 들었다. 시애틀은 그런 곳이었다.

국경 없는 의사회 회원 중 한 명이 조와 나를 위해 시애틀 입성 환영 파티를 열어주었다. 나는 현대미술 작품들과 원하면 언제든 내 사람으로 만들 수 있는 미래의 친구들로 가득찬, 레이크워싱턴에 위치한 그녀의 맨션에 유유히 들어갔다. 내 평생, 사람들은 날 좋아했다. 자, 터놓고 말하겠다. 사람들은 날 흠모했다. 나의 치졸한 성격을 생각하면 왜 그런지는 모르겠지만, 어쨌든 나의 술수는 통했다. 조는 그것이, 내가 자기가 만난 가장 남자 같은 여자이면서 동시에 섹시하고 감정의 여과장치가 없기 때문이라고 했다. (칭찬!) 나는 이 방 저 방 돌아다녔고, 여러 여자들에게 소개되었고, 그들의 고상함과 따스함 속에 스며들었다. 방금 만난 사람이 캠핑을 좋아한다기에 그 사람에게 "아! 조금 전에 스네이크강으로 열흘짜리 래프팅 여행을 간다는 분을 만났어요. 그분 꼭 만나보세요"라고 말하면, 그 사람이 "그게 저였잖아요"라고 말하는 식이었다.

내가 무슨 말을 하겠는가? 나는 사람 얼굴 기억하는 데는 젬병이다. 그리고 이름도. 숫자도. 시간도. 날짜도.

그날의 파티는 멋진 상점들을 알려주고 싶어 안달난 여자, 숨겨진 등산로를 알려주고 싶어하는 여자, 파이어니어스퀘어에 있다는 마리오 바탈리*의 아버지가 운영하는 이탈리아 레스토랑을 알려주고 싶어하는 여자, 천장에 낙하산을 타고 내려오는 반짝이 호랑이가 그려진 시애틀 최고의 치과를 알려주고 싶어하는 여자, 자기

---

* 미국의 요리사.

네 집 가사도우미를 기꺼이 공유하고 싶어하는 여자가 한데 뒤엉켜 흐릿한 형체가 되었다. 그들 중 한 명인 시드니 매드슨이 다음 날 인터내셔널 디스트릭트에 위치한 태머린드 트리에서 점심식사를 하자고 제안했다.

(조에게는 소위 잡지 테스트라는 게 있다. 우편함을 열어보고 잡지를 꺼낼 때의 반응에 대한 것이다. 반가운 잡지인지 실망스러운 잡지인지 우리는 곧바로 안다. 그게 바로 내가 〈뉴요커〉를 구독하지 않고 〈어스 위클리〉를 구독하는 이유다. 잡지 테스트를 적용해볼 때, 시드니 매드슨은 〈티니터스 투데이〉*의 인간 버전이라고 말할 수 있다.)

첫 점심식사. 시드니는 단어 선택에 너무도 신중을 기했고, 시선은 너무도 진지했으며, 자신의 포크에 작은 얼룩이 있는 것을 발견하고는 웨이터에게 새것으로 바꿔달라고 지나치게 상냥하게 부탁했고, 집에서 가져온 티백을 우려 마시게 뜨거운 물을 달라고 했고, 자기는 배가 별로 안 고프다며 내 그린파파야 샐러드를 나눠 먹자고 했고, 자기는 〈루퍼 워시〉를 본 적이 없지만 도서관에 DVD 대여를 예약해야겠다고 말했다.

내가 그 따분한 인색함, 무신경한 이기심, 소름 끼치는 경박함을 제대로 표현하고 있는 게 맞나? 물 얼룩이 진 포크 때문에 사람이 죽진 않는다! DVD는 하나 좀 사지? 음식을 먹으라고 레스토랑이 있는 거고, 그래야 그 사람들도 먹고살지 않나! 그중에서도 가장 끔찍한 것은, 시드니 매드슨이 침착하고, 성실하며, 유머 감

---

* 미국 이명(耳鳴) 협회에서 발간하는 잡지.

각이라고는 약에 쓰려도 없고, 거기다가…… 자신의 고리타분한 의견을…… 아주…… 천천히…… 마치…… 그게…… 자그마한…… 금화라도 되는 양…… 떨궈준다는 것이었다.

나는 충격에 휩싸였다. 뉴욕에 너무 오래 살다보면 종종 이 세상이 재미있는 사람들로 가득찬 곳이라는 착각에 빠지게 된다. 혹은 재미있게 미친 사람들로 가득차 있거나.

내가 의자에 앉은 채로 몸을 얼마나 심하게 비틀었는지 어느 순간 시드니가 나에게 실제로 이렇게 묻기에 이르렀다. "혹시 파우더룸 다녀와야 하는 거 아니에요?"(파우더룸? 파우더룸? 죽여버리겠어!) 가장 끔찍한 대목이 뭐냐고? 내가 기꺼이 함께 등산과 쇼핑을 하겠다고 약속했던 그 모든 여자들이 한 무리의 여자들이 아니었다는 것이다. 전부 시드니 매드슨이었다! 망할 놈의 흐릿한 형체! 그녀가 청한 새로운 초대들의 소방 호스를 구부러뜨리기 위해 나는 온 힘을 끌어모아야 했다. 그녀는 나에게 이런 일을 하는 누군가의 아내와 저런 작품을 쓴 극작가를 소개해주겠다며 주말에 배션섬에 있는 자신의 별장으로 날 초대했다.

나는 조를 향해 비명을 지르며 집으로 달려왔다.

조: 친구 사귀려고 안달난 사람은 경계했어야지. 그건 곧 친구가 없다는 뜻일 수 있거든.

나: 이래서 내가 당신을 사랑하는 거야, 조. 당신은 항상 한마디로 압축해주잖아. (압축맨 조. 정말 사랑스럽지 않은가?)

시드니 매드슨 얘기로 진을 뺀 나를 용서하길. 나의 요지는 바로 이것이다. 장장 십 년 동안 나는 그녀를 떨쳐내지 못했다. 그녀는 내가 좋아하지 않는 친구이고, 처음 만났을 땐 내가 너무 어수룩해 보일까봐 묻지 못했고 지금 물어보자니 너무 무례한 것 같아 아직도 직업이 뭔지 모르는 친구이고(난 무례한 사람이 아니니까), 내 의중을 알아차리게 할 정도로 대놓고 못되게 굴 수도 없는 친구이고(난 잔인한 사람이 아니니까), 내가 계속 아니, 안 돼, 됐어 하고 거절하는 친구이지만, 그녀는 여전히 나를 쫓아다닌다. 그녀는 마치 파킨슨병 같아서, 치유는 불가능하고 단지 증상을 완화시킬 수 있을 뿐이다.

오늘, 점심식사 종이 울린다.

물론 따분한 사람과의 점심식사는 배부른 고민이라는 걸 알고 있다. 내게 문제가 있다고 한 건, 시드니 매드슨을 염두에 두고 한 말이 아니다.

벨타운의 왕자 요요가 유유히 거리를 걷는다. 오, 요요, 활기와 맹목적 헌신, 걸을 때마다 펄럭거리는 망가진 귀를 지닌 이 한심한 짐승. 네 불멸의 연인인 내가 산책을 시켜줄 때 우쭐한 네 모습에 내 가슴이 얼마나 저린지. 너는 과연 알기나 할까.

얼마나 맥빠지는 광경인가. 매달 지난번보다 더 높은 건물이 생겨났고, 파란색 아마존 배지를 단 오징어들이 건물마다 빼곡하게 들어찼고, 매일 아침 그들이 수천 개의 스튜디오 아파트에서 내가 사는 거리로 쏟아져나왔고, 스마트기기에 푹 처박은 고개를 한 번도 들지 않았다. (아마존에서 일하는 사람들이기 때문에 삭막한 사람들이란 건 기정사실이고, 단지 얼마나 삭막한가의 문제다.) 이 모든 것 때문에 서드 애비뉴에 오직 나와 텅 빈 가게 앞, 그리고 '아메리카의 철자가 저거였구만!'이라고 외치던 마약중독자 한 명 밖에 없던 시절이 그립다.

우리 아파트 건물 앞 바퀴 달린 쓰레기통 옆에서 데니스가 개 배설물 봉투 보관함에 봉투를 채워넣고 있었다. "좋은 아침입니다, 두 분!"

"좋은 아침이에요, 데니스!" 평상시처럼 휙 지나치는 대신 나는 걸음을 멈추고 그와 눈을 맞췄다. "오늘은 좀 어떠세요?"

"아, 딱히 불평할 일은 없네요." 그가 말했다. "어떠세요?"

"불평할 일은 있지만 안 하려고요."

데니스가 껄껄 웃었다.

오늘, 벌써 순익이 나고 있다.

우리집 문을 열었다. 현관홀 맞은편, 조가 식탁에 엎드려 있었다. 이마를 신문에 대고 양팔은 마치 체포당한 사람처럼 팔꿈치를 구부려 책상에 늘어뜨린 채.

거슬리는 광경이고, 순수한 패배의 광경이며, 조와는 도무지 어울리지 않는……

쾅.

문이 닫혔다. 나는 요요의 목줄 클립을 풀어주었다. 허리를 펴고 일어서니, 비탄에 빠져 있던 나의 남편은 어느새 식탁에서 일어나 서재로 가고 없었다. 무슨 일인지는 모르겠지만 얘기하고 싶지 않은 게 분명했다.

내가 어떤 태도를 취했느냐고? 알아 모셔야지!

요요가 그레이하운드 스타일로, 뒷다리로 앞다리를 앞지르며 자기 그릇을 향해 달려갔다가, 그게 산책을 나가기 전부터 그 자리에 있던 바로 그 말라붙은 사료임을 깨닫고 혼란과 배신감에 압도당했다. 녀석은 한 발짝 내딛더니 바닥의 한 지점을 응시했다.

팀비의 방 불이 켜졌다. 기특하기도 하지, 자명종이 울리기도 전에 일어나다니. 화장실에 가보니 팀비가 잠옷 차림으로 발 디딤판 위에 올라서 있었다.

"잘 잤니, 아가? 기특하네, 벌써 일어나고."

팀비가 하던 일을 멈췄다. "우리 베이컨 먹어도 돼요?"

거울 속 팀비가 내가 가주기를 기다렸다. 나는 시선을 아래로 내렸다. 앙큼한 퀵 드로 맥그로*가 선수를 쳤다. 팀비가 내가 미처 보기도 전에 뭔가를 세면대에 밀어넣었다. 놓치기 힘든, 가벼운 플라스틱이 쟁하는 소리. 세포라** 200!

누구의 잘못도 아닌 내 잘못이었다, 산타가 팀비의 양말에 색조 화장품 세트를 넣은 것은. 노드스트롬 백화점에서 내가 시간 좀 벌어보려고 팀비에게 화장품 매장을 둘러보라고 해서 생긴 일이었다. 화장품 매장 여직원들은 팀비의 살가운 성격, 설탕 봉지 같은 몸, 쩍쩍거리는 목소리를 사랑했다. 곧 그들은 팀비에게 화장을 해주기 시작했다. 팀비가 수선스러운 금발 아가씨들의 시중을 받는

---

* 미국 만화영화 〈퀵 드로 맥그로〉의 주인공으로, 빨간 카우보이모자에 파란 스카프를 맨 말.
** 미국의 화장품 브랜드.

것만큼 화장 자체를 좋아했는지는 모르겠다. 장난삼아 나는 문고판 책 크기에 옆으로 펼치면 여섯 칸짜리 색조 트레이(!)가 나오고 총 이백 가지(!)의 섀도, 글로스, 블러시 등등이 포함된 색조화장품 세트를 구입했다. 그토록 많은 것을 그렇게 작은 용기 안에 넣는 방법을 고안한 사람이라면 정말이지 나사에서 일해야 한다. 나사가 아직 있다면 말이다.

"학교 갈 땐 화장하면 안 되는 거 알지?" 내가 팀비에게 말했다.

"알아요, 엄마." 저 한숨과 어깨를 축 늘어뜨리는 동작은 디즈니 채널에서 고대로 배운 것이다. 그 동작이 팀비에게 밴 것 역시 내 잘못이다. 방과후에 직소퍼즐 맞추기나 하자니!

나는 팀비의 방에서 나왔다. 요요가 초조하게 서 있다가 내가 아직 존재하고 있음을 확인하고 안도감에 부르르 떨었다. 내가 아침 식사를 준비하러 주방으로 갈 것을 알고 녀석이 나를 자기 사료 그릇 쪽으로 몰았다. 이번에는 한쪽 눈을 내게 고정한 채 사료를 조금 먹는 척했다.

조가 돌아와 차를 우리고 있었다.

"당신 요즘 어때?" 내가 물었다.

"당신 멋져 보이네." 조가 말했다.

오늘의 원대한 포부에 충실하기 위해 나는 샤워를 하고 원피스를 입고 옥스퍼드화를 신었다. 내 옷장을 들여다보면 특정한 스타일을 고수하는 한 여인의 모습을 발견하게 된다. 조가 동맥류를 일으킬까봐 집으로 오기 전에 가격표를 뗀 프랑스와 벨기에의 원피스들, 그리고 검은 단화의 온갖 변형들…… 단화의 가격 역시 굳이 여기서 논할 필요는 없겠다. 다 산 거냐고? 그렇다. 다 신고 다니느냐고? 거의 매일 신는다. 그 신발들을 신으면 에너지가 너무 많이 소모되긴 하지만.

"오늘밤에 올리비아 오잖아." 내가 윙크하며 말했다. 나는 이미 타볼라타의 와인 샘플과 리가토니*를 음미하고 있었다.

"올리비아한테 팀비를 데리고 외출하라고 하고 우리 둘이서만 시간을 좀 보내면 어떨까?" 조는 마치 우리가 쉰 살 먹은 부부가 아니라는 듯 내 허리를 움켜잡고 끌어당겼다.

내가 부러워하는 사람들은 바로 레즈비언들이다. 왜냐고? 레즈비언들의 침실 폐쇄 때문에. 레즈비언 커플은 초기 열정적인 섹스의 단계가 지나고 나면 아예 섹스를 하지 않는다고 한다. 너무도 이치에 맞는 일이다. 마음대로 할 수 있다면, 여자들은 아이를 낳고 나서는 섹스를 중단할 것이다. 진화적 관점에서 필요성이 없어지기 때문이다. 우리의 머리가 알고, 우리의 몸이 안다. 엄마 노릇, 중년의 뱃살, 펑퍼짐한 엉덩이로 고전하는 시기에 누가 자신이 섹시하다고 느끼겠는가? 어느 틈에 케이크 반죽처럼 축 늘어진 젖가슴을 주무르거나 빵나무 열매**처럼 폭신해진 뱃살을 만지는 것은 고사하고, 누가 발가벗은 몸을 보이고 싶겠는가? 꿀단지가 바싹 말랐는데 잔뜩 흥분한 척하고 싶은 사람이 누가 있겠는가?

바로 내가 그런 사람이다. 젊은 모델에게 밀려나지 않으려면 어쩔 수 없다.

"우리 둘만의 시간." 내가 조에게 말했다.

---

* 바깥쪽에 줄무늬가 있는 튜브 모양의 파스타.
** 열대 나무의 열매로. 익히면 빵맛이 난다.

"엄마, 이거 망가졌어요." 팀비가 우쿨렐레를 들고 들어오더니 조리대 위에 쿵 하고 올려놓았다. 수상쩍게도 쓰레기통 가까운 곳에. "소리가 완전 엉망이에요."

"그래서 어떻게 하면 좋겠는데?" 나는 팀비가 새거 하나 사주세요, 라고 용기를 내어 말하도록 유도했다.

조가 우쿨렐레를 들고 줄을 튕겼다. "음이 약간 안 맞는 것뿐인데 뭘." 그러더니 현을 조율하기 시작했다.

"당신 언제부터 우쿨렐레를 조율할 줄 알았어?"

"난 여러 가지 미스터리를 지닌 남자니까." 조가 말하고는 마침내 악기를 튕겨 감미로운 소리를 냈다.

베이컨과 프렌치토스트가 게걸스럽게 삼켜지고 스무디가 비워졌다. 팀비는 〈아치 더블 다이제스트〉*에 푹 빠져 있었다. 나의 미소는 고정된 상태였다.

이 년 전, 매일 아침식사를 준비해야 하는 것에 순교자라도 되는 양 생색을 내자 조는 내게 이렇게 말했다. "내가 이 서커스 비용을 지불하잖아. 그러니까 이제 한숨 그만 쉬고 그 십자가에서 내려와 아침식사를 준비해주지 않겠어?"

당신이 뭐라고 할지 안다. 이런 쓰레기 같은 놈! 성차별주의자 양아치! 그러나 조의 말엔 일리가 있었다. 앤트워프**로 옷장을 가득 채울 수만 있다면 여자들은 그보다 더 고된 일도 마다하지 않을 것이다. 그 순간 그것은 미소를 머금은 봉사가 되었다. 그런 것을 두고

---

* 미국의 만화 잡지.
** 벨기에의 의류 브랜드 에센셜 앤트워프를 말함.

굽힐 때를 아는 것이라고 표현할 수 있겠다.

조가 팀비에게 신문을 보여주었다. "핀볼 엑스포가 우리 동네에 다시 온다는구나. 가볼래?"

"이블 크니블* 기계가 그때도 망가져 있을까요?"

"거의 확실하지." 조가 말했다.

나는 출력해서 빼곡하게 주석을 달아놓은 시 한 편을 꺼냈다.

"자, 나 좀 도와줄 사람?" 내가 물었다.

팀비는 〈아치〉에서 고개를 들지 않았다.

조가 받아들었다. "아, 로버트 로웰."

---

* 미국의 전설적인 오토바이 스턴트맨.

스컹크의 시간

10월 8일 목요일
8:30 출라

로버트 로웰 작
(엘리자베스 비숍을 위하여)

노틸러스 아일랜드의 은둔자
상속녀는 여전히 그녀의 스파르타식 오두막에서 겨울을 난다.

금욕적 성향을 표현하거나
부각시킴. 고대 스파르타

그녀의 양떼는 여전히 바다 언저리에서 풀을 뜯는다.
그녀의 아들은 주교이다. 그녀의 농부는

그녀의

우리 마을의 수석행정위원이다.
그녀는 노망이 들었다.

빅토리아여왕 시대
위계질서가 뚜렷했던 사생활에
목말랐던 그녀는

여름이 지나가고
겨울로 향해가는
바닷가 마을의 풍경

바닷가의 눈엣가시들을
전부 사들여
쇠락하도록 방치한다.

계절은 병들고ㅡ
우리는 L. L. 빈 카탈로그에서 튀어나온 것 같은
우리의 여름날 백만장자를 잃었다.

우리의

그의 9노트 보트는
경매에 넘어가 바닷가재잡이 어부에게 팔렸고
붉은 여우 얼룩이 블루힐을 덮는다.

이제 우리의 요정 같은
실내장식업자는 가을을 맞기 위해 상점을 환하게 꾸미고
그의 그물은 주황색 코르크만 그득하고
그의 구두수선공 의자와 송곳도 주황색이건만,
그의 일은 벌이가 없으니
차라리 결혼이나 하는 편이 나을 것을.

가죽에 구멍을 내는 도구

어느 캄캄한 밤.
나의 튜더 포드 자동차가 언덕의 해골을 기어올랐다.
나는 사랑의 차들을 지켜보았다. 라이트를 끄고,
나의
마을 쪽으로 비탈진 묘지에,
차체를 서로 맞대고 누워 있는……
나는 제정신이 아니다.

자동차 오디오 하나가 울어댄다.
"사랑이여, 아 속절없는 사랑이여……" 나는 듣는다
내 혈구 하나하나 속에서 나의 병든 영혼의 흐느낌을,
마치 나의 손이 그 목을 쥐고 있는 것처럼……
나 자신이 곧 지옥이건만
여긴 아무도 없다—

* 오직 스컹크들만이 *!!!*
달빛 아래 먹이를 찾는다.
그들이 메인 스트리트를 맨발로 행진한다.
흰 줄무늬, 달빛을 받은 눈의 빨간 불길이
삼위일체 교회의
분필처럼 바짝 마른 원재圓材 같은 첨탑 밑을 지난다.

돛대에 쓰이는 굵고 단단한 기둥

나는 우리의 뒷계단
꼭대기에 서서 짙은 공기를 마시고—
어미 스컹크가 새끼들의 종대를 이끌고 쓰레기통을 들이켠다.
쐐기 모양 머리를 사워크림 컵에 박고,   군대 대형
타조 같은 꼬리를 늘어뜨린 채,
그것은 두려워하지 않으리.   나 ⟶ 우리의?

내가 암송을 시작했다. "'노틸러스 아일랜드의 은둔자 상속녀는 여전히 그녀의 스파르타식 오두막에서 겨울을 난다. 그녀의 양떼는 여전히 바다 언저리에서 풀을 뜯는다. 그녀의 아들은 주교이다. 그녀의 농부가 우리 마을의 수석행정위원이다'……"

"'그녀의 농부는 우리 마을의 수석행정위원이다.'" 조가 정정해 주었다.

"젠장. '그녀의 농부는 우리 마을의 수석행정위원이다.'"

"엄마!"

나는 팀비에게 조용히 하라는 시늉을 해 보인 다음 눈을 감고 계속했다. "'……그녀는 노망이 들었다. 빅토리아여왕 시대 위계질서가 뚜렷했던 사생활에 목말랐던 그녀는 바닷가의 눈엣가시들을 전부 사들여 쇠락하도록 방치한다. 계절은 병들고―우리는 L. L. 빈* 카탈로그에서 튀어나온 것 같은 우리의 여름날 백만장자를 잃었다'……"

"엄마, 요요 좀 보세요. 앞발에 턱 올려놓은 거 보여요?"

요요는 떨어진 음식이 잘 보이도록 조그맣고 흰 앞발을 세심하게 교차시킨 채 분홍색 마름모 방석 위에 자리를 잡고 있었다.

"어머나," 내가 말했다.

"엄마 전화 써도 돼요?" 팀비가 물었다.

"그냥 개하고 놀고 있어." 내가 말했다. "전자기기로 갈아탈 필요는 없다."

"네 엄마 하는 일이 정말 멋지지 않니?" 조가 팀비에게 말했다.

---

* 미국의 통신판매회사.

"항상 무언가를 배우잖아."

"배우고 다 잊어버리긴 하지." 내가 말했다. "하지만 고마워."

조가 나에게 키스를 날렸다.

나는 암송을 이어갔다. "'그의 9노트* 보트는 경매에 넘어가 바닷가재잡이 어부에게 팔렸고'……"

"우리, 요요 사랑하는 거 아니었어요?" 팀비가 물었다.

"사랑하지." 단순한 진리. 요요는 세상에서 가장 사랑스러운 개이고, 보스턴테리어, 퍼그, 그 외 다른 어떤 종이 섞였고…… 한쪽 눈에 검은 점이 있는 점박이고, 박쥐 같은 귀, 뭉개진 얼굴, 소용돌이 같은 꼬리를 지녔다. 아마존 침공 이전, 거리에 매춘부들과 나뿐이었을 때 누군가가 이렇게 말했다. "만약 바비 인형한테 핏불테리어가 있다면 꼭 그렇게 생겼을 것 같네요."

"아빠." 팀비가 말했다. "아빠는 요요 안 사랑해요?"

조가 요요를 보며 팀비의 질문에 대해 생각했다. (조가 우월하다는 또하나의 증거. 조는 말하기 전에 생각을 한다.)

"저 녀석 좀 이상해." 조가 말하고 다시 시로 돌아갔다.

팀비가 포크를 떨구었다. 나는 턱을 떨구었다.

"이상하다고요?" 팀비가 소리쳤다.

조가 고개를 들었다. "응. 왜?"

"세상에, 아빠! 어떻게 그런 말을 할 수 있어요?"

"하루종일 저렇게 우울한 표정으로 앉아 있잖아." 조가 말했다. "우리가 집에 돌아오면 문 앞에서 우릴 반기지도 않아. 우리가 집

---

* 선박의 속력을 측정하는 단위.

에 있으면 그냥 잠을 자거나, 음식이 떨어지기만 기다리거나, 꼭 두통이 있는 것처럼 현관문이나 바라보고 있고."

팀비와 나는 그야말로 할말을 잃었다.

"요요가 우리한테 얻는 게 뭔지는 알겠는데," 조가 말했다. "우리가 저 녀석한테 얻는 게 뭔지는 모르겠어."

팀비가 의자에서 벌떡 일어나 요요 위에 가로누웠다. 팀비 방식의 포옹이었다. "아, 요요, 나는 널 사랑해."

"계속해." 조가 시를 펼럭였다. "당신 잘하고 있어. '계절은 병들고'……"

"'계절은 병들고,'" 내가 말했다. "'우리는 L. L. 빈 카탈로그에서 튀어나온 것 같은 우리의 여름날 백만장자를 잃었다'……" 그러고 나서 팀비에게. "팀비, 준비해."

"차 타고 갈 거예요, 아니면 걸어서 데려다주실 거예요?"

"차. 오늘 여덟시 삼십분에 알론조를 만나야 해."

우리의 아침식사가 끝났고, 요요는 자기 방석에서 일어났다. 조와 나는 요요가 현관문 쪽으로 다가가 문을 쳐다보는 것을 지켜보았다.

"내가 이렇게 논란을 일으킬 줄은 몰랐네." 조가 말했다. "'계절은 병들고.'"

퀸앤힐로 차를 몰고 가는 길에 게일러 스트리트 학교를 보고 어떻게 반응하는지를 관찰하면 그 사람이 가톨릭 학교 출신인지 아닌지 쉽게 판별할 수 있다. 나는 가톨릭 학교 출신이 아니고, 따라서 나에게 게일러 스트리트 학교는 그저 널찍하고 평평한 운동장이 있고 비현실적으로 강렬한 퓨짓사운드*를 전망으로 품은 견고한 벽돌 건물일 뿐이다. 조는 가톨릭 학교 출신이고, 그래서 그는 자로 손바닥을 때리는 수녀, 하느님의 진노를 들먹이며 협박하는 신부, 시선을 강탈하며 고삐 풀린 망아지처럼 복도를 활보하는 불량 학생들에 대한 기억으로 얼굴이 하얗게 질렸다.

 내릴 곳에 도착할 무렵, 나는 시를 두 번 완벽하게 암송했고 세 번을 채우려고 한번 더 암송하는 중이었다. "'어느 캄캄한 밤, 나의 튜더 포드 자동차가 언덕의 해골을 기어올랐다.' 잠깐, 이거 맞아?"

 뒷좌석의 불길한 침묵. "얘," 내가 말했다. "보고 있긴 한 거야?"

---

* 미국 워싱턴주 북서부에 있는 만.

"그럼요, 엄마. 엄만 완벽하고 있어요."

"완벽하게. 부사로 완벽하게, 라고 해야지." 백미러로 팀비가 보이지 않았다. 나는 8자 모양으로 거울 각도를 조절해, 몸을 숙이고 있는 팀비를 보았다. "너 뭐하는 거야?"

"아무것도 안 해요." 곧바로 플라스틱이 달그락거리는 경쾌한 소리가 이어졌다.

"애! 화장하면 안 된다니까!"

"그럼 왜 산타 할아버지가 이걸 제 양말 속에 넣었는데요?"

내가 뒤를 돌아보았지만 이미 차문은 열렸다 닫혔다. 다시 몸을 돌렸을 때 팀비는 벌써 교문 앞 계단을 뛰어오르고 있었다. 교문에 비친 모습을 통해 빨갛게 칠한 팀비의 눈꺼풀이 보였다. 나는 차창을 내렸다.

"요 사악한 꼬맹이, 당장 돌아오지 못해!"

뒤차가 경적을 울렸다. 하긴, 이제 저 녀석은 학교 소관이었다.

이제 게일러 스트리트에서 빠져나가면 아이 없이 보낼 일곱 시간이 기다리고 있었다. 밴조* 퇴장 음악, 큐!

---

* 목이 길고 몸통이 둥근 현악기.

"'나 자신이 곧 지옥이건만 여긴 아무도 없다—오직 스컹크들만이 달빛 아래 먹이를 찾는다. 그들이 메인 스트리트를 맨발로 행진한다. 흰 줄무늬, 달빛을 받은 눈의 빨간 불길이 삼위일체 교회의 분필처럼 바짝 마른 원재 같은 첨탑 밑을 지난다. 나는 우리의 뒷계단 꼭대기에 서서 짙은 공기를 마시고—어미 스컹크가 새끼들의 종대를 이끌고 쓰레기통을 들이켠다. 쐐기 모양 머리를 사워크림 컵에 박고, 타조 같은 꼬리를 늘어뜨린 채, 그것은 두려워하지 않으리.'"

나는 한 음절, 한 음절 완벽하게 암송해냈다.

알론조가 손을 내밀었다. "축하합니다."

사람의 뇌가 어떻게 곤죽이 되는지 아는가? 임신했을 때 그게 어떻게 시작되는지 아는가? 당신은 경이와 음모론에 휩싸인 채 웃음을 터뜨리고 그다음엔 자책한다. 이게 다 임신한 두뇌 때문이라고! 그러다가 출산을 한 뒤에도 뇌가 다시 돌아오지 않는다. 하지만 당신은 모유 수유를 하고 있지 않은가? 그래서 당신은, 마치 상류클럽의 회원이라도 된다는 듯이, 웃어넘긴다. 이건 다 모유 수유중인 두뇌 때문이라고! 그러다가 모유 수유를 멈추는 순간, 끔찍한 진실이 엄습해온다. 멀쩡한 뇌는 결코 돌아오지 않는다. 당신은 어휘력, 명석함, 기억력을 모성과 맞바꾸었다. 어떤 문장을 한창 말하던 중에 그 문장을 끝맺을 단어 하나를 떠올려야 하는데, 생각이 나지 않을까봐 걱정이 되지만, 그래도 이미 엎질러진 물이라 하는 수 없이 계속 말을 이어나가고, 그러다 어느 순간 문장 끝에 도달했는데 그 단어가 생각나지 않아 멈추게 되는 일이 있는가? 심지어 그 단어가 논객이라든가 구태의연처럼 고상한 단어도 아니고 고작해야 독특하다 같은 평범한 단어인데도, 결국 되게 좋다고 말하고만 적이 있는가?

그렇게 해서 어느 순간 당신은 세상의 모든 것을 되게 좋다고 표현하는 머저리들의 대열에 합류하게 되는 것이다.

나로서는 미치고 팔짝 뛸 노릇이었다. 나에겐 써야 할 회고록이 있었다. 물론, 회고록의 상당 부분은 일러스트가 차지할 것이다. 그건 문제가 아니었다. 골치 아픈 건 글이었다. 책이라면 내가 늘 하던 방식대로 떠벌릴 수가 없었다. 효율성이 최우선이었다. 그리고 앞서 언급했던 형편없는 뇌 때문에 효율성이라는 것이 도무지 발생하지 않았다.

나는 시를 외우는 것으로 나라는 악기를 예민하게 다듬어보겠다는 원대한 포부를 품었다. 나의 어머니는 배우였고 잠자리에 들기 전에 셰익스피어의 독백을 외우곤 했다. 되게 좋았다. (이것 봐라! 되게 좋았다니! 만약 나의 뇌가 그렇게 형편없는 상태가 아니었다면 나는 아마 이렇게 말했을 것이다. 그건 바로 어머니가 교양 있고 제대로 교육받은 사람이며 어쩌면 자신의 끔찍한 운명을 예감하고 있었을지 모른다는 증거일지도 몰랐다.) 그래서 나는 누구라도 했을 법한 일을 했다. 전화기를 들고 워싱턴대학에 전화를 걸어서 가장 훌륭한 시 선생님을 찾은 것이다.

지난 일 년 동안 나는 매주 목요일 아침 롤라에서 알론조 렌에게 개인교습을 받고 있다. 그는 나에게 시 한 편을 숙제로 내준다. 나는 그 시를 암송하고, 그다음에 우리의 대화는 어디로든 질주한다. 나는 알론조에게 아침식사를 사고 수업료 오십 달러를 지불한다. 알론조는 자기가 아침식사를 사겠다고 우기곤 하지만, 시에 대한 자신의 애정이 그만큼 각별하다고 하지만, 나의 의지가 훨씬 더 강해서 결국엔 그가 뜻을 굽히고 시인의 우아함으로 빳빳한 지폐를 받아든다.

"시 어땠어요?" 알론조가 물었다.

그는 덩치가 크고 나보다 어렸으며 심할 정도로 선량한 얼굴은 쥐색 더벅머리에 덮여 있었다. 그는 언제나 슈트 차림이었다. 여름에는 리넨, 겨울에는 모직. 오늘은 광택이 있는 초콜릿색으로 빈티지 슈트인 게 분명했고, 속에 양피지색 셔츠를 받쳐 입었다. 타이는 물결무늬가 진 실크고, 주머니에 꽂힌 장식용 손수건은 눈부신 흰색이었다. (조의 어머니는 치과에 갈 때 '직업에 대한 존중'을 표하기 위해 조에게 슈트를 입혔다. 슈트를 입고 치과 의자에 누워 있는 꼬마 조＝사랑스러움 그 자체.)

"이 시에서 실제로 무슨 일이 일어나고 있는지부터 시작해봐도 될까요?" 내가 알론조에게 물었다. "그걸 뭐라고 하더라? 개별적 사건?"

"구체적 정황."

"구체적 정황!" 내가 말했다. "그거 자서전 제목으로 하면 좋겠네요."

"개별적 사건이 더 나을 것 같은데요."

나는 군데군데 메모해둔 시를 펼쳐 들고 설명을 시작했다. "이 시는 휴양지 섬에서 일 년 내내 살고 있는 은둔자 상속녀로부터 시작되죠. 난 메인주 정도를 상상하고 있어요."

알론조가 가능성이 있음을 인정하며 고개를 끄덕였다.

"'그녀의 농부,'" 내가 말했다. "남편을 말하는 건가요?"

"그보다는 여자의 땅에서 농사를 짓는 고용인 중 한 명일 겁니다."

"당신이 나의 시인인 것처럼." 내가 말했다.

"내가 당신의 시인인 것처럼."

"주황색이 많이 나와요." 내가 말했다. "하지만 빨간색도 많아요. 파란 언덕Blue Hill이 여우의 붉은빛으로 물들어가고 있죠. 빨간색은 나중에 혈구와 스컹크의 눈에서 다시 나와요. 요정 같은 실내장식업자는 왠지 가슴이 아프지 않아요? 그 사람 가게에서 뭐라도 사주고 싶지 않아요? 그 사람을 은둔자 상속녀에게 소개해주고 싶지 않아요?"

"듣고 보니 그렇네요." 알론조가 웃으며 말했다.

"그다음에 시인이 어둠 속에서 모습을 드러내죠. 지금까지는 '우리의'라고 말하고 있었는데 갑자기 그게 '나'로 바뀌어요. 시인을 말하는 건가요, 아니면 화자를 말하는 건가요?"

"화자요." 알론조가 말했다.

"그럼 화자가 나타나요. 악어가 꼬리를 흔들듯이 '나는 제정신이 아니다'라고 말하는 대목은 정말이지 충격적이에요."

"로버트 로웰에 대해 뭘 알고 있죠?" 알론조가 물었다.

"당신이 지금 나한테 말해주려는 게 다예요."

식사가 나왔다. 알론조는 항상 문어 그리고 베이컨이 나오는 톰스 빅 브랙퍼스트를 주문했다. 나는 언제나 과일을 곁들인 달걀 흰자 스크램블을 주문했다. 하여간, 나는 스스로를 우울하게 만든다.

"베이컨 좀 먹어도 돼요?" 내가 말했다.

"로버트 로웰은 보스턴 상류층 가정에서 태어났는데," 알론조가 말하면서 두툼한 베이컨 한 장을 찻잔 받침에 올려놓았다. "평생 정신질환에 시달려서 시설을 들락거렸어요."

"아!" 갑자기 한 가지 생각이 떠올랐다. 나는 웨이트리스에게 손짓했다. "그 쿠키하고 민트하고 갈릭 스프레드하고 같이 파는 거 있죠? 그거 선물 바구니에 좀 담아줄 수 있어요?"

시드니 매드슨을 위해서였다. 나의 또 한 가지 근심거리는 바로 그녀가 매번 날 위해 작은 선물을 가져온다는 것이었다. 오늘은 여느 날과는 다른 날이기 때문에 나도 그녀에게 선물을 줄 것이다.

알론조가 말을 이었다. "시인 존 베리먼은 '스컹크의 시간'이란 바로 시 속의 '나'가……"

"시 속의 '나'라고요?" 웃지 않을 수 없었다. "친구끼리 왜 이래요. 그냥 말해요, 로버트 로웰이라고."

"로버트 로웰이 우울증이 오기 시작해서 결국 병원에 입원해야 한다는 걸 깨닫는 순간을 표현한 것으로 해석했어요. 베리먼은 이 시를 두고 '얼어붙은 공포에 대한 긴장증적 환상'이라고 말했죠."

"'나 자신이 곧 지옥이건만 여긴 아무도 없다. 오직 스컹크들만이.'" 내가 말했다. 문득 무언가가 떠올랐다. "오직. 오직이라는 단어가 기점이 되는 또 한 편의 시네요."

알론조가 얼굴을 찌푸렸다.

"'도버 해안'!" 나는 실제로 고함을 질렀다. 올해가 몇 년도인지도 기억 못하는 내가 그런 걸 기억하고 있다니. "'창가로 와요, 밤공기가 상쾌해요. 오직, 기다란 물안개에서'…… 그 시도 그 대목이 기점이 되잖아요."

알론조가 내 출력물을 가리켰다. "좀 써도 될까요?"

"그러세요."

그가 종이 한 귀퉁이를 찢더니 거기 오직이라고 썼다.

"내가 중요한 얘길 했나봐요!" 내가 말했다. "시 쓸 때 그 단어 쓰려고요?"

알론조는 신기하게 한쪽 눈썹을 비스듬히 올리더니 비슷한 종이쪽지들이 잔뜩 들어 있는 지갑을 꺼냈다. 빼곡하게 꽂혀 있는 신용카드 틈에 보이는 파란 줄에 흰색 블록체 글자들……

"어." 미처 생각해볼 겨를도 없이 내가 말했다. "왜 루이지애나 면허증을 갖고 있어요?"

"거기서 자랐거든요." 알론조가 긴 머리 버전의 그를 내게 건넸다. "뉴올리언스요."

그 한마디. 불시의 타격.

"괜찮아요?" 알론조가 물었다.

"난 루이지애나에 가본 적 없어요." 내 입에서 나온 말은 참으로 괴상한, 대답 아닌 대답이면서 동시에 거짓말이었다. 이제 뭔가 진실을 말해야 했다. "뉴올리언스에는 갈 일이 전혀 없거든요."

그 말을 하는 내 목소리를 들으니 손에 든 포크가 아침식사 접시로 떨궈졌다.

웨이트리스가 카시트만한 선물 바구니를 들고 나타났다. "오늘 이거 받는 사람 진짜 행복하겠어요!" 그러고는 내 얼굴을 보더니 곧바로 덧붙였다. "물론 아닐 수도 있고요. 괜찮으세요?"

"난 괜찮아요." 알론조가 말했다.

"나도 괜찮아요." 내 말이 사실임을 증명하기 위해 나는 달걀 속에서 포크를 집어들고 과감하게 손잡이를 핥았다.

웨이트리스는 빙그르 돌아서더니 내뺐다.

"질문 있어요." 내가 시를 만지작거리며 말했다. 어떻게든 오늘 아침을 정상 궤도로 돌려놓아야 했다. "'원재 같은 첨탑.' 이거 교회 뾰족탑을 말하는 걸까요?"

"원재는 배의 돛대를 말하는 거고," 알론조가 말했다. "그러니까 아마도……"

내 휴대전화가 화들짝 살아났다. 게일러 스트리트 학교.

"이럴 순 없어." 내가 말했다.

"엘리너? 게일러 스트리트 학교의 릴라예요. 별건 아니고요. 팀비가 배가 아픈가봐요."

지난 이 주 동안 세 번이나 팀비를 학교에서 일찍 데리고 나왔다! 세 번 다 아무 이상 없었다.

"열이 있나요?" 내가 물었다.

"아뇨. 그런데 행정실에 아주 비참한 표정으로 누워 있어요."

"당장 집어치우고 교실로 돌아가라고 하세요."

"아," 릴라가 말했다. "하지만 혹시라도 진짜 아픈 거면……"

"내 말이 그 말인데……" 실랑이해서 될 일이 아니었다. "알겠어요, 곧 갈게요." 나는 부스 밖으로 나왔다. "이 녀석. 본때를 보여주겠어."

나는 알론조에게 인사를 한 뒤 선물 바구니를 들고 식당을 나섰다. 식당 문을 열면서 흘끗 뒤를 돌아보았다. 우리의 시 수업이 그렇게 느닷없이 끝나버린 것에 대해 알론조는, 가엾기도 해라, 나보다 더 속상해하는 것 같았다.

나는 가장 굵은 기둥 두 개 사이로 난 계단을 올라가 게일러 스트리트 학교의 웅장한 로비로 들어섰다. 조명이 흐릿했고 성당 특유의 서늘함이 느껴졌다. 액자에 넣어 건 사진들이 불량소녀들의 보호시설에서 가정집(!)으로, 그리고 다시 오늘날의 터무니없이 비싼 사립학교로 변모한 이 건물의 역사를 말해주었다.

이 건물의 복원에 대해 잠깐 얘기하자면, 바닥의 목재에 새겨진 글귀, 생명으로 인도하는 문은 좁고 길이 협소하여 찾는 자가 적음이라, 는 1906년도에 새겨졌다. 섬세한 미장 공사를 위해 백오십 개의 고무 거푸집이 사용되었다. 고측창을 내기 위해 종이처럼 얇은 콜로라도 설화석고가 사용되었다. 아이들에게 기도를 가르치는 예수의 모습을 모자이크로 표현하기 위해 이탈리아 라벤나에서 일흔 살 된 공예가를 초빙했다. 2012년 복원 공사에 착수했을 때, 초기 사진에 등장하는 아르데코* 청동 샹들리에의 행방이 엄청난 미

---

* 1910년대에서 1930년대에 걸쳐 파리를 중심으로 유행한 예술 사조.

스터리였다. 샹들리에는 지하실을 뒤덮은 블랙베리 덩굴을 태우던 남자들에 의해 발견되었다. 샹들리에를 휘감은 덩굴을 갉아먹도록 안대를 씌운 커다란 돼지들을 밧줄로 묶어서 지하에 풀어놓았다.

이 사실을 어떻게 알고 있느냐고? 내가 공사 현장에 들어갔을 때 복원 공사 책임자였던 멋진 건축가가 때마침 관광객들을 안내하고 있었다.

학교 행정실로 가는 길. "엘리너!"

내가 돌아섰다. 지난 한 달 동안 회의실은 경매 본부가 되어 학부모 자원봉사자들로 북적였다.

"지금 우리에겐 엘리너가 필요해요!" 젊은 엄마인 여자가 말했다.

저요? 나는 영문을 몰라 나를 가리키며 입 모양으로 말했다.

"네, 당신이요!" 내가 바보 천치라도 된다는 듯 또다른 젊은 엄마가 말했다. "물어볼 게 있어요."

대학을 졸업했을 때 직업을 갖지 않을 수도 있다는 생각은 한 번도 들지 않았다. 여자들이 대학에 가는 이유가 바로 그것 아닌가. 직업을 갖는 것. 그렇게 우리는 직업을 갖게 되었고, 직장생활을 하면서 다행스럽게도 어느 정도는 본때를 보여주었고, 그렇게 세월 가는 줄 모르고 살다가 갑자기 앞다투어 임신을 했다. 나는 아슬아슬할 정도로 끝까지 임신을 미루었다(물론 가톨릭 집안 일곱 형제의 장남인 조는 자기가 평생 갈 기저귀는 이미 갈고도 남았다며 전혀 서두를 생각이 없었다). 그러다 팀비를 낳았고, 나는 놀이터에 묶여 있거나, 스프링 달린 풍뎅이 위에 엎어져 있거나, 아무 생각 없이 플라스틱 용기에 담긴 치리오스 시리얼을 입안에 쑤셔 넣거나, 출산 후 이 년이 지났는데도 임부용 청바지를 입거나, 가르마를 따라 난 스컹크 줄무늬를 버젓이 드러내놓고 그네를 미는 사십대 여자들의 대열에 합류하게 되었다. (예쁠 필요가 뭐 있어? 우리한텐 아이가 있는데!)

우리 몰골이 얼마나 끔찍했으면 대학 교육을 받은 우리 다음 세대 여자들이 "저 꼴만 면한다면야!" 선언하고는 커리어를 완전히 접고 이십대에 아이를 쑥쑥 낳았겠는가? 게일러 스트리트의 엄마들만 봐도 답이 나온다. 확실하다.

부디 좋은 선택이었기를 바란다.

나는 운동장과 엘리엇 베이가 내다보이는 각진 창문이 있는 회의실로 들어섰다. 거대한 테이블(건축가에 의하면, 학교 부지에서 자란 단풍나무의 중심부를 잘라 사용했다든가, 아무튼 뭐 그런 터무니없는 유행에 따라 만들었단다) 위에는 서류상자들과 층층이 쌓인 서류철들이 넘쳐났다. 나는 허리 높이까지 쌓인 상자들 틈을 비집고 안으로 들어갔다. 게일러 스트리트 학교 티셔츠들이 빨간 혀처럼 상자들 밖으로 삐져나와 있었다. 회의실 내부의 공기는 능률과 목적의식으로 지글거렸다.

"어디 있니? 어디 있니? 어디 있는 거야?" 젊은 엄마가 중얼거렸다.

"네?" 내가 말했다.

"물품 번호를 찾아서 이름하고 상호 참조해야 하거든요." 또다른 젊은 엄마가 말했다.

언젠가 일본에 갔을 때 우리 가이드가 그렇게 말했다. 미국인들은 다 똑같이 생겼다고. 그때 나는 생각했다. 우리가 당신들보고 그렇게 말하니까 당신도 그렇게 말하는군요. 그러나 이곳에 있는 젊고 화사하고 날씬한 엄마들을 보니, 후미코가 나한테 괜히 시비를 걸었던 건 아니라는 생각이 들었다.

"도저히 못 찾겠어?" 첫번째 젊은 엄마가 말했다.

젊은 아빠(왜냐하면 항상 아빠가 한 명은 있기 때문이다)가 서류철 한 개를 집어들었다. "저의 승리로군요!"

"라테 한 잔 당첨, 라테 한 잔 당첨." 첫번째 엄마인지 두번째 엄마인지 세번째 엄마인지 네번째 엄마인지가 억양 없는 목소리로 대답했다.

학부모들을 한방에 몰아넣고 감독관 없이 사무적인 일을 맡겨놓았더니 다들 인도 카지노 광고에 나오는 실성한 당첨자처럼 굴고 있었다.

"당첨자에게 〈루퍼 워시〉 스타일로 직접 그린 초상화를 기증하기로 하셨죠." 마침내 나의 존재를 알아차린 한 명이 말했다.

"어머, 그분이세요?" 또 한 명이 물었다.

마치 타조들처럼, 모두가 하던 일을 멈추고 내 쪽으로 고개를 돌렸다.

"이 학교 학부모란 얘기는 들었어요." 나를 찬찬히 살펴보며 또다른 엄마가 말했다.

"팀비 엄마잖아요." 또다른 전문가가 나섰다.

시애틀은 스타 가뭄이다. 한때 잘나갔던 애니메이터와 시호크스*
주치의가 이곳 게일러 스트리트에서는 포시와 벡스** 급이다.

"난 비비언 팬이에요." 그중 한 명이 말했다.

"자기 완전히 편의 팬이면서." 다른 한 명이 정정했다.

"지금은 뭐하세요?" 어느 직설적인 여자가 물었다.

"회고록을 쓰고 있어요." 내가 대답했다. 이상하게도 뺨에 열기
가 올라오고 있었다. "그림 회고록이요." 그들이 알 바 아니지만,
나는 말을 이었다. "출판사에서 계약금도 받고 얘기가 다 끝났어
요."

타조들이 불가해한 미소를 지었다.

테이블 위에 열쇠 꾸러미가 하나 있었다. 각각의 열쇠마다 고무
로 된 색깔 표식이 달려 있었다. 나는 평생에 걸쳐 그런 것들을 백
개는 샀지만 매번 포기했다. 도대체 손톱을 부러뜨리지 않고 그런
걸 끼울 수 있는 사람이 어디 있단 말인가. 더구나 열쇠의 고리에
는 브리드 핫요가, 코어 드 발레, 스핀 사이클 등등의 바코드 표가
부채 모양으로 달려 있었다. 거기다가 개인적인 취향을 가미하여,
이 젊고 날씬한 엄마는 아이의 이름 철자를 연결한 작은 블록 줄을
매달아놓았다.

나는 고개를 옆으로 기울였다. 이름이 뭐지?

델-핀D-E-L-P-H-I-N-E.

나는 얼어붙었다.

---

* 시애틀의 프로 미식축구 팀.

** 빅토리아와 데이비드 베컴 부부의 애칭.

"저기요!" 어느 젊은 엄마가 소리쳤다.

"그게 몇 달러 상당인지 적는 걸 잊으셨더라고요." 다른 한 명이 말했다.

"뭐가 몇 달러 상당인데요?" 내가 재빨리 물었다.

"내놓으신 경매품요." 또다른 엄마가 끼어들었다. "세금 공제 때문에요."

"아. 모르겠는데."

"얼마라고 꼭 적어야 해요." 첫번째 젊은 엄마가 말했다.

"겨우 몇 시간 정도 걸리는 일인데요, 뭘." 숨이 막혀왔다. 내가 왜 저 망할 놈의 열쇠들을 본 거지?

"시간당 얼마 받으시는데요?" 젊은 아빠가 통제권을 쥐려 애쓰며 물었다.

"문자 그대로 묻는 거예요?" 내가 물었다. "시간당 임금이요?"

앞으론 달라지겠다고 맹세하며 침대에 누워 있는 시간을 말하는 건가? 영원히 가방 속에 처박혀 있을 일정 관리 노트를 쇼핑하는 시간을 말하는 건가? 명상 수업을 찾아보고, 등록을 하고, 아트 갤러리 겸 요가 스튜디오 밖에 차를 세우고 나서 의욕 넘치는 학생들이 줄지어 들어가는 걸 보고 괜히 주눅이 들어 슬그머니 내빼는 시간을 말하는 건가? 결국은 모두가 웅크리고 자기 화면만 들여다보고 있겠지만 그래도 온 가족이 함께하는 식사를 계획하는 시간을 말하는 건가? 그중 어떤 것에도 변명을 할 수 없어 수치심에 휩싸여 있는 시간을 말하는 건가?

그 순간, 깍 하는 소리.

1학년 아이들이 얇은 색종이 조각을 붙이고 니스를 발라 만든 나비 날개를 달고 잔디밭으로 몰려나왔다. 어린 엄마들(그리고 한 아빠)은 내게서 등을 돌리고 아이들의 자발성과 기쁨의 향연을 만끽했다. 실내의 에너지는 거품 낀 유쾌함에서 숨죽인 숭배로 바뀌었다. 이 어린 엄마들(그리고 한 아빠)이 고뇌했던 모든 선택—일할 것인지 말 것인지, 젊어서 결혼할 것인지 좀더 두고 볼 것인지, 지금 아이를 낳을 것인지 세상을 더 둘러볼 것인지—은 힘겨운 결단으로 이어졌다. 그리고 그 결단과 함께 후회가 찾아왔다. 잠 못 이루는 밤들, 책망, 남편들(그리고 한 아내)과의 다툼, 의사에게 약을 처방해달라는 지친 외침. 그 시인이 말한 "얼어붙은 공포에 대한 긴장증적 환상"이 존재적 회의의 순간들인지, 아니면 존재적 확신의 순간들인지 판단하기는 어렵다. 그러나 자신들의 아이들을 바라보는 바로 그 순간, 그들은 그 결단이 옳았음을 가슴 깊이 깨달았다.

그래서, 완벽한 타이밍의 기침과 함께, 나는 그 젊은 엄마의 열쇠 꾸러미를 내 가방에 집어넣고 그곳에서 빠져나왔다.

그렇다, 나는 그걸 훔쳤다.

팀비는 행정실 한 귀퉁이의 간이침상에, 훈련된 나의 눈에는 자신의 상태에 상당히 흡족해하는 모습으로 누워 있었다.

"일어나." 내가 말했다. "이 짓거리도 이제 못해먹겠다고 공식적으로 선포하는 바다."

이 상황의 부정적인 측면은, 내가 그렇게 말했다는 것이었다. 이 상황의 긍정적인 측면은, 내가 필요 이상으로 너무 못되게 말해서 릴라를 포함한 교직원들이 못 들은 척했다는 것이었다. 팀비는 어두워진 표정으로 나를 따라나섰다.

나는 차 앞에 나란히 서게 될 때까지 기다렸다. "곧장 병원으로 갈 거야. 진짜 어딘가 이상이 있기를 기도하는 게 좋을걸."

"그냥 집에 가면 안 돼요?"

"진저에일 한잔 하시면서 〈닥터 후〉나 보시게? 안 돼. 네 꾀병에 더는 보상을 거부하겠어. 병원 갔다가 다시 학교로 돌아올 거야." 나는 바짝 다가서며 몸을 숙였다. "엄마가 알기론 너 주사 맞을 때 된 것 같은데."

"엄마 너무 나빠요."

우리는 차에 탔다.

"이게 뭐예요?" 팀비가 선물 바구니를 보고 눈이 휘둥그레져서 물었다.

"네 거 아니야. 털끝도 건드리지 마."

팀비는 울기 시작했다. "아프다는데 왜 화를 내고 그래요."

우리는 침묵 속에서 소아과로 향했다. 나는 팀비에게 화가 났고, 팀비에게 화가 난 나 자신에게 화가 났고, 팀비에게 화가 났고, 팀비에게 화가 난 나 자신에게 화가 났다.

아이의 작은 목소리. "사랑해요, 엄마."

"나도 사랑해."

"팀비?" 간호사가 말했다. "특이한 이름이네."

"아이폰이 지어준 이름이에요." 입안에 든 체온계 주위로 입을 움직이며 팀비가 말했다.

"엄마가 지었어." 내가 말했다.

"아니잖아요." 팀비가 나를 쏘아보았다.

"맞거든." 나도 팀비를 쏘아보았다.

임신했을 때 우리는 아이가 아들이란 걸 알았다. 조와 나는 너무 흥분해서 이름들을 쏟아내기 시작했다. 어느 날 내가 티모시라고 입력했는데 그게 팀비로 자동 수정되었다. 어떻게 그 이름을 안 고르겠는가?

간호사가 체온계를 뽑았다. "정상이네요. 선생님이 곧 오실 거예요."

"잘했구나." 간호사가 나가고 난 뒤 내가 말했다. "엄마 이상한 사람 만들고."

"사실이잖아요." 팀비가 말했다. "대체 아이폰은 왜 평범한 이름을 아무도 들어보지 못한 이름으로 자동 수정했대요?"

"버그였어." 내가 말했다. "처음 출시된 아이폰이었고…… 이런!" 그제야 깨달았다. "내가 알론조를 모욕했네!"

"어떻게요?" 팀비는 너무도 사랑스러운 표정을 짓고 있었지만, 날 공격하는 데 쓸 탄환을 내가 꺼내놓도록 꼬드기고 있는 거였다.

"아무것도 아니야." 내가 말했다.

내가 레스토랑을 나설 때 알론조의 그 표정이란. 어쩌면 내가 홀쩍 가버린 게 하나도 서운하지 않았을지도 몰랐다. 어쩌면 내가 그를 "나의 시인"이라고 불러서 모욕감을 느꼈을지도 모르겠다.

팀비가 검사대에서 내려와 문을 열었다.

"어디 가?" 내가 물었다.

"잡지 가지러요." 쾅 하고 문이 닫혔다.

전화벨이 울렸다. 조이스 프림. 언제나처럼 정확히 열시 십오분이었다. 나는 소리를 끄고 그 이름을 뚫어져라 보았다.

당신은 나를 〈루퍼 워시〉를 통해 알게 되었을 것이다. 그렇다, 그 TV쇼에 복고적이면서도 강렬한, 셔벗 빛깔의 미적 감각이 더해진 것은 나의 공로다. (당시 나는 오랫동안 아웃사이더 예술가인 헨리 다거에게 집착하고 있었다. 운좋게도, 그의 작품 가격이 감당할 수 있는 수준이었을 때 한 점을 구입했다.) 파일럿* 대본에서는 네 명의 여주인공들이 그저 밋밋했다는 점까지도 동의한다. 나는 그들에게 60년대 스타일의 점퍼스커트를 입히고, 머리카락을 마구 헝클어뜨리고, 그저 재미삼아 그들을 따분해하는 조랑말에 태워봤는데, 마침 작가였던 바이얼릿 패리가 뭘 좀 아는 친구였다. 그녀는 열정적으로 각본을 다시 써서 주인공들에게 악랄한 우익 성향을 부여했고, 사춘기의 무의식적 두려움을 히피와 순종 개 소유자와 스티브라는 이름을 가진 아기들에게 표출하는 전설적인 '루퍼 사인방'으로 그들을 변신시켰다. 다시 말해서, 〈루퍼 워시〉는 나의 작품이 아니었다. 엘리너 플러드라는 이름은 아무도 알지 못했다.

당시 나는 반은 일하고 반은 파산한 상태였고, 뉴욕에 살고 있었다. 내가 삽화를 그린 어린이용 카탈로그가 바이얼릿의 눈에 들었고, 그녀는 나를 자신의 애니메이션 디렉터로 임명하는 무리수를 두었다.

내가 TV에 대해 처음으로 알게 된 사실. 중요한 건 오직 마감 시한뿐이라는 것이다. 이번 회 방송분이 아직 준비가 안 되었다고? 있을 수 없는 일이다, 단 한 번조차도. 독창적이지 않은 앵글, 어설픈 손동작, 화면과 소리의 불일치, 불안정한 눈빛, 배경화면의 과다한 회전, 외국인 애니메이터가 잘못 쓴 간판, 색상 실수? 그런 일은 수도 없이 일어난다. 그러나 가장 게으르고 가장 정신 나간 애니메이션 디렉터라 해도 제때 방송을 내보내지 못하는 실수는 결코 저질러선 안 된다.

---

* 정식으로 발표되기 전에 제작된 TV 프로그램이나 에피소드.

반면, 출판으로 말하자면······

비록 내 이름은 무명에 가까웠지만, 사람들은 내 스타일을 어디서든 곧바로 알아보았다. 한동안은 어딜 가나 온통 〈루퍼 워시〉였다. 그리고 떠오르는 신예 편집자 조이스 프림(그렇다, 조이스 프림, 내 주위를 맴돌며 나를 미치게 하는 사람)이 어린 시절의 추억을 그린 내 그림들을 보았고, 내게 계약금을 내밀면서 그것을 회고록으로 만들어보자고 했다.

나는 지금 마감 시한을 약간 넘긴 상태다.

그간 조이스로부터 연락이 없었다. 가장 긴 무소식 기간이었다. 그러나 그녀는 다시 나타났고, 지난 한 주 동안 매일 전화가 왔다.

내 휴대전화가 울리기를 멈췄다. 그녀의 음성메시지가 다른 음성메시지들의 무덤에 합류했다.

　　조이스 프림
　　조이스 프림
　　조이스 프림
　　조이스 프림
　　조이스 프림

파란색 점이 달려 있는 그 모든 메시지들을 들어볼 엄두가 도저히 나지 않았다.

팀비가 〈피플〉지를 가지고 돌아왔다. 표지에는 리얼리티 프로그램의 스타가 분명한, 내가 모르는 사람의 사진이 실려 있었다.

"'이 사람들 누구게?'로 잡지 이름 바꿔야겠다."

"난 이 사람 아는데." 유명인사 대신 속상해하며 팀비가 말했다.

"그렇다면 더 암울하네." 내가 말했다.

"똑똑!" 소아과의사인 새바 박사였고, 그녀는 간호사보다 더 상냥했다.

"자, 팀비." 그녀가 손을 소독하며 말했다. "배가 아프다고?"

"지난 두 주 동안 얠 조퇴시킨 게 이번이 벌써 세번째고······"

"팀비 얘기를 들어보죠." 의사가 너그러운 미소를 머금고 말했다.

팀비가 바닥을 내려다보았다. "배가 아파요."

"항상 아프니?" 새바 박사가 물었다. "아니면 가끔?"

"가끔요."

"지금 3학년이지?"

"네."

"어느 학교 다니니?"

"게일러 스트리트요."

"학교는 마음에 들고?"

"그런 거 같아요."

"친구들 있니?"

"그런 거 같아요."

"선생님들은 좋아?"

"그런 거 같아요."

"팀비." 새바 박사가 스툴을 가까이 끌어당겨 앉았다. "사람들이 배가 아플 땐 말이야, 병이 있어서가 아니라 토할 것 같은 기분이

들게 하는 감정 때문에 그런 경우가 많아."

팀비의 시선은 여전히 바닥을 향하고 있었다.

"선생님은 학교에서나 아니면 집에서 네가 토할 것 같은 기분이 드는 일이 있는지 궁금하네."

어디 한번 해보시죠, 나는 생각했다. 대답 안 하기로 유명한 우리 팀비.

"파이퍼 빌 때문이에요."

(!!!)

"파이퍼 빌이 누군데?" 의사가 물었다.

"우리 반에 새로 온 여자애요."

파이퍼의 가족은 일 년간의 세계일주를 마치고 막 돌아왔다. 독특하다기보다는 짜증스러운 트렌드 아닌가? 모든 것을 끊고 낯선 문화에 흠뻑 취해보려고 여행을 한다면서, 아이들이 관심받지 못한다고 생각하지 않도록 아이들 블로그에 댓글을 달아달라며 부모들이 미친듯이 이메일을 보낸다. (이봐요, 〈뉴욕 타임스〉, 가장 많은 이메일을 받은 기사들을 내가 꼭 다 읽어야 해요?)

"파이퍼가 너한테 어떻게 하는데?" 새바 박사가 물었다.

"절 괴롭혀요." 팀비가 말했다, 갈라지는 목소리로.

나의 삶이 또렷하게 초점이 맞춰졌다.

지금, 여기, 팀비.

다정한 성격, 연예인들 얘기, 〈미녀와 야수〉에 나오는 개스톤에 대한 과도한 몰입. 팀비가 게이인가? 하는 생각이 든 적이 분명히 있었다. 그러나 팀비는 과학 실험 교구와 〈호기심 해결사〉*도 좋아했고, 에스컬레이터에 과하게 집착했다. 물론 화장품과 잠깐 염문을 뿌린 것이야말로 명백한 증거라고 할 수도 있겠지만, 그건 백화점의 미녀군단에게 사랑받은 것에 대한 파블로프식 반응이었다. 어떻게 보면 그건 오히려 팀비가 속속들이 남자라는 증거였다. 엄마들은 안다. 혹은, 나로 말하자면, 엄마라면 무슨 일이 있어도 자식을 사랑해야 하고, 모든 일을 순리에 맡겨야 한다고 생각한다.

그 점에 관해서라면 게일러 스트리트는 더할 나위가 없었다.

노드스트롬 백화점에서 직원들이 팀비에게 뷰티마크를 찍어주고 아주 살짝 마스카라를 칠해준 직후, 첫번째 입학 면접이 있었다. 사랑스럽기도 하지! 회의실로 들어서자마자, 나는 입학처장이 실제로 외치는 소리를 들었다. "유레카! 드디어 트렌스젠더가 왔네요!" 조와 나는 그 일을 두고 그날 밤 농담을 했다. 입학이 확정되고 난 뒤, 학교에서는 우리와 아무 상의도 없이 남녀 화장실 구분을 없애고 성 중립 화장실로 바꾸었다. "팀비 때문에 그런 게 아니길 바라요." 내가 학교 교장인 그웬에게 말했다. "아, 그건 아니에요. 이 학교의 모든 젠더퀴어**들을 위해 그렇게 한 거죠."

그 말에 내가 할 수 있는 대답은 한 가지뿐이었다. 미친듯이 웃어젖히는 것. 그러나 나는 밖으로 나올 때까지 웃음을 참을 정도의 양식은 있는 사람이었다.

---

* 미국 디스커버리 채널의 대중과학 프로그램.

** 남성 혹은 여성으로 스스로를 정의하지 않는 사람들을 아우르는 말.

내가 부정하고 있는 건가? 모든 것을 열정적으로 포용하는 게일러 스트리트로 인해 나 역시 어느 결에 무던해진 건가? 설령 이곳 교직원들이 분홍색으로 칠한 엄지손톱에 대해 지극히 관대하다 할지라도, 놀이터에 있는 아이들도 모두 그럴 거라고 볼 수는 없을지도 모르는 것이다……

"파이퍼 얘기 엄마한테 했니?" 새바 박사가 물었다.

"아뇨." 팀비가 말했다.

새바 박사는 굳이 나에게 실망스러운 표정을 지어 보일 필요가 없었다. 뒤통수만 봐도 이미 표정을 감지할 수 있었으니까.

"선생님들께 말씀은 드렸니?"

"아뇨."

"파이퍼가 어떤 짓을 하는데?"

"저도 모르겠어요." 팀비가 말했다.

"그애가 네 몸을 아프게 하니?" 새바 박사가 물었다.

"아뇨." 입안에 침이 가득 고인 상태로 팀비가 말했다.

"파이퍼가 무슨 짓을 했지?"

나는 의자에 앉아 몸을 꼬면서 숨을 죽였다.

"내가 H&M에서 셔츠를 샀다고 놀려요."

아.

"H&M에서 셔츠를 샀다고?" 의사가 되풀이했다.

"파이퍼가 방글라데시에 있을 때 아이들이 노예처럼 일하는 어느 공장을 견학했는데 거기서 걔들이 H&M 옷을 만들고 있었대요."

"그렇구나." 새바 박사가 말했다. "팀비, 3학년은 친구들과의 관계가 복잡해지는 시기란다. 때로는 감정이 아주 격해져서 배가 아프기도 하지."

마침내 팀비가 고개를 들고 새바 박사의 눈을 쳐다보았다.

"거기 특효약이 뭔지 아니?" 의사가 물었다.

"뭔데요?"

"어른하고 얘기하는 거야." 새바 박사가 말했다. "엄마하고. 하지만 혹시 이분이 네 엄마가 아니라면······"

"엄마 맞아요." 내가 말했다.

"······아빠나 할머니, 네가 가장 좋아하는 선생님과 얘기해보렴. 네 기분을 얘기해봐. 그분들이 네 문제를 해결해줄 수는 없겠지만, 때로는 그저 얘기하는 것만으로도 충분하단다."

팀비가 미소를 지었다.

"벌써 기분이 나아진 것 같은데?"

"나아졌어요."

"그 말을 듣고 싶었단다." 의사가 일어서며 말했다.

"좋아," 내가 말했다. "이제 다시 학교로 돌아가자."

팀비가 검사대에서 뛰어내려 문을 열고 나갔다.

"쟤 어디 가는 거죠?" 내가 물었다.

문이 닫혔다. 진료실에는 나와 새바 박사, 좀비 눈을 한 여우원숭이 벽화뿐이었다.

"바로 일하러 가셔야 하나요?" 새바 박사가 물었다. "팀비에게 지금 정말 필요한 건 엄마와 함께하는 시간이거든요."

"제가 좀 조정해볼게요."

새바 박사는 그 자리에 버티고 서서 증명을 요구하고 있었다. 나는 시드니 매드슨에게 전화를 걸었고 전화는 음성사서함으로 넘어갔다. "시드니, 약속을 바꿔야겠어요. 팀비한테 일이 좀 생겨서요."

새바 박사가 고개를 끄덕이고 밖으로 나갔다.

팀비는 간호사실에서 포장지로 싼 상자 속을 뒤적이며 휘파람을 불고 있었다.

간호사가 물었다. "손을 닦자 연필 갖고 싶니? 아니면 잘했어 문신 새기고 싶니?"

"둘 다 가지면 안 돼요?" 팀비가 여전히 상자 안을 뒤지며 말했다. "아, 이거 껌이에요?" 아이가 조그만 상자 하나를 집어들었다가 분필임을 확인하고 바로 내려놓았다.

이걸로 끝이었다. 팀비는 다시 학교로 돌아갈 것이었다. 그리고 나는 시드니 매드슨과의 점심식사를 강행할 것이었다. 지금 내가 가장 원치 않는 게 있다면, 그건 바로 또 한번의 수동공격적인 이메일 대란이었다. "나 기억해요?" "안녕, 낯선 사람!" "친구와의 점심식사?"

(너무 없어 보인다! 나에게 친구를 만나는 것보다 더 달콤한 일이 있다면 바로 그 친구가 나와의 약속을 취소해주는 것이다.)

나는 시드니의 번호로 전화를 걸었다. "시드니! 방금 내가 보낸 메시지는 잊어버려요. 정오에 만나요……"

어찌된 영문인지 새바 박사가 거기 서 있었다.

"……그러니까 다른 날 정오 말이에요. 그냥 내 메시지 받았는지 궁금해서 확인차 전화한 거예요."

"나 학교 가요, 안 가요?" 팀비가 물었다.

스포트라이트가 나를 비추고 있었다.

"우리 이제 엄마와 함께하는 시간을 가질 거야!" 내가 말했다.

"엄마와 함께하는 시간?" 아이가 말했다, 적잖이 두려워하면서.

우리는 새바 박사의 진료실을 나와 시내로 들어섰고, 내 머릿속은 진흙탕이었다. 지금 내게 필요한 것은 바로 조였다. 조라면 나의 혼란을 걷어낼 수 있었다. 단호한 조라면.

나에겐 소위 무능한 여행자 증상이 있다. 자신감 넘치고, 매사에 정리가 잘되어 있고, 결단력 있는 사람과 여행을 하다보면 어느덧 당신은 무능한 여행자가 된다. "다 왔어?" "내 가방 너무 무거워." "나 지금 발에 물집이 잡히는 중이야." "이거 내가 주문한 거 아닌데." 우리 모두 그런 사람이 되어본 적이 있다. 그러나 무능한 사람과 함께 여행을 하게 되면, 당신이 기차 시간표를 판독하고, 다섯 시간 동안 군소리 없이 바닥에 대리석이 깔린 박물관을 돌아다니고, 외국어 메뉴판을 보고 두려움 없이 주문을 하고, 정직하지 못한 택시 운전사와 드잡이를 하게 된다. 누구나 마음속에 유능한 여행자와 무능한 여행자를 모두 갖고 있다. 조가 너무도 명석하고 예리한 덕분에, 나는 무능한 여행자로 살아올 수 있었다. 그러나 지금 와서 생각해보니, 그게 딱히 좋기만 한 것 같진 않다. 조에게 물어봐야겠다.

조의 진료실은 여기서 몇 블록 떨어진 곳에 있었다. 유리창 너머로 그의 모습을 바라보는 것만으로도 내 중심을 잡는 데 충분하리라.

"잠깐," 팀비가 말했다. "우리 지금 아빠한테 가요? 그럼 아이패드 가지고 놀아도 돼요?"

조와 나는 팀비가 비디오게임을 못하게 하는 것으로 전자기기와의 무모한 전쟁을 벌이는 중이었다. 유일한 해방구는 조의 사무실에서 아이패드를 가지고 노는 것이었다.

"그러고 싶어?" 내가 뜻밖의 나긋나긋한 어조로 팀비에게 물었다. 마치 사탕을 권하는 낯선 사람처럼. "엄마 점심식사 하는 동안 너는 거기 있으면 어떨까 하는데."

"우와." 자신에게 찾아온 엄청난 행운을 간파하며 팀비가 말했다. "좋아요!"

나는 시드니에게 다시 한번 전화했다.

"누구게요? 내 메시지 무시해요. 점심에 만나요!"

"저기 좀 봐요!" 팀비가 재즈 앨리의 간판을 알아보았다. "기름진 후무스에, 콜라하고 스프라이트를 섞어 진저에일처럼 만들고, 코딱지만한 테이블에 모르는 사람들이랑 끼어 앉아야 한다는 곳이네요."

아마 내가 재즈 애호가 조 때문에 그곳에 끌려간 일을 두고 몇 차례 불평을 한 모양이었다. 당신이 한 번이라도 러시의 〈Tom Sawyer〉를 듣다 미치기 일보 직전까지 간 적이 있다면, 성난 재즈 트리오의 당혹스러운 사십오 분짜리 버전을 끝까지 듣는 것에도 도전해보기를.

"엄만 재즈 안 좋아해." 내가 팀비에게 말했다. "재즈 좋아하는 여잔 없어."

"그럼 아빠한테 혼자 가라고 해야죠." 아이가 말했다.

"엄마가 안 해봤을 것 같니?" 내가 말했다. "하지만 남자들이 엄마한테 한번 빠지면 헤어나질 못하는데 어쩌겠니."

우리는 어깨를 으쓱하고 조의 진료실로 들어섰다.

가장 먼저 나의 경보기를 작동시킨 것은 텅 빈 대기실이었다. 하지만 처음 있는 일은 아니었다. 조에게는 유명인 고객들(운동선수와 뮤지션)이 많았고 그 사람들은 다양한 이유(에고ego 또 에고)로 일반인들과 같은 대기실에서 기다릴 수가 없었다. 그래서 여닫이문을 지나 윌리스 수술 센터로 가는 통로에 아무 표시 없는 개인 대기실들이 마련되어 있었다. 짐작건대 조의 환자들은 그곳에 있는 모양이었다.

두번째로 내가 알아차린 것은, 그리고 나의 경보기를 작동시킨 것은 소파 위에 놓여 있는 수족관 뚜껑이었다.

유명인들을 두둔하기 위해 한마디하자면(!) 그들은 모두 조를 사랑한다. 얼마나 떠받들어지는 쿼터백이건, 얼마나 거들먹거리는 기타리스트건, 자기들 손이 잘못됐다 싶으면 곧장 시애틀로 날아온다. 바로 그 남자에 대한 소문을 들었기 때문이다. 그 남자가 가식 없는 조라는 사실을 알게 되는 순간 그들은 조에게 홀딱 반한다. 조는 식물에 직접 물을 준다. 그의 책상은 엉망진창이다. 조가 환자 한 명 한 명과 너무 많은 시간을 보내기 때문에 진료실은 항상 혼잡하다. 그는 모든 환자를 똑같이 대하며, 그의 호기심은 보슬비와도 같다. 사이 영 상*을 받은 투수의 새끼손가락을 구하는 것이 계산대에서 일하는 여직원의 손목터널증후군을 치료하는 것보다 더 멋진 이유를 조에게 설명하려면 아마 그림까지 동원해야 할 것이다. 스타들은 자기들에게 굽실거리는 사람들을 좋아하지만, 자기들에게 굽실거리지 않는 사람을 신뢰한다.

접수창구 뒤에 사람이 없었다. 나는 가까이 다가가보았다. 책상 위에는 토르텔리니** 샐러드가 담긴 용기가 뚜껑이 열린 채 놓여 있었다. 병에 든 이탈리안 드레싱을 보니 나로서는 결코 달갑지 않게도 프루스트식으로 과거 여행을 떠나게 됐다. 뉴욕, 빈털터리, 한국식 샐러드 바에서 때우던 끼니들.

사무실 안쪽에서 접수 담당 루즈가 나를 보았다. 내가 손을 흔들었다. 루즈가 청바지에 손을 닦으며 걸어왔다. 청바지+책상 위의 냄새나는 음식=삼중 경보 상황.

루즈가 창구의 문을 밀었다. "오셨네요!"

부모 중 한 명이 알코올중독자일 때 벌어지는 일들 중 한 가지는, 바로 당신이 알코올중독자의 자녀로 성장한다는 것이다. 알코올중독자의 자녀로 성장하지 않은 사람들은, 일단 내 말을 들어보

---

* 미국 프로 야구에서 이십이 년 동안 활약한 투수 사이 영을 기념해 그해의 최우수 투수에게 주는 상.
** 작은 반달 모양으로 빚은, 만두 모양의 파스타.

면 믿을 것이다. 그것은 당신의 성격을 결정짓는 유일한 요인이 된다. 전 과목 A를 받건, 성자 같은 남편과 결혼하건, 남자가 지배하는 직업세계에서 유리천장을 깨뜨리건, 혹은 사이비 종교 집단과 정신병원을 드나들며 실패를 거듭하건 상관없다. 알코올중독자의 손에 자랐다면 당신은, 무엇보다도, 알코올중독자의 어른 아이가 되는 것이다. 기본적인 것만 간단히 짚어보자면, 당신은 모든 것에 스스로를 비난하고, 현실을 회피하고, 남을 신뢰하지 못하며, 남을 기쁘게 하려고 안달하게 된다. 그게 꼭 나쁜 거라고 볼 수는 없다. 완벽주의 성향 덕분에 전 과목 A를 받는 학생이 되고, 신뢰 부족으로 자립심이 길러지고, 낮은 자존감은 엄청난 동기부여 요인이 된다. 사람들이 모두 현실에 만족했다면 예술은 존재하지도 않았을 것이다.

주정뱅이를 아버지로 둔 덕에 얻는 또하나의 보너스가 있다면 살아남기 위해 사람들의 미묘한 몸짓이나 억양에 섬뜩할 정도로 민감해진다는 것이다. 조는 발달한 나의 인지능력을 '마녀의 힘'이라고 부른다.

바로 그 순간, 여느 사람들 같았으면 "오셨네요!"라는 말을 반가워요, 한동안 뜸하셨네요, 로 들었을 것이다. 그러나 '마녀의 힘'을 지닌 알코올중독자의 자녀에게는 그 말이 조가 가족들하고 함께 어딜 다녀온다고 했는데요, 라고 들렸다.

그리고 나의 하루가 본격적으로 시작된 건 그때였다.

안쪽에 있던 루디가 우리를 알아보았다. 실장인 루디와 일정 담당인 루즈는 사악한 한 쌍의 고양이들이었다. 침착한 눈빛, 계산으로 끓어오르는 미소, 그들은 오직 하나의 목표를 위해 이인 일조로 움직였다. 바로 조를 보호하는 것이었다.

전지적 조종자인 루디는 예순 살에 금발이며 몸이 무용수 같았다. 그녀는 항상 베이지색 옷을 입었다. 오늘의 앙상블은 실크 톱에 뾰족한 4인치 힐, 그리고 사람을 반으로 가를 듯 주름을 잡은 바지였다.

나는 정보를 원했다. 루디에게 현재 상황을 발설하게 되면, 루디는 곧장 조에게 달려갈 것이다. 나의 마녀 본능은 이게 대체 어떻게 된 영문인지는 모르겠지만—조가 나에게는 출근한다고 말하고 사무실에는 여행을 간다고 말한 것—일단은 아무 내색 하지 말아야 한다고 말하고 있었다.

사악한 고양이들 대 알코올중독자의 어른 아이. 부디 더 우월한 짐승이 승리하기를.

"깜짝 방문이네요." 루디가 감정을 일절 드러내지 않고 말했다.

"우리 왔거든요." 내가 안전을 기하며 말했다. 나는 루즈가 방금 한 말을 되풀이했을 뿐이었다.

인부 두 명이 뒤쪽 복도를 지나갔다. 카펫 한 롤이 벽에 기대어 져 있었다.

"새 카펫인가요?" 내가 물었다.

"하여간 일주일을 못 간다니까!" 루즈가 불쑥 말했다.

일주일? 흠.

루디가 루즈의 어깨에 손을 얹었다. 더이상 말하지 말라는 신호 인가?

4피트 거리에서 내가 감지한 것이 무엇이었던가? 루디의 심박수 가 떨어지는 소리? 어린 고양이가 날 완전히 궁지에 몰아넣은 건 가?

"차를 지하에 세웠어요." 내가 말했다.

그때, 만약 그런 게 있다면, 교도소에서나 볼 수 있을 법한 움직 임으로, 내가 손을 뻗어 루디의 책상을 뒤적였다. 그녀의 소지품을 최대한 많이 건드리면서.

놀란 루즈는 루디를 쳐다보았고, 루디는 침착하게 서랍을 열고 주차 확인 스티커를 건네주었다.

"한 묶음 다 가져가세요." 루디가 말했다.

팀비는 의자에 올라가 양손을 수족관에 넣고 악취 나는 물을 휘 젓고 있었다. "야아!"

"가자." 내가 말했다.

복도로 나온 나는 벽에 붙어 있는 손 세정제 통을 찾았다. 떨리는 손으로 버튼을 눌렀다. 세정제가 바닥에 떨어졌다. 바닥의 거품을 손으로 떠서 팀비의 두 팔에 문지르려고 무릎을 굽혔다.

"아, 싫은데." 아이가 소리쳤다. "수족관 물이 더러운 거였어요?"

"꼭 그렇진 않아."

"수프 냄새 들이마시고, 수프 불어서 식히고." 팀비가 말했다.

"뭐?"

"화가 날 땐 그렇게 하라고 학교에서 배웠어요. 수프 냄새 들이마시고." 아이가 숨을 들이켰다. "수프 불어서 식히고." 그리고 숨을 내쉬었다. "해보세요, 엄마, 눈 감고."

나는 일어섰다. 눈을 감고, 수프 냄새를 들이마셨다. 수프를 불어서 식혔다. 두 팔이 양옆에서 살짝 들렸고 손바닥은 저절로 안쪽으로 향했고 손가락은 점쟁이 물고기*처럼 안으로 말렸다.

"보습제 발라야 할 것 같아요." 팀비가 말했다. 알코올 때문에 팔이 분홍색이 되었다.

"나중에 발라줄게, 아가."

나는 시드니에게 전화를 걸었다. "또 엘리너예요. 이번이 진짜 마지막인데요. 아무래도 약속을 취소해야 할 것 같아요. 이 메시지 받은 거 확인할 수 있게 연락해줘요."

내가 팀비에게 돌아섰다. "너하고 나뿐이야."

"정말요?" 아이의 가냘픈 희망이 나를 거의 죽이다시피 했다.

"뭐하고 싶어?" 내가 말했다. "뭐든지 좋아. 레이크 유니언 가서

---

* 얇은 플라스틱 재질로 만든 빨간색 모형 물고기. 손바닥 위에 올려놓으면 물고기가 안으로 말리는 모양을 보고 미래를 예측한다.

패들보드를 타도 되고. 스미스타워 꼭대기에서 샌드위치 먹어도 되고. 카이트힐에서 연 날려도 되고. 밸러드록스에서 연어가 상류로 헤엄쳐 올라가는 거 구경해도 되고."

"갭 매장에 가도 돼요?"

우리는 갭 매장 쪽으로 걸었다.

"네가 원해서 가는 거야, 아가." 내가 말했다.

팀비는 투명한 아크릴 계단을 뛰어올라가 아동복 코너로 갔다. 나는 넋이 나간 상태로 아이를 쫓아갔다.

거짓말하다 들킨 남편=바람피우는 남편. 그게 가장 먼저 할 법한 생각 같았고, 가장 타당한 생각 같았다.

내 친구 메릴은 남자들이 첫번째 데이트에서 부지불식간에 왜 그들의 관계가 결국 끝날 수밖에 없는지 스스로 털어놓는다고 했다. 아이를 원치 않는다거나, 가정을 꾸리고 싶지 않다거나, 아니면 어머니와 불화가 있다거나. 우리의 첫 데이트에서 조는 친절하고 호기심 많고 소신 있는 남자의 모습을 보여주었고, 그는 실제로 그런 사람이었다.

하지만 단 한 가지 이상한 점이 있었다.

그 얘기가 어떻게 나왔는지는 모르겠다. 조는 자기가 어떤 일에 대처하는 방식이 참고, 참고, 참고, 더이상 참을 수 없을 때까지 참는 것이라고 했다. "더이상 못 참으면 어떻게 되는데요?" 내가 물었다. "나도 모르죠." 그가 대답했다. "아직 그런 적이 없었으니까."

내가 전에 사귀던 남자는 예전 애인을 아직 정리하지 못했었다.

또 그 이전 남자친구는 한 달의 절반만 맨정신이었다. 만약 조가 자신에 대해 할 수 있는 가장 나쁜 말이라는 것이 앞으로 어쩌면 자기가 벽을 칠 수도 있다는 것 정도라면 나는 기꺼이 계약을 체결할 수 있었다! (그마저도 아직까지는 실제로 일어난 적이 없다! 지난 이십 년 동안 벽 수리공을 부른 적이 한 번도 없었으니까.)

무엇보다도, 조는 윤리적인 사람이다. 한번은 내가 그의 모순된 점을 지적한 적이 있다. 그가 끊임없이 가톨릭교회를 비판하지만 정작 그 자신이야말로 가톨릭에서 역설하는 품위와 정직의 걸어다니는 광고판이라고. ("가톨릭에서 거짓말과 자기혐오를 주입시키지 않았을 때 얘기겠지." 그가 쏘아붙였다.)

조가 바람을 피울 리 없었다.

반면, 나는 그에게 충분한 섹스를 제공하고 있지 않았다. 그 문제를 시정해야 했다.

나는 탈의실에 머리를 들이밀었다. 팀비는 코듀로이 반바지와 드럼 치는 코기 강아지가 그려진 티셔츠를 입어보는 중이었다. 종이처럼 흰 뱃살이 허리밴드 위로 볼록 튀어나왔다.

"여기 무릎까지 오는 양말 있어요?" 아이가 물었다.

남자애들 코너엔 없겠지! 그런 말을 해서는 안 된다는 걸 나는 알고 있었다.

그리고 그제야 기억이 났다. 오늘 아침. 조가 식탁에서 신문에 머리를 대고 있던 장면. 어쩌면 그가 거기서 무언가를 보았을 수도……

"길 건너 반스 앤드 노블에 잠깐 다녀올게."

"잠깐만요," 팀비가 말했다. "저 혼자 여기 두고요?"

내가 우물거리며 대답을 하기도 전에 아이가 물었다. "그럼 다른 것도 사도 돼요?" 밀어붙일 때를 아는 도박사의 본능을 지닌 아이였다.

"한 개만."

나는 서점으로 달려가 〈시애틀 타임스〉를 사서 서둘러 밖으로 나왔다. 불과 그 몇 분 사이 보도에 목재 바리케이드가 둘러졌다. 시애틀 곳곳에 파란색 경찰복 발진이 돋고 있었다.

교황이 시애틀에 온다는 얘기를 내가 했던가? 그렇다고 한다. 세계 청소년의 날인가 뭔가 때문에. (마치 조커가 로빈을 유인하려고 만든 가짜 이벤트처럼 들리지 않는가?) 교황이 집전하는 미사가 토요일에 매리너스 경기장에서 거행될 예정이었다.

나는 신문을 뒤적였다. 시호크스, 시호크스, 시호크스. 교황, 교황, 교황. 어떤 여자가 까마귀 먹이를 집 앞에 놓아두는 바람에 이웃들이 열받았단다. 이 모든 것이 조를 좌절하게 만들 수 있는 것들이었다. 혹은 그렇지 않거나.

이 얼마나 고급스러운 짜증인가! 물론 오늘 아침 나는 그 문제로 조를 추궁하지 않았다. 그게 바로 오랜 시간 결혼생활을 유지한다는 것의 장점 아니겠는가? 모든 것을 있는 그대로 받아들이게 되는 것이? "당신 화난 것 같아." "나 화 안 났어." "제발 얘기해봐." "얘기하고 있잖아." "나 때문이야?" "괜찮다고 했잖아." "나 때문인 거 맞구나." 이런 말들 따위는 하지 않는다. 그 생각을 하다보니 금요일 밤마다 스텝 에어로빅 강좌를 들으면서 울던 기억이 떠오른다.

갭 매장으로 돌아가보니 팀비가 매장 싹쓸이를 시도하고 있었다. 헤드셋을 낀 여자가 팀비가 잔뜩 쌓아놓은 옷가지들을 계산하는 중이었다.

스캐너가 삑삑거리는 사이를 이용해 팀비가 속삭였다. "빨리요, 빨리."

"이런 식으로 빠져나갈 수 있다고 생각하면 오산이야." 내가 팀비의 뒤에 바짝 다가서며 말했다. "엄마를 골탕 먹일 속셈이지."

"갭 카드 사용하실 건가요?" 여자가 물었다.

"아뇨, 그리고 만들 생각도 없어요." 내가 말했다. "다시는 안 올 거니까."

"엄만 뭐든지 다 망쳐놓더라." 팀비가 말했다.

"아니, 네가 다 망쳐놓는 거야."

점원의 미소는 흔들림이 없었지만, 그렇다고 해서 빨리 집으로 돌아가 룸메이트에게 이 얘기를 하고 싶어 안달이 난 게 아니라고는 말할 수 없었다.

열한시 사십오분인데 아직도 시드니에게선 연락이 없었다. 거리로 나와보니 흰색 경찰 버스가 식스스 애비뉴 맞은편에 서서 차량 통행을 막고 있었다. 나는 시드니의 번호를 눌렀다. 신호가 가는 동안 내가 버스를 가리켰다.

"있잖아." 내가 팀비에게 말했다. "교황이 셰러턴호텔에 묵을 건 가봐. 자칭 서민들의 교황이라면 그래야 하나봐. 허접한 데서 묵어야 하는 거지."

"나도 셰러턴에서 묵고 싶은데요."

다시 음성메시지. "시드니? 나 엘리너예요. 제발 전화 좀 해줘요. 자기는 점심식사 장소에 왔는데 내가 못 가게 되는 건 원치 않으니까요. 아니면 내가 그냥 가야 할지도 모르겠네요. 나도 잘 모르겠어요." 나는 전화를 끊었다. "이래서 시드니 매드슨을 도저히 못 견디겠다니까."

"엄마 친구인 줄 알았는데요."

"이건 어른들 문제란다." 나는 겨드랑이에서 신문을 꺼내 날짜를 가리켰다. "이것 좀 읽어줘."

팀비가 읽어주었다.

내 일정 수첩을 아이에게 건네주었다. "오늘 거 읽어봐. 10월 8일 목요일. 뭐라고 적혀 있는지 봐."

"스펜서 마텔."

"이리 줘봐." 내가 수첩을 빼앗았다. 내 손으로 적어놓았다. 스펜서 마텔.

"스펜서 마텔이 누구예요?" 팀비가 물었다.

"감도 안 잡혀."

스펜서 마텔. 대체 누구인지 몰라도, 나는 그녀와, 혹은 그와 점심 약속이 되어 있었다.

"스펜서 마텔이 누구예요?" 팀비가 다시 물었다.

"내가 아는 것 같니?"

"괜찮아요, 엄마." 아이가 말했다. "일부로 그런 건 아니잖아요."

"'일부러'라고 해야지. 너 말 누구한테 배웠어?"

나는 휴대전화를 꺼내 스펜서 마텔을 검색했다. 한 달 전에 온 이메일이 하나 떴다.

발신: 스펜서 마텔

수신: 엘리너 플러드

제목: 오랜만이에요!

혹시 10월 8일에 점심식사 가능해요? 밀린 얘기 하고 싶어요.

xS*

나는 화면을 내려 내가 쓴 답장을 찾았다. 열두시, 맘눈에 예약.

지금은 열두시 십분이었다.

"어쩌면 시드니 매드슨 아줌마하고 관계가 있는 사람일지도 모르잖아요." 팀비가 의견을 냈다. "그 아줌마의 오빠이거나."

"가보면 알겠지, 그치?"

"저도 가는 거예요?" 팀비가 눈이 휘둥그레져서 말했다.

"너하고 나 둘이서."

---

*x는 키스를 뜻하는 약자고, S는 스펜서를 의미한다.

74

나의 지속적인 경도 혼란 상태—흐릿한 형체라는 단어가 뇌리에서 떠나질 않는 것 같다—로 말하자면, 세 가지 항목으로 구분해볼 수 있겠다. (1) 내가 알아야 하지만 배우지 못한 것들, (2) 내가 모르기로 선택한 것들, (3) 내가 알지만 완전히 죽 쑨 것들.

내가 알아야 하지만 배우지 못한 게 뭐냐고? 왼쪽과 오른쪽을 구분하는 것이다. 미안하지만, 길은 다른 사람한테 물어보는 게 좋겠다.

내가 모르기로 선택한 게 뭐냐고? 너무 많다. 두뇌가 뛰어나다 해도 용량에 한계가 있는 법인데, 하물며 나처럼 두뇌가 나쁘다면 말할 것도 없다. 그래서 나는 실무적인 결단을 내렸다. 어떤 주제들에 관해서는 적극적으로 단 한 톨도 관심을 갖지 말자고. 이를테면 이스라엘과 팔레스타인의 분쟁이라든가, 리나 더넘*, 이저벨라 스튜어트 가드너 미술관 절도사건 도난품들의 행방, GMO가 대체

---

* 미국의 작가이자 배우, 프로듀서, 감독.

뭐의 약자인지, 그리고 오 분 전에 팀비가 갭의 무릎양말과 시시덕거리기 전까지는, 성 정체성 문제. 만약 그것이 인간으로서 나의 존재를 제한한다면, 나는 겸허히 운명을 받아들이겠다. 요즈음은 나에겐 의견이 있다, 고로 나는 존재한다가 대세인 것 같던데. 내 입장은 뭐냐고? 나에겐 의견이 없다, 고로 내가 당신보다 우월하다.

내가 알고 있지만 매번 망치는 게 뭐냐고? 바로 시간이다. 만약 열두시 삼십분에 점심 약속을 하면, 나는 수첩에 열두시 삼십분이라고 적는다. 그러나 시간이 흐르면서 뇌에 어떤 신비한 작용이 일어나서 열두시 삼십분은 한시로 변하고 만다. 아마도 당신은, 내가 극장에 커튼이 올라간 후 삼십 분이 지나서 도착했다면(그것도 열두어 번을!) 다음에는 표를 세 차례는 확인할 거라고 생각할 것이다. 그러나 그렇지 않다. 나도 왜 그런지 설명할 수 있으면 좋겠다. 인생의 수수께끼 중 하나다.

그러니까 내 요지는, 스펜서 마텔이 시드니 매드슨으로 바뀐 것이 당신에게는 신경정신과의사에게 달려갈 일일 수도 있겠지만, 나에게는 그저 어깨를 으쓱하고 넘어갈 일이라는 것이다.

레스토랑 바로 건너편에 주차 공간이 비어 있었다. 이게 오늘 내 운명의 유일한 행운이면 어쩌지? 그 행운을 써버리기 아깝다는 생각마저 들었다.

"어른들의 점심식사라는 거, 명심해." 주차 영수증을 유리창 안쪽에 꽂아넣으며 내가 말했다.

"부적절한 대화를 나눌 거예요?" 팀비가 선물 바구니를 끌어안고 차에서 내리며 물었다.

"우린 해야 할 얘기를 할 거야. 넌 거기 얌전히 앉아 있을 거고. 싹을 잘라버리기 위해 미리 말해두는데, '이제 가면 안 돼요'라고 물으면 대답은 '안 돼'야."

"지진이 일어나면 어떻게 해요?"

"방금 엄마가 뭐라고 했지?"

"엄마 휴대전화로 라디오 들어도 돼요?"

"안 돼. 하지만 오디오북은 가져왔어."

"전부 로라 잉걸스 와일더*잖아요."

"〈리터럴리 낫 이븐Literally Not Even〉이 널 아주 망쳐놨구나." 내가 말했다.

"〈리터럴리 낫 이븐〉이 뭔데요?"

"네가 항상 보는 그 끔찍한 프로그램 있잖아."

"그거 〈아이 노우, 라이트?I know, Right?〉인데."

"그럼 〈아이 노우, 라이트?〉가 널 완전히 망쳐놨어." 내가 말했다.

"참나, 엄마," 팀비가 말했다. "엄만 그 프로그램 본 적도 없잖아요."

"아무것도 듣지 마." 내가 말했다. "그냥 앉아만 있어."

"알겠어요," 팀비가 침통하게 말했다. "로라 잉걸스 와일더."

길을 건너려고 기다리는데, 노숙인 남자 한 명이 우리 곁을 지나쳤다. 두려움으로 하얗게 질린 얼굴, 턱수염, 그리고 모든 것이 붉

---

* 미국의 작가이자 초등학교 교사. 대표작인 '초원의 집' 시리즈가 NBC TV에서 드라마로 제작되었다.

은색이었다. 피부, 눈, 벗겨진 손, 맨발등. 그의 얼굴이, 그의 몸 전체가, 무언가를, 무엇이든 찾고 있었다.

"이리 와." 내가 팀비를 가까이 끌어당겼다.

"정신질환자예요?"

"그냥 널 꼭 안고 싶어서." 나는 팀비를 꽉 끌어안았다. 아이가 나의 품안에서 긴장을 풀었다. "엄만 널 미치게 사랑해, 알지?"

"알아요." 아이가 나에게 미소를 지어 보였다.

"너도 엄마를 미치도록 사랑할 필요는 없어. 그냥 지금보다 조금만 더 좋아하려고 노력해줘."

우리는 시커먼 벽, 골조가 노출된 천장, 군데군데 보이는 근사한 기하학적 모자이크, 다소 엉뚱하지만 너무 심하게 엉뚱하지는 않은 샹들리에로 이루어진 맘눈에 들어섰다. 당신이 어디 사는지는 모르겠지만, 시애틀의 레스토랑은 당신이 사는 곳의 레스토랑보다 훨씬 더 훌륭하다.

"흠," 내가 말했다. "어떻게 찾지?"

"스펜서 마텔." 팀비가 말했다.

"그건 나도 알아." 내가 쏘아붙였다.

레스토랑 저 안쪽에서, 한 남자가 일어서며 손을 흔들었다. 삼십대, 마른 편, 노란 깅엄 셔츠에 갈색 벨트, 검은 바지 차림이었다.

"저기 있네." 내가 손을 흔들며 말했다. "저 사람을 내가 어디서……"

"어디서 봤어요?" 팀비가 물었다.

열다섯 발짝 거리에서 보니 그는 낯이 익었다. 여덟 발짝 거리에서는, 거의 기억이 날 것도 같았다…… 마침내 우리는 마주섰다.

"스펜서!"

"엘리너." 그가 애정을 듬뿍 담아 말했다.

"당신!"

팀비가 나를 힐끗 보았다. 누구예요? 나도 아이를 힐끗 보았다. 묻지 마.

"아드님인가요?" 스펜서가 물었다.

"얘 만난 적 있던가요?" 내가 확신 없이 물었다.

"우리가 선물 바구니 가져왔어요." 팀비가 말했다.

"네가 올 줄 알았더라면," 스펜서가 구부린 무릎 위에 양손을 얹고 팀비에게 말했다. "너한테 줄 것도 가져올 걸 그랬구나."

팀비가 보비 피셔*보다 더 신속하게 머리를 굴리더니 테이블 위에 놓인 가죽 케이스를 보았다. 팀비는 케이스를 들어서 열어보았다.

공단 위에 오렌지색 몽블랑 펜이 놓여 있었다. 예전에 내가 쓰던 것과 똑같은 제품, 이미 오래전에 생산이 중단된 제품이었다.

"그 볼펜이에요." 스펜서가 내게 말했다. "제 기억이 맞는다면."

"이 제품을 찾았다니 믿기지가 않네요." 볼펜의 무게, 이 세상에 있을 법하지 않은 광대 같은 색상, 내 손안에서 눌리고 튕겨나오는 윗부분의 더블클릭 장치까지. "이베이엔 파란색밖에 없어서……"

"청록색도 있어요." 스펜서가 끼어들었다. "초록색하고 노란색도."

---

* 미국 출신의 체스 세계 챔피언.

"하지만 주황색은," 내가 말했다. "진짜 희귀 제품인데."

"나도 볼래요!" 팀비가 펜을 잡았다.

"너무 근사하고 뜻밖이네요." 내가 스펜서의 눈을 바라보았다. "고마워요."

"우리 엄마 어떻게 아세요?" 팀비 이 녀석, 나의 호위무사.

그가 미처 입을 떼기도 전에, 꺅!

스펜서 마텔!

〈루퍼 워시〉 시절에 만났던!

그가 사무실에서 쫓겨난 지도 어언 십 년이었다.

"아주 오래전에 네 엄마하고 같이 일했단다." 그의 목소리에 담긴 따스함은 내 머릿속에서 놀라운 속도로 재연되고 있는 끔찍한 추억과는 전혀 어울리지 않았다.

첫날 스펜서가 불펜*으로 걸어들어왔을 때 그는 그곳에 어울리는 사람처럼 보였다. 몰스킨 노트, 블랙윙 연필, 빈티지 안경. 그는 제대로 된 예술가들의 이름을 읊을 줄 알았다. 로버트 윌리엄스, 앨릭스 그레이, 태라 맥퍼슨, 에이드리언 토미네.

그러나……

너무 긴장한데다 환심을 사려고 지나치게 애를 쓰는 그의 존재는 점점 더 견디기 힘들어졌다. 그는 브루클린의 중고품 시장을 둘러보고 우리 같은 애니메이터들의 다양한 수집품에 보탤 만한 품

---

*하급 직원들이 모여서 작업하는 공간을 일컫는 속어.

목들을 찾아서 매주 월요일에 가지고 왔다. 한번은 내가 캐러멜 브라우니를 좋아한다고 했더니, 다음날 집에서 만든 브라우니를 쟁반에 들고 왔다.

어떻게 내가 그를 고용하기까지 한 거지? 아, 맞다! 내가 고용한 게 아니었다! 우리는 업계 소수 인종 고용 프로그램을 통해 그를 공짜로 고용했다. 알고 보니 스펜서는 사분의 일이 멕시코인이었고, 취업을 위해 그 시스템을 이용한 것이었다! 아, 그는 그림을 그릴 줄도 모르는 인간이었다. 그는 모든 작은 몸짓과 표정에 대해 끊임없이 질문을 해댔다. 나는 그를 도우라고 있는 사람이 아니었다. 그가 나를 도우라고 있는 사람이었지. 나에겐 입을 다물고, 그림을 그리고, 모델 시트*에 달라붙어 있을 사람이 필요했다.

스펜서는 그 일이 자신의 역량 밖임을 바로 깨달았다. 그가 흘린 식은땀이 그를 방사성 물질로 만들었다. 팔 주의 시한이 다 되었을 때 그는 완전히 사기가 꺾여 이미 짐까지 싸놓았다. 텅 빈 사무실에서 그는 해고당하기를 기다리고 있었다. 나는 비겁하게도 그 일을 다른 사람에게 떠넘겼다. 스펜서는 한 시간 동안 밖으로 나오지 않았다. 그가 살아 있다는 유일한 증거는 문틈으로 새어나오는 흐느낌뿐이었다. 내가 들어갔다. 나는 그에게 직업적 조언을 해주었다. 잘못된 조언이었다.

나는 검은 옷을 입은 사람 중 가장 먼저 눈에 띈 사람을 향해 손

---

* 작업 과정에서 기준이 되는 등장인물의 주요 자세나 표정 등을 나타낸 그림표.

을 들었다. "우리 주문해야죠."

"주문한다고요?" 팀비가 말했다.

내가 스펜서를 돌아보았다. "미리 말해두는데 난……"

"음식 나눠 먹지 않으시죠." 그가 말했다. "기억하고 있어요."

"저 두 개 시켜도 돼요?" 팀비가 물었다.

"하나만."

우리는 주문을 했다. 그리고 이젠 우리뿐이었다. 그러니까 나, 팀비 그리고 맞은편에서 나를 멍하니 바라보는, 말쑥하게 차려입은 과거 크리스마스의 유령이자 사분의 일 멕시코인. 누구든 무슨 말이든 해야 했다.

"스펜서 마텔!"

"제 이메일에 답을 주시다니 믿기지가 않더라고요." 그가 말했다. "항상 절 잊었을 거라고 생각했거든요."

"그럴 리가요." 내가 태연하게 손을 내저으며 대답했고, 그 바람에 컵이 쓰러져 디핑 오일에 물이 쏟아졌다.

팀비는 슬슬 걱정이 되는 눈치였다.

스펜서가 냅킨으로 물을 닦고 자기 휴대전화를 마른자리로 옮겨놓았다.

그걸 보니 생각나는 게 있었다.

"팀비," 내가 말했다. "가서 손 씻고 와."

"하지만……"

"물고기 똥 만졌잖아." 내가 말했다. "안 그러면 프렌치프라이 못 먹어. 여기 프렌치프라이 정말 최고야."

팀비는 나를 거의 태울 기세로 쏘아보다가 자리를 떴다.

"스펜서," 내가 테이블 위로 몸을 숙였다. "내가 당신 휴대전화로 전화를 한 통 걸 테니까, 거기 진료 예약 좀 잡아줄래요?"

"어……" 가엾은 남자는 어안이 벙벙한 표정이었다.

나는 이미 그의 휴대전화를 들어 조의 진료실로 전화를 걸고 있었다. "나란 걸 알면 안 되거든요. 예약 가능한 날짜가 언제인지만 물어봐줘요." 내가 휴대전화를 스펜서의 귀에 대주었다.

루즈가 전화 받는 소리가 들렸다. 나는 격한 몸짓으로 스펜서에게 말을 하라고 독촉했다.

"저기…… 여보세요……" 그가 버벅거렸다. "예약을 하고 싶은데요."

루즈가 수화기 저편에서 설명을 했다.

"언제 돌아오시냐고 물어봐요." 내가 속삭였다.

"언제 돌아오시죠?" 스펜서가 힘없이 물었다.

"월요일이요." 루즈가 대답했다.

내가 알아야 할 것은 그것뿐이었다. 나는 스펜서에게서 휴대전화를 빼앗아 끊은 다음 테이블 위에 내려놓았다.

그가 휴대전화를 보았고, 그다음엔 나를 보았다. 방금 일어난 일이 실제 상황인지 반신반의하면서.

"월리스 박사라면……" 스펜서가 말했다. "당신 남편 아니에요? 조? 혹시 이혼했어요?"

"설마요. 우린 행복한 결혼생활을 하고 있답니다."

팀비가 돌아와, 완전히 매혹당했거나 혹은 살짝 역겨워하는 스펜서의 곁에 도로 앉았다. 둘 중 어느 쪽인지는 가늠하기 어려웠다.

농담이다! 그는 분명히 역겨워하고 있었다.

"스펜서," 내가 말했다. "당신 이야기를 해줘요."

"아, 그게 족히 세 시간은 걸릴 거예요!" 그가 '난-이-자리에-있는-게-행복해' 페르소나를 소환하며 말했다.

"그럼 요약판으로 얘기해봐요." 내가 말했다.

"〈루퍼 워시〉에서 나온 뒤에……"

나는 심호흡을 해야 했다. "난 도움이 되고 싶었어요."

"엄마가 어떻게 했는데요?" 팀비가 물었다.

"그건 중요하지 않아." 내가 말했다.

"우릴 힘들게 하는 사람이 우리의 가장 훌륭한 스승인 법이죠." 스펜서가 말했다.

"엄마가 아저씨한테 무슨 짓을 했어요?" 팀비는 궁금해서 죽기 직전이었다.

"너 음악 들을 거 없니?" 내가 말했다.

"괜찮아요."

스펜서가 세련된 메신저백을 꺼내더니 팀비를 향해 열어 보였다. "네가 볼 만한 그림책들이 좀 있단다." 그러고는 두 사람 사이 벤치 위에 몇 권을 꺼내놓았다.

팀비는 그의 제안을 무시하고는 계속하시죠, 라고 하는 듯 눈썹을 치켜세웠다.

"〈루퍼 워시〉에 채용되던 날은," 스펜서가 말했다. "제 인생에서 가장 행복한 날이었어요. 마침내 뜻을 이루었다고 생각했죠. 저는 퀸스에 있던 부모님의 아파트에서 나왔어요. 베스파*도 샀고요. 다

---

* 이탈리아제 스쿠터.

른 애니메이터들을 위한 선물을 사는 데 제 돈을 다 썼어요."

"개인적으로, 그때 정말 고마웠어요. 스티븐 손드하임*이 사인한 〈플레이빌〉지는 지금도 내가 가장 아끼는 물건 중 하나예요." 나는 팀비가 내 옆모습조차 보지 못하도록 손으로 얼굴을 가렸다.

"그러다가 해고를 당했죠. 얼마나 창피하던지. 감당도 못할 이스트빌리지 아파트에 살고 있었는데 말이에요. 부모님 뵐 낯이 없더라고요. 난생처음 다섯 명의 형제자매들과 함께 쓰던 방에서 벗어났고, 마침내 내가……" 그가 말해도 될지 모르겠다는 표정으로 팀비를 보았다. "여자를 좋아하지 않는다는 걸 알게 되었는데 말이에요."

"얘도 알 건 다 알아요." 내가 팀비 쪽으로 고개를 까딱이며 말했다. "토니상 시상식 보여줬거든요."

"아. 그런데, 내가 처음으로 사랑에 빠진 남자가 중독자였어요, 강력한 마약이요. 하루아침에 전 빈털터리에 오갈 데 없는 신세가 됐죠. 하지만 아무리 깊은 수렁에 빠져도 난 내가 예술가라는 것을 알고 있었어요. 당신이 나한테 그렇게 말했어도, 난 내가 한낱 출세주의자가 아니라는 걸 알고 있었거든요."

내가 그에게 그렇게 말했었다. 잊어버렸길 바랐건만.

"출세주의자가 뭐예요?" 팀비가 물었다.

"나도 그 단어를 찾아봤단다." 스펜서가 말했다. "자기 분야에서 계속 위로 올라가려고만 애쓰는 사람을 가리키는 말이야."

"그게 꼭 나쁜 건 아니잖아요." 실망한 팀비가 말했다.

---

* 아카데미 음악상과 토니상을 수상한 미국의 무대음악·영화음악 작곡가.

스펜서가 손을 가슴에 댔다. "지금까지도, 〈루퍼 워시〉 시절을 생각하면 수치심 때문에 화들짝 놀라서 유리잔을 놓칠 정도예요. 그때 내가 얼마나 어수룩했는지, 창피해 죽겠어요."

"절대 그렇지 않아요." 내가 말했다. "맞지 않는 곳이었을 뿐이죠."

"살 곳도 없었다면서요." 팀비가 거들었다.

"나 자신에 대한 믿음을 잃었어요." 스펜서가 말했다. "하지만 내 안의 무언가가 나를 계속 앞으로 나아가게 했어요. 어떤 희망의 기운이랄까. 그리고 그 희망은 고동치는 환한 초록빛이었어요."

"초록빛 희망!" 내가 소리쳤다.

"그건 겨울에 싹을 틔우는 크로커스였어요. 목장 주택 지하의 거친 카펫 빛깔이었고요. 내 여동생의 킨세아녜라* 드레스에 달린 레이스 빛깔이었어요. 이 얘기 벌써 들으셨으면 저 좀 말리세요."

"내가요?" 대체 그런 얘기를 내가 어떻게 들을 수 있었다는 건지 너무 당황해서 기침이 났다.

"만약 그런 초록빛을 포착할 수만 있다면," 스펜서가 말했다. "출세주의자에게 인질로 잡혀 있던 예술가를 해방시킬 수 있을 것 같았죠." 그가 프랑스식 실크 매듭으로 잠겨 있던 소매 커프스를 풀고 자신의 팔 안쪽을 보여주었다. 팔목에서 팔꿈치까지 문신이 그려져 있었다. 초록색 색상표였다.

"우와." 팀비가 말했다.

"큰 결심 했군요." 내가 말하고는 그의 시계를 보았다. 빈티지

---

* 라틴아메리카권에서 여자아이가 열다섯 살 생일을 맞이하면 치르는 성대한 파티.

까르띠에.

"난 〈루퍼 워시〉에서의 실패로 내가 규정되는 것을 거부했어요." 스펜서가 말했다. "마지막 남은 돈을 할인매장에서 그림을 사는 데 썼죠. 단지 그림의 캔버스를 사용하기 위해서요. 캔버스를 초록색 으로 칠했고, 물감이 아직 젖어 있을 때, 거기 대고 울었어요."

"저런." 내가 말했다.

"엄마! 엄마 너무 잔인해요."

스펜서가 무릎 위에 있던 냅킨을 집어들더니 그걸 접어서 테이 블 위에 올려놓았다. 그가 일어서서 내 쪽으로 다가왔다. 내가 팔 을 들어올려 얼굴을 가렸던가? 어쩌면. 하지만 스펜서는 날 때리는 대신 끌어안았다. 그의 당혹스러운, 월하향 향기가 풍기는 애정의 행위를 감당하기 위해 나는 분만 수업에서 배운 호흡법을 실시해 야 했다.

팀비는 몹시 충격받은 표정으로 나를 쳐다보았다. 이 아저씨 뭐하 는 거예요?

나도 아이를 보았다. 나도 몰라.

스펜서가 자리로 돌아갔다. 팀비가 그에게 냅킨을 건넸다. 이쯤 되면 이 녀석을 존경하지 않을 수 없었다.

"맞아요," 스펜서가 말했다. "감상적이고 혼란스러운 행동이었 죠. 하지만 그게 바로 내가 처음 한 진정성 있는 행동이었어요. 그 그림은 이곳 시애틀에 있어요. 그걸 당신한테 보여주고 싶어요."

"나도 볼래요!" 팀비가 말했다.

"넌 책이나 읽어."

"내 정신 좀 봐!" 스펜서가 자기 이마를 때렸다. "짧게 얘기하겠다고 약속해놓고. 그래서, 회사를 나왔고, 마약쟁이가 됐고, 문신을 했고, 개과천선했고, 그리고 그후 십이 년은 당신도 알겠죠."

"내가요?"

"예일대학 예술학부, 화이트 칼럼*에서 열린 그룹전, 잭 월진상**, 베니스 비엔날레 등등."

내 눈은 감겼고, 얼굴은 일그러졌고, 머리는 작게 천 번쯤 흔들렸다. "네?"

"내 소식 들으신 줄 알았는데." 스펜서가 팀비에게 말했다. "네 엄마는……"

그러나 팀비는 스펜서가 준 책에 푹 빠져 있었다.

스펜서가 다시 나를 돌아보았다. "내가 그래서 당신이 절실하게 필요한 거예요, 엘리너. 당신에겐 가장 필요할 때 나의 주 회로를 달구는 능력이 있거든요."

"그럴 의도가 있었던 건 절대 아니에요!" 내가 말했다. "그건 확실해요."

"현대미술업계는 너무도 편협하죠. 하늘 높은 줄 모르고 치솟는 우리의 작품 가격이 우리를 우주의 중심으로 만들어주지만 사실 관심을 갖는 사람은 한 여덟 명이나 되려나. 그리고 그 사람들은 다 미술관 소유자이거나 미술 컨설턴트들이죠." 스펜서가 양손을 깍지 끼더니 가슴을 약간 숙였다. "당신을 존경합니다."

"그게 당신 얘긴가요?" 내가 여전히 멍한 상태로 말했다. "예일

---

* 신예 작가들을 위한 뉴욕의 전시 공간.
** 필라델피아 출신의 부동산 개발업자이자 은행가인 잭 월진이 미술가에게 수여하는 상. 상금이 많기로 유명하다.

대학, 베니스?"

"시애틀미술관에서 개인전을 하게 됐어요." 그가 말했다. "조각
공원에도 뭔가 해주었으면 좋겠다고 하고요. 시내 곳곳에 현수막
이 걸렸더라고요. 나는 당연히 당신이 가는 곳마다 내 이름이 바
람에 펄럭이는 걸 보았을 거라고 생각했죠. 하지만 당신은 다시 한
번, 나의 실상을 여실히 보여주는군요."

그러니까 이 비굴한 따라쟁이, 땀투성이 아첨꾼, 사기성 농후한
사분의 일짜리 소수 인종이 이제 유명인이 되었다고? 이제 이자가
바로 그런 재수없는 인간이라고? 그는 모든 것을 완전히 뒤집어엎
었고, 그 속에 내 얼굴을 처박거나 싸늘한 복수를 하는 대신 나를
끌어안고 이백 달러짜리 펜과 변태스러운 감사 인사와⋯⋯

"엄마?" 팀비였다.

팀비가 스펜서의 가방에서 꺼내 읽고 있던 책을 들어 보였다. 근
사한 잡지 아니면 카탈로그⋯⋯ 나는 그게 무엇인지 곧바로 알아
보았다.

미네르바상

〈루퍼 워시〉 시절. 그 상은 그래픽노블 작가에게 주어지는 상이
었다(지금은 사라지고 없다). 2003년에 댄 클로즈의 추천으로 나
는 그 상의 후보에 올랐다.

그해 미네르바상 수상자는 오디언 레스토랑에서 저녁 만찬과 함

께 발표될 예정이었다. 우리는 〈루퍼 워시〉 제작에 열을 올리고 있었고, 나는 그 행사를 바람맞힐 생각이었다. 그러나 마지막 순간 나는 동료들을 데리고 그곳으로 건너갔다. 우리는 형편없는 옷차림으로 좋은 자리에 앉았다. 멋지게 조명을 밝힌 난초 장식의 맞은편에 앉아 있던 예술계 고위직 인사 부인들이 우리의 천박함과 음탕한 농담에 불신의 눈길을 보냈다. (아무나 붙잡고 물어보기를. TV 프로그램을 제작하다보면 야생으로 돌아간다.) 나는 상을 탈 거라고 생각하지 않았고, 실제로 상을 타지 못했다. 우리는 선물 가방을 하나씩 들고 돌아왔다. 폼원더풀사社의 건강음료, 무라카미사의 USB, 베어스턴스사의 모토 '시대를 앞서가자(!)'가 새겨진 머그컵.

그리고 바로 저 프로그램 북.

"물론, 아저씨는 그 행사에 초대받지 못했단다." 스펜서는 팀비에게 말하고 있었다. "하지만 다음날 아침, 쓰레기통에서 프로그램 북을 하나 건질 수 있었지. 얼마 전에 대청소를 하다가 우연히 발견했어. 네 엄마가 그걸 갖고 싶어할지도 모른다고 생각했지."

뭔가 끔찍한 일이 일어나고 있었다……

"왜 그래요?" 스펜서가 물었다.

……그 프로그램 북, 팀비가 손에 들고 있는 것. 그 속에는 모든 후보의 약력과 작품 소개가 담겨 있었다…… 다시 말해 나의 작품, 열두 개의 삽화가 담겨 있었다.

"얘," 내가 팀비에게 말하며 손을 뻗었다. "이리 줘."

팀비가 내 손길을 피했다. "플러드 걸스가 누구예요?"

플러드 걸스

엘리너 플러드

〈플러드 걸스〉
대니얼 클로즈 추천

내가 엘리너 플러드를 처음 만난 건 1995년이었다. 때는 소위 샌디에이고 콘*(댈러스 콘, 새크 콘, 레퍼 콘과 구분 짓기 위해)이라 불리던 시대로, 할리우드로 인한 고급화가 진행되기 몇 년 전이자 만화가 여전히 각광받던 시기였다. 별 볼 일 없는 인디/얼터너티브/언더그라운드 부스 귀퉁이에 나, 피터 백, 조 맷, 허낸데즈 형제, 아이번 브루네티로 이루어진 머저리 군단이 있었다. 우리는 테이블에 작품을 펼쳐놓고 앉아 맷 그레이닝**이 나타나 뭐든 사주기를 기도했다. 우리는 '노블레스 오블리주'의 열렬한 신봉자였다.

아주 긴 시간이 지나도 우리 쪽은 아무도 거들떠보지 않았다. 그나마 우리 쪽에 사람이 얼씬거린 경우는 토드 맥팔레인***의 줄이 너무 길어서 이따금 턱수염 난 애어른이 줄에서 몇 걸음 벗어나 우

---

* 코믹콘을 줄인 말. 만화를 중심으로 애니메이션, 영화 등 다양한 엔터테인먼트 상품이 거래되는 행사.
** 〈심슨 가족〉을 만든 작가.
*** 캐나다의 만화가. 배트맨과 스파이더맨 만화를 그렸고, 맥팔레인 토이를 설립 후 액션 피겨를 제작해 큰 성공을 거두었다.

리에게 경멸의 시선을 보내거나 내 작품을 아마도 음료수 받침으로 쓰려고 할 때뿐이었다.

한 독특한 여성이 군중 속에서 모습을 드러낸 건 바로 그러한 직업적 자아성찰로 영혼이 마비되어 있던 때였다. 그녀는 자세가 반듯했고 원피스를 입고 있었다(트롤 여왕의 옷이 아니라 진짜 원피스). 그녀는 『에잇 볼』*의 팬이 분명했는데, 내가 팔고 있던 페이지를 바로 알아보았기 때문이다. "〈고스트 월드〉! 진짜 귀엽네요!" "〈어글리 걸스〉를 팔려고 내놓다니 믿을 수가 없네요. 이거 엄청 귀여운데." 귀엽다는 건 나의 작품과 관련해 내가 평상시에 듣는 말은 아니었다. (헉……이 가장 많고, 그다음은 왜?였다) 나는 그녀가 어느덧 거의 끝이 보이지 않을 정도로 늘어선 맥팔레인의 줄을 돌아보는 모습을 보았다. "저 사람들을 딱하게 여겨야겠죠." 그녀가 말했다. "무슨 뜻이죠?" 내가 말했다. "저 사람들은 자기가 슬프다는 것조차 모르잖아요." 우리는 그것이 그들을 미워할 정당한 이유가 되는가를 놓고 토론했고, 아마도 그럴 것 같다는 데 합의했다. 그때 그녀가 나의 포트폴리오를 통째로 집어들고 물었다. "이걸 내가 싹 다 사버리면 좀 그런가요?" 나는 그래도 된다고 했다.

그녀가 내게 수표를 써주었다. 엘리너 플러드. 뉴욕주 뉴욕.

엘리너를 다시 만난 건 그로부터 구 년 뒤였다. 나는 일이 있어서 뉴욕에 머물고 있었고, 어느 제작회사에서 전화 받는 일을 한

---

* 대니얼 클로즈가 펴낸 만화 잡지.

다는 조카를 만나겠다고 여동생과 약속을 한 터였다. 여동생이 말했다. "그 프로그램 알잖아. 〈루퍼 워시〉. 〈아이스 에이지〉 시작하기 전에 나오는 조랑말 탄 여자들 나오는 단편. 그게 지금 폭스에서 시리즈로 방영중이야." 나는 무슨 얘기인지 도무지 알아들을 수가 없었고(다행히도) 그래서 이렇게 물었다. "주소가 어떻게 되는데?"

나는 얼핏 듣기엔 그럴듯하지만 실제로는 전혀 그렇지 않은, 소호 거리의 어느 건물을 찾아가 4층으로 걸어올라갔다. 모두 아래층에서 상영회라도 참석하고 있는지 사무실은 텅 비어 있었다. 한쪽 구석에 위치한 사무실에 큼직한 화판과 그 앞에 세워놓은 커다란 거울이 보였다. 불현듯 그것들이 내가 스스로에게서 높이 평가하는 내 자기중심주의와 유아론적인 자기 집중처럼 느껴졌고, 그래서 나는 가까이 다가가 조금 더 살펴보았다.

화판에는 색연필로 그린 삽화들이 있었다(그리고 살벌할 정도로 악랄하게 끼적거린 폭스 간부들의 그림도 있었는데 그것들을 본 순간 나는 바로 이 사람이 마음에 들었다). 그림들은 빼곡하고 '예뻤으며' 엷은 색감과 섬세한 표정들로 채워져 있었다. 평소 내가 추구하는 것들은 아니었다. 하지만 그러면서도 그 그림들은 어딘가 내 마음을 불편하게 했다. 코카인을 하는 저그헤드*처럼 상투적인 아이러니한 방식으로 불편한 게 아니었다. 그것들은 불편할 정도로 진솔했다.

---

* 미국 만화 〈아치〉에 등장하는 캐릭터로, 말을 재치 있게 하고 느긋하고 쾌활한 성격의 고등학생이다.

그때 활달한 목소리가 들렸다. "댄 클로즈!" 엘리너 플러드였다. 알고 보니 그녀는 〈루퍼 워시〉의 애니메이션 디렉터였고, 내 조카가 그녀에게 내가 온다고 말을 해둔 모양이었다. 그녀가 몇 년 전에 샀던 내 작품 포트폴리오를 꺼냈다.

"혹시 돌려받고 싶은 거 없어요?" 엘리너가 말했다. "이것들 중 상당수가 지금 엄청 고가일 텐데. 마음이 안 좋아요. 내가 이걸 얼마나 헐값에 샀는지 생각하면 가끔은 진짜 울고 싶다니까요."

사실 나도 같은 생각을 하면서 실제로 운 적도 있다. 나는 그녀에게 그냥 갖고 있어도 된다고 했다.

엘리너가 자신의 그림을 바라보는 나를 보았다. "알아요," 그녀가 말했다. "엄청 귀엽지 않아요?"

네, 귀여워요, 내가 말했다. 이상할 정도로 오래 그 그림들을 바라보면서. "미네르바상 후보를 추천해야 하는데," 내가 말했다. "이거 제출해도 될까요?"

"그건 그래픽노블을 창작한 작가한테 주는 상 아닌가요?"

"이것들을 합치면 책이 되잖아요." 당시에도 나는 그래픽노블이라는 말을 선뜻 쓸 수가 없었다. 그녀가 내 말을 이해했다.

"아." 그녀가 말했다

어린 시절에 대한 다른 이야기들과 달리 〈플러드 걸스〉는 눈앞에 처한 현실처럼 느껴지고 현재형의 절박함이 담겨 있다. 상세한 시기를 명시하는 세부사항들로 가득하지만, 과거의 향수에 젖은 여행은 아니다. 강점은 솔직하고 덤덤하다는 것이다. 엘리너 플러드는 이 음산하고 신비한 그림에 엄청난 온기를 불어넣었고 그것은 참으로 보기 드문 재능이다. 나는 좀더 보고 싶다.

플러드 걸스

테스 타일러와 매슈 플러드
베멜먼스 바, 1967

엘리너 네 살, 아이비 육 개월.

엄마가 일요일에 <피핀> 공연을 두 차례 할 때면 아빠는 전화를 걸곤
했다. "839인데요. 뉴욕 제츠 배당이 어떻게 되죠? 이십 달러 걸게요."
다음날 아침 우리는 웃기려고 아빠에게 이렇게 말했다. "안녕히 주무셨
어요, 839!" 엄마는 우리에게 밖에 나가 놀라고 했다.

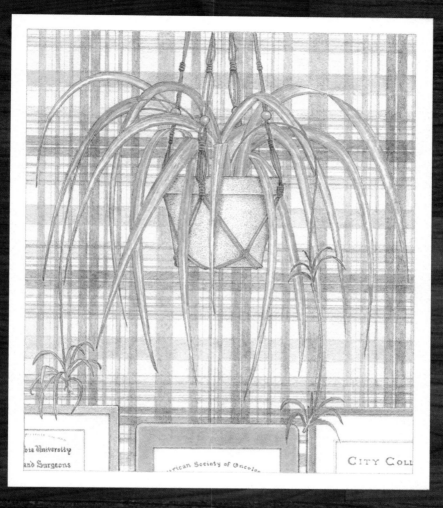

결과를 들을 때 엄마는 손을 잡아달라고 했다. "양성positive입니다." 솔츠 선생님이 말했다. 우리는 너무 기뻤지만* 엄마는 우리 손을 더 꽉 잡았다.

---

* 'positive'라는 말을 '긍정적인'의 뜻으로 받아들인 것.

댈러스에 사는 아빠 친구가 애스펀에도 집이 있어서 우리는 애스펀으로 이사했다. 그 집 아줌마는 우리 아빠를 무척 좋아해서 우리 셋을 작은 별 채에 살게 해주었다. 아빠에게는 매주 일요일에만 울리는 특별한 전화기 가 있고 그 통화 내용을 기록하는 노트가 있었다.

아빠가 시티 마켓 근처에서 공짜로 얻은 개를 집으로 데리고 왔다. 아빠는 개 이름을 파슬리라고 지었다. 왜냐하면 시티 마켓에서 파슬리는 항상 공짜였기 때문이다.

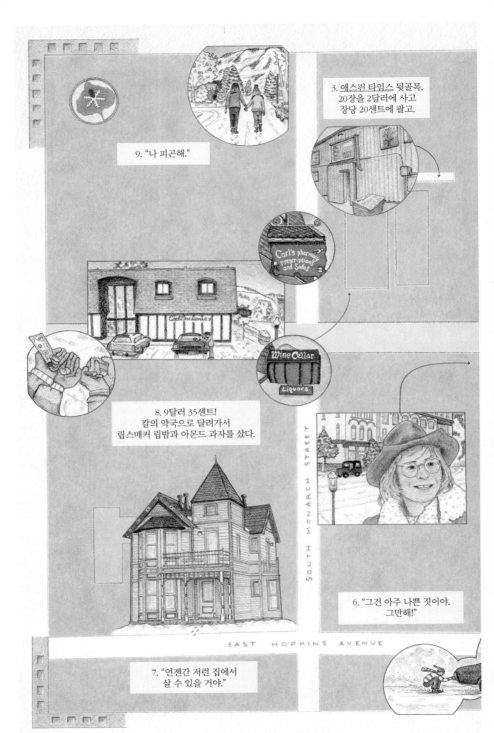

9. "나 피곤해."

3. 애스펀 타임스 뒷골목.
20장을 2달러에 사고
장당 20센트에 팔고.

8. 9달러 35센트!
칼의 약국으로 달려가서
립스매커 립밤과 아몬드 과자를 샀다.

6. "그건 아주 나쁜 짓이야.
그만해!"

7. "언젠간 저런 집에서
살 수 있을 거야."

1. 제롬 바에 있는 아빠.
"2달러만 주시면 안 돼요?"

2. "착하지, 파슬리."

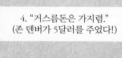

5. 유명한 할리우드 각본가
(우리한테서만 사기로 했다.)

4. "거스름돈은 가지렴."
(존 덴버가 5달러를 주었다!)

EAST MAIN STREET

SOUTH MILL STREET

목요일 방과후
애스펀, 1977

THE ASPEN TIMES

Vol. 96 * No. 23 * June 9, 1977 * Aspen, Colorado 81611 * 20 Cents * 3 Sections

Escaped kidnapper Bundy eludes

courtroom.

That library is separated from the courtroom itself by a partition about five feet high, with a door to it that is not locked.

Bundy was next seen by Casey ecurity sement st the

77 The Aspen Times Page 3-C

테드 번디가 탈출해서 학교 수업이 취소되는 바람에 아빠가 화요일 아침 일하는 곳에 우리를 데리고 갔다. 아빠가 사람들에게 봉투를 건네거나 사람들이 아빠에게 봉투를 건네는 동안 우리는 차 안에서 기다려야 했다. "누가 와도 절대 차문 열어주지 마라."

ender James Dumas stands in front e after Bundy's escape. He said no d ever shown a "greater lack of dy jumped from the window at top

Theodore R. Bundy is escorted into the Pitikin County Courthouse in handcuffs the morning of his escape by Pitikin County Sheriff's Officers Pete Murphy, left, and Rick D Kralicek. Murphy is carrying Bundy's legal papers in the cardboard box. Bundy was brought to pre-trial hearings from the Garfield County Jail where he had been transferred because of fears about the security at the Pitikin County Jail.

In previous appearances, Bundy had wearing in this photograph was left made his jump to freedom. Some the ground near the spot wher replaced inside the courthouse Mark Lewy.

부엌에서 소동이 일어났는데, 아주 요란했다. 늦게 들어온 아빠도 들을 수 있을 정도로. 우리는 무슨 일인지 보려고 침대에서 나왔다. 그때 아빠가 속옷 바람으로 눈을 비비며 방에서 나왔다. 곰 한 마리가 부엌에서 우리 음식을 훔치고 있었다! 경찰이 와서 샌드백 총으로 겁을 주어 쫓아버렸다.

그날 밤 이후 매일 밤, 현관문이 달그락거리는 소리가 들렸다. 그다음엔 옆문. 그다음엔 뒷문.

망가진 배우

"동생이 있다고 한 적 없잖아요." 팀비가 프로그램 북 너머로 내게 말했다.
　"동생 없어." 내가 말했다.

　올 것이 오고야 말았다, 기어이. 이제 이 세계의 시민이 되어버린 나의 거짓말.

　매일 밤 잠들기 전, 이 피할 수 없는 끔찍한 순간에 대비해 각기 다른 단어에 강세를 주며 머릿속으로 이 문장을 한 바퀴 돌려보곤 했다.
　나에겐 여동생이 없다.
　나에겐 여동생이 없다.
　나에겐 여동생이 없다.

때로는 나도 모르게 큰 소리로 그 말을 내뱉곤 한다. 뒷자리에서 팀비가 말한다. "엄마, 뭐라고 계속 중얼거리는 거예요?" 앞좌석에서 나. "아무것도 아니야."

때로는 내 표정에 나타나곤 한다.

조: 무슨 생각 하는 거야?

나: 아무것도, 왜?

조: 이를 드러내고 있잖아.

"하지만 테스 타일러는 엄마의 엄마잖아요." 팀비가 말했다. "그리고 파슬리는 엄마의 개고 그러니까……"

"〈플러드 걸스〉엔 엄마의 두 가지 모습이 담겨 있는 거야." 내가 쏘아붙였다. "예술적인 시도랄까. 그뿐이야."

프렌치프라이가 나왔다. 신선한 허브 가루를 뿌린 바삭바삭한 갈색 무더기.

"우와!" 팀비가 말했다. "이거 내가 거의 다 먹을 거 같아요!"

설마? 내가 이 엄청난 문제에서 이렇게 쉽게 빠져나갈 수 있다고?

"케첩 먼저 먹어보지 그래." 내가 말했다. 내 목소리에서 배어나는 떨림. "여기서 케첩을 직접 만들거든."

하지만 스펜서는……

그의 얼굴에 혼란이 번져갔다. 눈이 가늘어졌다. 양쪽 눈썹이 모이고 있었다. 그의 입이 벌어졌고 말이 나오고 있었다.

"그런데 내가 여동생 만난 적 있지 않아요?"

확실히 해두자면, 나에겐 여동생이 있다. 이름은 아이비. 나는 아이비에게 줄 선물로 〈플러드 걸스〉를 만들었다. 몇 년 전 댄 클로즈가 그 그림들을 보기 전까지는, 그걸로 그래픽노블을 만들 생각은 하지 못했다.

그런데 버턴힐 출판사의 신입 편집자 조이스 프럼이 등장했고, 그녀는 초보 편집자라면 응당 해야 할 일을 했다. 바로 장래가 촉망되는 재능 있는 사람을 찾아 알려지지 않은 시상식 만찬들을 돌아다니는 것이었다. 이십대 후반의 삐쩍 마르고, 오직 자신감으로 가득차 있던 조이스는 오디언 여자 화장실에서 나를 한구석으로 몰았다.

"바이얼릿 패리가 〈루퍼 워시〉의 공을 다 가져가네요." 그녀가 말했다. "이제 우리가 그 잘못을 바로잡아야 할 때예요."

"시도는 좋네요." 내가 말했다. "하지만 바이얼릿은 좋은 사람이에요. 그 사람이 범죄를 저지른 것도 아니고요."

"난 엘리너 플러드를 더 많이 원해요." 조이스가 말했다. "〈플러드 걸스〉는 살을 붙여달라고 애원하고 있어요."

"그렇게 말하니 굉장히 우쭐하긴 한데," 내가 말했다. "난 그래픽노블 작가가 아니에요."

"대니얼 클로즈는 생각이 다르던데요." 그녀가 말했다. "나도 그렇고요."

"난 할 이야기가 없어요."

그녀가 내게 명함을 내밀었다. "마음 바뀌면 연락해주세요."

그로부터 몇 년 뒤, 끔찍한 일이 일어났다.

그리고 내게 할 이야기가 생겼다.

나는 조이스에게 전화를 걸었고, 그 무렵 그녀는 버턴힐의 편집장이 되어 있었다. 그녀가 시애틀로 날아왔다.

우리는 W호텔에서 술을 마셨다. 조이스는 3인치 힐에 살구색 바지를 입었고, 잔주름이 진 꽃무늬 실크 셔츠는 단추를 아래쪽만 잠그고 긴 금목걸이를 했다. 화장은 하지 않았고 긴 머리는 무심하게 틀어올린 채였다.

일대일로 사람을 대해야 하는 상황에 처할 때면, 더구나 무언가가 걸려 있는 상황이면, 나의 불안감은 뾰족하게 날이 선다. 말이 빨라진다. 느닷없이 화제를 바꾼다. 충격적인 얘기를 한다. 너무 심하게 밀어붙이기 전에, 다시 돌아가서 여린 속내를 드러낸다. 상대가 날 비난하려는 낌새가 보이면, 내가 열을 올려 나 자신을 비난한다. (어떤 정신과의사는 이것을 '술수'라고 명명했다. 첫 상담이 반쯤 진행됐을 때, 의사가 내 헛소리를 잘랐다. 의사는 내가 거절당하는 것이 너무 두려운 나머지 모든 만남을 죽기 살기로 매력을 발산하는 시간으로 변질시킨다고 말했다. 내가 무지막지할 정도로 말이 많은 사람이라, 자기가 판단하기엔 치료가 불가능하다면서 내 수표를 돌려주고 행운을 빌어주었다.)

내 술수의 장점이자 단점이 뭐냐고? 사람들이 매번 거기에 넘어간다는 것이다!

술을 마시면서 조이스와 나는 곧바로 친구가 되었다. 모스크바 뮬*은 저녁식사로 이어졌고, 뒤이어 "내가 산 그 예쁜 모자 꼭 봐야 해요"라는 말이 나왔다. 조이스는 자기 방으로 올라가서 나에게 향수를 주었다. 나는 그 향이 몹시 마음에 들었는데, 파리에서만 판다고 했다. 나는 그녀가 사실은 여름 같은 사람인데도 봄처럼 옷을 입었다고 말했고, 앞으로 어떤 색상의 옷을 입어야 하는지 목록을 적어주었다. 조이스는 이제 막 유부남 작가와 연애를 시작할 참이라고 고백했다. 나는 내가 미국 대통령의 직계 후손이라고 말했다. 내가 그녀에게 서로 신발을 바꿔 신어보자고 말한 것**은 전혀 은유적인 의미에서가 아니었다.

새벽 한시가 되어서야 나는 그 생각을 떠올렸다. "책!"

"아직 모르고 있는 것 같아서 하는 얘긴데요," 조이스는 노련하게 편집자 모드로 돌아갔다. "당신은 작가예요. 작가처럼 생각하죠. 맞아요, 난 〈플러드 걸스〉 일러스트를 원해요. 하지만 당신의 글도 원해요. 그 책이 그림 위주가 될지, 글 위주가 될지, 그건 나도 모르겠어요. 모든 책은 저절로 만들어져야 해요. 내가 완전한 자유를 줄게요. 그 일러스트들을 이용하세요. 그리고 이 안에 있는 것들을……" 그녀가 내 머릿속을 가리키며 말했다. "종이에 옮기는 거예요."

내가 조이스 프림에게 넘어간 건지, 그녀가 엘리너 플러드에게

---

* 보드카와 진저비어, 라임주스를 섞어 만든 칵테일.

** 상대방의 신발을 신어보는 것은 관용적으로 입장을 바꿔놓고 생각하는 것을 의미한다.

넘어간 건지는 나도 모르겠다. 어쨌든 나는 출판 계약을 성사시키고 그곳을 빠져나왔다.

"나 동생분 만난 적 있는데," 스펜서가 완전히 당황한 얼굴로 말했다. "호리호리하잖아요, 왜. 사무실에 항상 들렀었고."

"다른 사람이겠죠." 내가 말하고는 그 말을 미소로 봉인했다.

스펜서는 〈에일리언〉에 나오는, 하얀 액체를 토해내기 직전의 남자 같은 표정이었다. 그가 손목시계를 보았다.

"여기요." 그가 지나가는 웨이터를 불렀다. "크게 무리가 되지 않는다면 지금 계산서 좀 갖다주시겠어요?"

"지금요?" 프렌치프라이 무더기에 아직 흠집도 거의 내지 못한 팀비가 물었다.

"포장해달라고 하면 돼." 내가 말했다.

나에겐 여동생이 없다.

나에겐 여동생이 없다.

"프렌치프라이는 포장하면 맛이 없다고요." 팀비가 말했다.

"두 분은 여기 더 계세요." 스펜서가 말했다. "난 큐레이터를 만나러 조각공원에 가야 하거든요."

우리가 조각공원에서 세 블록 떨어진 거리에 살고 있고, 낮시간에 그곳에서 요요를 산책시킨다는 걸 스펜서가 몰라서 천만다행……

"우리도 거기 가는데!" 팀비가 끼어들었다. "태워드릴 수 있어요."

나는 스펜서의 눈에 깃든 공포를 보았다.

"아니야, 아가." 내가 팀비에게 말했다. "스펜서 씨는 바쁜 분이란다. 우리하고 같이 집에 들러서 개를 태워 갈 순 없잖아, 너도 알다시피."

"제 그림 보여드릴게요!" 팀비가 스펜서에게 말했다. "그다음엔 아저씨 그림 보여주세요!"

팀비는 약간의 애처로움이 깃든 목소리로 끽끽거렸다.

스펜서=덫에 걸린 짐승.

오늘 아침 침대에 누워서, 나는 우스울 정도로 기준을 낮췄다. 사람들의 눈을 바라보고, 옷을 제대로 입고, 미소를 짓자! 일요일 드라이브처럼 간단한 일이어야 했다. 그런데 앞에 가던 트럭에서 짓궂은 진실이 모습을 드러내며 수박들을 던지기 시작했다. 아직 한시도 안 됐는데!

오늘 나는 적어도 팀비와의 약속만큼은 지킬 것이다. 팀비에게 아주 특별한 날을 만들어줄 것이다.

나는 스펜서의 얼굴을 보았다. 그의 얼굴에는 아마도 절망인 듯한 감정이 드리워져 있었다.

"좋아," 그가 말했다. "그럼 다 같이 가죠."

"야호!" 팀비가 소리쳤다.

"내가 신세 한번 졌네요." 레스토랑을 나서며 내가 스펜서에게 속삭였다.

"이제 공평해진 셈이죠." 그가 입술을 앙다물고 말했다.

나는 마치 언덕이 음악의 소리와 함께 살아 있다*고 선포하는 듯한 요란한 동작으로 현관문을 열어젖혔지만, 솔직히 화장실 변기물이 내려져 있는지 확인하는 게 가장 시급했다. 행여라도 스펜서가 나를 여전히 존경할 경우를 대비해, 소변으로 가득찬 변기를 보여주어서 그걸 망치고 싶지는 않았다.

나를 문 앞에서 반기지 않은 게 누군지 맞춰보시길. 요요. 녀석은 자기 자리에서 턱조차 들지 않았다. 고작해야 혹사라도 당한 듯한 촉촉한 눈으로 내 움직임을 좇을 기력을 끌어낼 뿐이었다.

스펜서는 바닥에서 천장까지 낸 창들과 만화 같은 파노라마로 펼쳐진 시애틀의 정경에 이끌리듯 집안으로 들어섰다. 눈 덮인 레이니어산, 스페이스 니들, 퍼시픽 사이언스 센터의 아치들, 엘리엇 베이의 컨테이너 선박들.

---

* 영화 〈사운드 오브 뮤직〉에 등장하는 곡 〈The Hills are Alive〉의 가사를 인용한 것. 영화 도입부에 주인공 마리아가 전원에서 팔을 활짝 펼친 채 노래 부르는 장면에 나온다.

"악명 높은 시애틀 날씨에 얼마나 긴장을 했는지. 조가 이렇게 말하더라고요. '살인 후 자살을 피할 수 있게 빛이 잘 드는 집을 구해야겠어.'" 나 입 좀 다물어야 하는데!

나는 욕실을 들여다보았고, 변기 물을 내렸고(나이스 세이브!), 다시 조잘거리며 나왔다.

"여기가 바로 마법이 일어나는 곳이죠!" 나는 작업실로 개조한 창고를 스펜서에게 보여주며 말했다. "아니면 마법이 일어나지 않는 곳이거나. 매일 달라요."

스펜서가 안을 들여다보았다. 내가 그림을 그리는 책상 하나가 겨우 들어가는 공간에는 벽마다 천장부터 바닥까지 잡지에서 오려낸 온갖 사진, 이미지, 메모, 이런저런 잡동사니 들이 붙어 있었다. 바닥에는 참고자료로 쓰는 사진집들이 허리 높이까지 쌓여 있었고 그동안 내가 쓴 모든 색연필 토막들이 담긴 유리병이 있었다.

"당신이 예술가라 다행이지 뭐예요." 내가 스펜서에게 말했다. "이 방을 들여다본 사람들은 대부분 내가 완전히 돌았다고 생각하거든요."

스펜서는 참지 못하고, 내가 현재 진행하고 있는 프로젝트를 들여다보았다. 나는 텔루라이드 영화제에서 의뢰한 작업을 하고 있었는데, 사람의 눈처럼 보이는 포플러나무의 옹이를 이용해보려고 애쓰는 중이었다. 아니면 그 비슷한 어떤 것이거나. 책상 위에는 필름들, 골동품 가게에서 산 유리 눈들, 그리고 허버트 바이어*의 사진들이 실린, 지금은 절판된 책 한 권이 놓여 있었다.

---

* 오스트리아 출신의 미국 디자이너이자 화가.

"당신 기분이 어떨지 짐작이 가요!" 내가 말했다. "내 차, 아파트, 작업실 내부를 하루에 전부 들여다보다니. 1루와 2루를 건너뛰고 곧장 3루로 달리는 기분이겠죠!"

"저 때문에 신경쓰이면," 스펜서가 말했다. "전 그냥 갈게요."

"가지 마요!" 나는 나 자신도 무서울 정도로 괴성을 질렀다.

조와 팀비가 아침식사를 한 접시들이 여전히 식탁 위에 있었다. 반쯤 먹다 만 토스트와 반쯤 마시고 남긴 오렌지주스로 구성된 디오라마*.

"폼페이 최후의 날을 방불케 하네!"

"당신과 당신 여동생," 스펜서가 나지막이 말했다. "무슨 일이 있었는지는 내가 알 바 아니에요. 당신을 비난하지 않아요. 그러니까 이제 좀 그만하세요."

"뭘 그만해요?"

"왜 싸워요?" 팀비가 물었다.

"아저씨한테 그림 보여줄래?" 스펜서가 말했다.

나는 얼른 조의 서재로 들어갔다. 〈플러드 걸스〉의 충격 이후 처음으로 나와 나 단둘뿐이었다. 나의 몸도 그 사실을 감지했는지 나도 모르게 조의 의자에 털썩 주저앉았다.

이런. 젠장!

무력감이 엄습해왔다. 호흡이 느려졌다. 나는 내 거미줄 같은 손가락 속에 얼굴을 파묻었다.

---

* 특정 공간이나 장면을 재현한 축소 모형으로, 박물관 등에 주로 전시된다.

아이비. 그애를 생각할 때마다 내가 늘 떠올리는 이미지는 옆모습이다. 호기심어린 표정으로 미소 짓는 이십대 아이비의 옆모습. 아이비는 천성적으로 사람을 신뢰했고, 계속 그 상태로 머물렀다. 사람을 잘 믿었고, 그들의 이야기와 의도에서 선함을 보았고, 그들이 원하는 방식으로 그들을 보아주었다. 피부가 얼마나 여린지 강인한 턱을 따라 퍼진 실핏줄이 보일 정도였다. 사람들이 가장 먼저 알아보는 것은 아이비의 아름다운 외모였다. 아이비는 조근조근 이야기했고 사람들이 가고자 하는 곳으로, 그녀 가까이로 사람들을 이끌었다.

아이비가 그런 말투를, 마지막이 가까웠을 땐 속삭이는 것만 가능했던 어머니에게서 배웠는지 궁금하다. 어머니의 친구 지지가 매일 방과후에 아이비와 나를 태워 병원으로 데려가곤 했다. 하루하루, 어머니의 목소리는 가냘파졌다.

그러던 어느 날, 학교 정문에 아버지가 서 있었다.

나는 아홉 살이었다. 아이비는 다섯 살이었다.

어머니의 죽음에 대한 나의 기억은(죽음 자체가 아니라, 그 이후의 나날들에 대한) 아버지의 무능함과 극단 사람들의 요란한 슬픔으로 점철된 멍한 뒤죽박죽이었다.

그러나 사십 년이 지난 지금, 나의 가슴을 저리고 아프게 하는 것은 바로 아이비에 대한 기억이다.

어머니가 죽고 나서 일주일이 채 안 되었을 때 어머니의 친구들이 어머니의 삶을 기리는 공연을 했다. 브로드웨이는 월요일마다 불이 꺼졌기 때문에, 벳 미들러가 일인극을 하는 민스코프극장을 빌렸다.

아버지, 아이비 그리고 내가 극장에 도착하자 중앙 통로에서 사람들이 우리를 둘러싸고 위로를 건넸다. 무대 뒤쪽, 어둠 속에 기계로 작동되는 거대한 유인원 손이 있었는데 벳 미들러는 그 손을 통과해 무대에 등장하곤 했다.

조명이 깜빡거렸다. 키드니 신부님이 계단을 올라가서 마이크로 향했다. 극장은 사분의 일도 차지 않았다.

"사람들이 다 올 때까지 기다려야 하는 거 아니에요?" 내가 아버지에게 물었다.

"워낙 큰 극장이잖니." 아버지가 말했고, 우리는 자리에 앉았다.

나는 몸을 떨기 시작했다. 어머니가 자신과 같은 '종족'이라고 표현했던 어머니의 극단 친구들은 어머니를 이런 식으로 추모하고 싶었을까? 빌린 무대 위, 다른 여자가 쓰던 소품 앞에서 신부가 텅 빈 객석에 대고 연설을 하는 식으로?

나의 어머니는 그들이 모욕할 대상이 아니었다. 어머니는 나의 것이었다. 어머니는 우아하고 꼼꼼했다. 어머니는 스위스 기숙학교를 다녔고, 우리에게 조그만 오븐 그릇에 담긴 치즈수플레를 만들어주었고, 독일 사진작가 앞에서 누드로 포즈를 취했으며, 우리 집을 싱그러운 꽃들로 채웠다.

나는 아이비를 돌아보았다. "나가자."

"난 공연 보고 싶어."

나는 아이비를 잡아끌었다. 우리는 로비의 벨벳 의자에 앉았고 그대로 잠들었다가 백파이프 소리에 깨어났다.

아버지는 어머니와 함께 쓰던 침대에서 도저히 잘 수가 없어서 매일 밤 소파에서 잠들곤 했다. 하지만 그 소파는 고양이의 소파였다. 추모식 다음날, 우리 세 사람은 사람들이 가져다준 음식을 말없이 먹고 있었다. (낯선 그릇에 담긴 이상한 음식들: 양고기가 아닌 다진 쇠고기로 만든 셰퍼드파이. 시나몬맛이 나는 라자냐. 콩이 들어간 마카로니 앤드 치즈. 그 모든 것은 엄마 없는 세상에 대한 우리의 두려움과 뒤섞일 뿐이었다.) 고양이가 소파 위로 뛰어올랐고 아버지가 머리를 대고 누웠던 자리에 웅크리고 앉더니 우리를 똑바로 쳐다보면서 오줌을 누었다. 너무도 악랄하고 감정적인 일처럼 느껴졌다. 펌킨은 마치 이렇게 말하는 것 같았다. 너희들 지금 이 상황이 끔찍하다고 생각해? 그럼 이건 어때?

아마도 아버지는 억눌렀던 자신의 분노를 무엇에든 표출해야만 했을 테고, 우리보단 고양이에게 그러는 게 나았을 것이다. 그렇다고 해도, 나는 아이비를 데리고 서둘러 밖으로 나가야 했다.

그날 오후, 지지와 어머니의 또다른 친구 앨런이 찾아왔고 아버지는 나와 아이비를 데리고 공원에 갔다.

집으로 돌아와보니, 지지와 앨런은 가고 없었다. 소파도 없었다. 펌킨도 없었다. 어머니의 물건들이 전부 사라졌다. 옷장 안의 드레스, 스웨터와 서랍 안에 개어져 있던 실크 스카프, 선반 위의 모자, 보석, 화장품 전부 다. 심지어 남아 있던 어머니의 향기마저 사라졌다.

현관 앞에 상자 두 개가 놓여 있었다. 하나에는 엘리너, 다른 하나에는 아이비라고 적혀 있었다.

아버지가 유일하게 간직한 것은 타일러 집안의 가보뿐이었다. 앤티크 데린저 권총 한 쌍.

그날 밤 아버지가 침대에서 코를 고는 동안, 나는 그 상자 두 개를 몇 시간 동안 노려보았다. 그리고 마침내 그 상자들을 들고 소각로에 가서 던져버렸다. (상자 안에서 금속 장신구와 구슬이 달그락거리던 소리가 지금도 귓가에 맴돈다.)

일주일 뒤, 아버지는 우리를 데리고 콜로라도로 갔다. 편도 여행이 될 거라는 말은 하지 않았다. 아버지는 애스펀에 집을 하나 더 갖고 있다는 댈러스 출신의 여자를 만났다. 아버지가 집을 보수하고 수리해주는 대가로 우리를 게스트하우스에 머물게 해준다고 했다. (1970년대 애스펀은 구 광산촌으로, 전 세계에서 스키 타기에 가장 적합한 가루눈이 펼쳐진 근사한 곳이었고 주로 텍사스 사람들을 끌어들였다. 머라이어 캐리와 걸프스트림 550 쪽이라기보다는 카우보이모자와 카우보이 쪽이었다.*)

뉴욕에서 아버지는 안정적인 삶의 기반을 구축하고 있었다. 애스펀에서도 그럴 수 있기를 바랐겠지만 뭔가 일이 틀어진 모양이었다. 훗날 나는 수많은 마권업자들이 도박을 시작해 너무 깊이 빠져드는 바람에 일을 해서 빚을 갚아야 하는 신세로 전락했음을 알게 되었다.

아버지가 처음 우리를 두고 떠났을 때 우리는 그곳에서 첫 겨울을 맞았다. "동생 돌볼 수 있지?" 아버지가 내게 물었다. 이상한 질문이었다. 아버지는 필요한 게 있으면 칼의 약국에서 갖다 쓰고 장부에 달아두라고 했다. (아버지의 모든 것은 여전히 조각 몇 개를

---

* 애스펀은 머라이어 캐리 같은 스타들이 겨울 휴가를 보내는 고급 별장이 있는 곳으로 알려져 있고, 걸프스트림 550은 유명인들이 이용하는 비즈니스 제트기명이다.

잃어버린 퍼즐 같다. 아버지가 슈퍼볼 도박을 하러 라스베이거스로 갔을 거라는 것이 그나마 내가 할 수 있는 가장 그럴싸한 추측이다.)

아버지는 구 일 동안 집을 비웠다. 아이비와 나는 게스트하우스에서 우리끼리 살았다. ("자, 감옥으로 달아나요. 우리 둘이 새장 속의 새들처럼 노래해요." 어머니가 잠자리에 들기 전 암송하곤 했던 「리어 왕」의 대사였다.) 그때가 1월이었다. 스쿨버스가 우리를 내려주면 우리는 칼의 약국에 들렀다가, 마치 도둑들처럼 우리만의 조그만 과자 집으로 숨어들었고, 그때면 이미 해는 섀도산 뒤로 넘어간 뒤였다. 우리는 전등을 다 켜고, 난로에 불을 지피고, TV를 보고, 약국에서 가져온 졸리랜처 사탕, 프링글스, 그리고 게스트하우스의 숙박계 옆 커다란 통 위에 이따금 놓여 있던 이런저런 과일들을 먹으며 연명했다.

그로부터 며칠 뒤 아이비가 아팠고 점점 더 심해졌다. 39도의 고열, 가래가 나오는 기침, 귀통증 때문에 아이비는 끙끙 앓았다. 우리에겐 소아과 주치의도 없었다. 911에 전화했다간 우리 둘이 방치되었다는 것을 경찰이 알게 될 것이었다. 경찰이 우리를 데려갈 것이고, 그러면 우리는 떨어져 있게 될 확률이 높았다. 나는 아버지의 서명을 위조해 학교에 사유서를 제출하고 칼의 약국 선반에서 가져올 수 있는 것들로 아이비를 돌봤다. 아스피린, 바포러브 코막힘 연고, 수크레츠 목캔디, 목 스프레이, 베나드릴, 기침 시럽 등등. 그때 무슨 일이 벌어질 수 있었는지를 생각하면 지금도 몸서리가 쳐진다. 나는 매일 아이비가 살아 있기를 기도하며 집으로 돌아갔다.

아이비는 항상 살아 있었고, 학교에서 무슨 일이 있었는지 듣고 싶어했다. (아이비는 여섯 살이었다. 4학년의 손에 양육되고 있는.) 나는 감히 진실을 말하지 못했다. 나는 빨간 머리에 주근깨가 난 뚱보였다. 뉴욕에서 학기 중간에 이사왔기 때문에 못 보던 아이였고, 거친 아이들의 유혹적인 먹잇감이었다. 쉬는 시간에 교실을 옮겨다닐 때면 아이들이 나를 연못으로 밀어넣곤 했다. 막 내린 눈을 내 가방에 채워넣을 때도 나는 반항하지 않았다. 그 겨울 장난을 아이들은 눈 목욕이라고 불렀다.

하지만 집으로 돌아가 아이비에게 오후 보고를 할 때, 나는 그 학교 불량 학생들의 외모를 조롱하고, 그들의 이름으로 장난을 치고, 그들의 지적 능력을 폄하하는 최종 발언을 했다. "그건 너무 심했다!" 나의 유일한 청중 아이비가 웃으며 말했다.

그러나 결코 내가 심한 게 아니라는 걸 아이비는 알고 있었다.

세월이 흐른 뒤 이십대 시절의 어느 날 우리는 매디슨 애비뉴를 걷고 있었고, 아이비가 내 손을 잡았다. 그저 나와 손을 맞잡기 위해서. 우리는 그만큼 서로를 편안해했다.

우리 사이에 일어난 모든 일에도 불구하고, 불시에 나를 덮쳐오는 감정, 내가 아이비에 대해 느끼는 감정은 애틋함이다. 나의 손을 잡았던 그날의 그 애틋함.

이제, 아이비를 지워버린 나는, 술수 그 자체가 되어버렸다. 나는 이미 오래전에 객석을 떠난 관객을 위해 공연을 하려고 세상 밖으로 나가 관찰을 하고 사람들을 만나는 기괴한 인간이다.

우리집 조의 서재에 앉아 있는 동안, 꿈틀거리는 유독성 덩어리가 뱃속에서 똬리를 틀었다. 죄책감, 갈망, 후회. 뭐라고 부르건, 그것이 시커멓게, 안에서부터 나를 부식시키고 있었다.

아이비에 대한 기억을 소환하는 물건에 얻어맞고 나가떨어지면 이렇듯 멀미와 나약함의 물결이 밀려드는 것을 어쩔 수가 없다. 어떤 기분이냐고? 이건 내가 아니었다. 내 뱃속에서 일어난 별개의 감각이었다. 그 감각에는 모서리가 있었다. 내가 할 일은 그것을 나 자신과 별개인 하나의 개체로 인식하는 것이었다.

수프 냄새 들이마시고. 수프 불어서 식히고.

지금은 나 자신인 편이 나았다. 아이비는 멍청한 허울뿐인 삶, 한심한 가치들을 위해 떠났고……

나는 그러지 않았다.

나는 그렇게 살고 있지 않았다. 내 일이 곧 나의 삶이었다. 나의 삶은 스스로 일구어가는 풍요로움으로 가득찬 고귀한 삶이었다. 나는 건강했다. 팀비도 건강했다. 조도 건강했다. 나는 사랑받고 있었다. 예술가로 이름도 알렸다. 나에게는 써야 할 그래픽 회고록이 있었다. 여동생하고 잘 지내지 못하기로서니 그게 뭐가 대수인가?

나는 일어섰다. 여전히 몸이 약간 떨렸다. 방을 나서려다가 걸음을 멈췄다.

조의 책상 위. 망원경 같은 물건. 회색에 바게트 절반 크기의 그 물건이 곤충의 다리 같은 것 위에 웅크리고 있었다. 창밖을 향한 채로.

별 희한한 일이 다 있네.

"나도 볼래요!" 팀비가 들어왔고 스펜서가 뒤따라 들어왔다. 스펜서의 얼굴은 작은 꽃 스티커로 뒤덮여 있었다.

"비켜." 팀비의 손이 닿기 전에 내가 팀비를 엉덩이로 밀쳤다.

"엄마 나빠요."

"나가, 나가." 내가 그들을 거실로 몰아냈다.

"엄마, 엄마 컴퓨터로 막대기 벌레 비디오 봐도 돼요?"

"난 그만 가봐야 해요." 스펜서가 말했다.

"잠깐만요." 내가 문을 닫았다.

나는 조의 책상 뒤쪽으로 가서 거꾸로 기도하듯 양손을 등뒤에 모으고는 얼굴을 접안렌즈에 갖다댔다.

뿌연 콘도들의 전경 뒤로 저멀리 요트 한 척이 선명하게 시야에 들어왔다. 검은 선체와 날렵한 요트의 뱃머리가 정확히 초점이 맞춰진 채 들여다보였다.

나는 창가로 다가갔다. 요트는 어느 공업단지 해안에 있었는데, 유심히 본 적은 없지만 코스트코 가는 길에 늘 지나는 곳이었다.

흠. 요트라니.

나는 뒤로 물러나다가 벽에 기대어져 있던 야자나무 줄기를 쓰러뜨렸다. 허리 높이에, 상어 이빨처럼 날카로운 삼각형 모양의 가시가 돋아 있고, 백여 개의 꼬인 실 같은 갈라진 잎들이 마치 선사시대 장식 방울처럼 꼭대기에 늘어져 있는 줄기였다.

조는 구축 해소contracture-release 수술을 하러 터키에 갔다가 그 나무를 가져왔다. 그곳에서 그는 눈이 침침한 아버지를 데리고 이라크에서 사막을 건너왔다는 사람을 만났다. 그들은 장님도 앞을 볼 수 있게 한다는 미국인 의사들에 관한 얘기를 들었다고 했다. 치료비로 그들은 가족이 키우던 야자나무에서 열매가 잔뜩 달린 가지 하나를 꺾어 가져왔다. 조는 자신은 그런 의사가 아니라고 설명했다. 그런데도 그들은 한사코 조에게 열매를 먹어보라고 했다. 열매의 달콤한 맛을 보면 마음이 바뀔지도 모른다고.

조는 비행기 네 대를 갈아타며 그 가지를 싣고 왔고 그들을 결코 잊을 수 없었다. "나는 그 사람들을 좀 잊고 싶다고!" 조가 그 비참한 이야기를 들려주었을 때 내가 소리쳤다. "이 방에서 치워버려!" 조는 그 가지를 진료실에 들고 갔지만 루디에게 쫓겨났다. 그래서 결국 이 구석자리로 오게 된 것이었다.

나는 다시 거실로 나와 식탁의 조의 자리에 앉았다. 접시들을 한 쪽으로 밀어냈다.

"거기서 H&M 옷을 만든대요." 아이방의 열린 문틈으로 팀비의 목소리가 들렸다.

"네가 왜 기분이 안 좋은지 알겠구나." 스펜서의 목소리.

딸깍-딸깍-딸깍. 요요가 저만치에, 아둔하고 희망 섞인 표정으로 서 있었다.

"내가 무슨 말을 하건," 팀비의 작은 목소리. "파이퍼는 자기가 더 많이 아는 척을 해요. 내가 디즈니 공주들을 얼마나 싫어하는지 얘기했는데……"

"너 디즈니 공주들 좋아하잖아!" 내가 소리쳤다.

"좋아한 적 없어요!" 팀비가 소리쳤다.

"핼러윈 때 개스톤으로 분장했잖아. 개스톤은 벨을 사랑하고, 그러니까……"

쾅 하고 팀비의 방문이 닫혔다.

나는 식탁에 이마를 댔다. 생각했던 것보다 훨씬 더 딱딱하고 차가웠다. 조가 오늘 아침에 했던 것처럼 양팔을 위로 들어보았다. 편하지 않았다. 분명히 자연스럽게 취하게 되는 자세는 아니었다. 하지만 그 자세는 무엇을 말했던가? 나 우울해. 난 혼자야. 난 상처받았어. 난 도움이 필요해.

나는 똑바로 앉았다. 요요가 고개를 쳐들었다. 겁도 없이 꼬리를 흔들었다.

"저리 가."

"그죠, 그죠?" 팀비가 자기 방에서 말했다. "그치, 그치?" 스펜서가 대답했다. "그죠, 그죠?" 팀비가 끼어들었다. "그치, 그치?" 팀비의 목소리 위에 스펜서의 목소리가 겹쳐졌다. 그런 식으로 계속, 스타카토가 되고 속사포가 될 때까지 이어졌고, 곧 디스코 노래가 터져나올 거라 예상했지만 대신 키득거리는 웃음소리가 들려왔다. 게이와 소년에게 축복이 있기를. 어쩌면 게이와 게이에게 축복이 있기를.

"우린 할일 하자." 내가 요요를 바라보며 말했다. "산책하고 싶은 사람?"

마법의 단어를 듣고 요요가 짖기 시작했다.

"다 사실이잖아!" 내가 높은 요요 호출용 목소리로 외쳤다. "가자, 찰리 트로터. 가자, 비스킷. 가자, 요요 상. 가자, 유지 폰부치."

"얘 이름은 요요예요." 팀비가 스펜서와 나란히 서서 차갑게 말했다.

"그게 엄마 증상이야." 내가 말했다. "엄만 불안해지면 개의 애칭을 만들거든."

"뭐 때문에 불안한데요?" 팀비가 물었다.

"여러 가지." 내가 말했다.

스펜서는 입을 다물었고 우리는 오늘의 나머지 절반을 맞이하기 위해 집을 나섰다.

"좋아, 이제 그만 끝내버리자." 가파른 경사로를 따라 내려가면서 나는 그렇게 소리내어 말을 했거나 혹은 하지 않았고, 가을바람이 아파트 건물의 복도를 때리고 지나갔다. 한때 오염된 공업지구였던 올림픽 조각공원은 지금은 완벽하게 설계된 해안가의 시민 공간이 되어 다양한 행사로 북적였다.

버스 한 대 분량의 아이들이 리처드 세라*의 녹슨 작품 골짜기 안에서 숨바꼭질을 하고 있었다. 서늘한 파란색과 녹색의 한복판에서 눈에 확 띄는 콜더**의 빨갛고 거대한 작품이 드리우는 그늘에 연인들이 퀼트를 깔고 나른하게 누워 있었다. 자전거 동아리가 클라스 올든버그***의 타자기 지우개 옆에서 쉬면서 입안에 물을 짜넣고 있었다. 십대 다운증후군 아이들이 밧줄에 달린 손잡이를 잡

---

* 미국의 미니멀리즘 조각가.

** 알렉산더 콜더. 미국의 조각가로, 움직이는 미술인 '키네틱 아트(Kinetic Art)'의 선구자.

*** 스웨덴 출신의 미국 조각가.

은 채 루이즈 부르주아*의 검은 대리석 눈들 사이를 누비며 환호했다. 관광객들은 스페이스 니들을 손바닥 위에 올려놓은 것처럼 포즈를 취하며 우스꽝스러운 사진을 찍었다. 어디를 보건, 엉뚱하거나 황당하거나 도전적이거나 아니면 그저 사랑스러운 조형물들 천지였다.

거의 모든 작품 옆에 시애틀에서는 물론 다른 곳에서도 유명한 기증자들의 이름이 새겨진 용의주도한 명패가 놓여 있었다. 게이츠, 앨런, 라이트, 셜리, 베나로야.

아무때고 즐길 수 있는 예술작품이 이끌어낸 다양한 감정들의 유쾌한 혼합을 만끽하면서 나는 문득 이런 생각을 하지 않을 수 없었다. 부자들, 그들을 사랑해야 해!

"나중에 봐요." 스펜서가 말하고는 공원 입구의 유리 파빌리온 쪽으로 달려갔다. 그가 그길로 죽 달려서 캐나다로 넘어갔다 해도 나는 그를 비난하지 않았을 것이다.

팀비와 나는 완만한 지그재그를 그리며 바다 쪽으로 난 널찍한 길을 따라 걸었다.

"파이퍼 일은 속상했겠다." 내가 말했다. "그런 얘기는 엄마한테 했어야지. 얘기하고 싶지 않았다면 할 수 없지만 말이야. 하지만 못할 게 뭐 있니, 우린 친군데."

팀비가 내 옆구리로 머리를 들이밀었고, 나는 아이의 어깨에 팔을 걸쳤다.

"엄마?" 팀비가 말했다. "엄만 어떤 계절이 가장 좋아요?"

---

* 프랑스 태생의 미국 추상표현주의 조각가.

"너무 빤하지만, 그래도 봄."

"난 겨울이요." 아이가 으스대며 말했다.

"겨울?" 내가 되물었다.

"눈 때문에요."

"눈을 언제 봤는데?"

"샐리시 로지*에 갔을 때 아빠의 환자라는 그 호텔 주인이 우리한테 아주 큰 방을 구해줬는데 아침에 일어났더니 너무너무 조용했고 엄마가 나한테 '커튼 젖혀봐'라고 말했는데 눈이 내리고 있었고 그래서 내가 밖으로 달려나가서 잠옷 바람으로 눈 위에서 막 굴러다니고 눈이 내 혀에 떨어지고 아빠가 낙엽이 잔뜩 붙은 눈사람을 만들고 내가 벌에 쏘인 줄 알았는데 알고 보니 슬리퍼 안에 얼음이 들어갔던 거 기억하세요?"

"왜 좀더 자주 그러지 못하는 걸까?" 내가 말했다.

"왜냐하면 엄마가 추운 걸 싫어하니까요."

헉. 늘 하던 대로 다-다-다-다 쏘아붙이는 대신 나는 잠시 멈추고 내가 참으로 다양한 방식으로 팀비를 실망시켰음을 통감하는 시간을 가졌다.

우리는 한동안 조용히 걸었다.

"엄마?" 팀비가 말했다. "파이퍼 빌이 나한테 욕했어요."

"뭐라고 했는데?"

"그거 말하면 저도 욕하는 게 되잖아요."

"첫 글자만 말해봐."

---

* 미국 워싱턴주 스노퀄미폭포 위쪽에 위치한 숙박시설.

"C." 팀비의 목소리가 갈라졌다.

"C라고!" 내가 말했다. "3학년 여자애가 C로 시작하는 욕*을 했다고?"

"네. 저한테 소cow라고 했어요."

"소?"

"엄마 왜 웃어요?" 아이가 물었다.

"미안. 우스운 말은 아니지. 아주 충격적이고 무례한 말이구나."

"그건 내가 뚱뚱하다는 뜻이라고요." 팀비가 말했다.

"이런, 아가. 그런 말 하지 마. 엄만 더도 덜도 말고 딱 지금 네 모습이 좋아. 그리고 넌 콩나무처럼 쑥쑥 자랄 거야."

"제발 빨리 그렇게 됐으면 좋겠어요." 아이가 말했다.

"엄마가 네 나이 땐, 아버지가 날 데리고 쇼핑을 가면 뚱보 코너에서 옷을 골라야 했어."

"누가 그런 말을 써요?"

"몰라," 내가 말했다. "글렌우드스프링스에 있는 아주 후진 매장이었어. 거기 그런 코너가 있었어. '뚱보.'"

"불쌍한 엄마!"

여덟 살. 여덟 살은 가장 좋은 나이였다.

"힘겨운 시절에 대해 한 가지 확실한 게 있다면," 내가 말했다. "대체로, 살아남는다는 거야."

요요가 회양목 덤불에 머리를 넣었다가 부리토 반쪽을 물고 나왔다. 개에게 한 가지 재주가 있다면, 덤불 속에 머리를 처박으면 세

---

* 여성의 성기를 뜻하는 'cunt'로 짐작한 것으로 보인다.

븐일레븐이 나온다는 것이다. 녀석이 은박지째로 부리토를 씹었다.

"엄마!" 팀비가 소리쳤다.

나는 요요의 입안에 손을 넣은 다음 침 묻은 부리토 조각을 꺼내 쓰레기통에 던졌다. 요요는 얼이 빠져 나에게 시선을 고정했다.

"없어!" 나는 텅 빈 손바닥으로 라스베이거스 딜러처럼 박수를 쳤지만 녀석에게는 아무 의미도 없는 행위였다. "가자, 이 멍청한 녀석."

내가 줄을 홱 당겼다. 녀석이 버텼다. 나는 발로 요요를 툭 밀었다.

"발로 차지 마세요!" 팀비가 소리쳤다.

"발로 찬 거 아니야."

사람들이 멈춰 서서 구경을 하진 않았지만, 상황을 파악하려고 걸음을 늦추긴 했다.

우리는 언덕 아래에 다다랐고 자전거 타는 사람이 있는지 보려고 도로 양쪽을 살핀 다음 자전거도로를 건너 바닷가로 이어진 잔디로 들어섰다.

잔디밭 한편에 '접근 금지'라고 쓰인 테이프가 사각형으로 둘러져 있었다. 그 안에는 눈높이의 장대 위에 유리창이 두 개 놓여 있었다.

"저 안에서 뭐하는 거예요?" 팀비가 물었다.

마치 내가 알 거라는 듯이.

작업복 바지에 티셔츠를 입은 남자가 우리를 등진 채 웅크리고 앉아 있었다. 옆에는 연장이 가득 든 검은 플라스틱 손수레가 놓여 있었다.

갑자기 우리 머리 위로 물줄기가 날아오더니 유리에 물을 뿌렸다. 작업하던 사람이 놀라서 펄쩍 뛰며 피했다.

우리 뒤에서 호스를 들고 물을 뿌리는 사람은 다름 아닌 스펜서였다.

"날 찾았네요!" 그가 말했다.

왼쪽 유리는 조약돌 같은 물방울로 반짝였다. 그러나 오른쪽 유리는……

"첨단 방수제로 덮여 있어요." 스펜서가 설명했다. "물방울이 바로 튕겨나가죠."

나는 노란 테이프 밑으로 들어가 유리를 만져보았다. 마법처럼 보송보송했다.

"시애틀 미술관에서 옥외에 설치할 작품 한 점을 의뢰해왔을 때," 스펜서가 말했다. "전 생각했죠. 좋아, 비를 갖고 한번 놀아볼까. 그리고 당신이 이곳으로 이사했다는 걸 기억해냈고요, 에 부알라.*"

"저요?"

스펜서가 내 손을 잡고 이끌었다. 작업하는 남자가 입에 자를 물고 콘크리트 조각 위에 명판을 고정시키고 있었다.

'출세주의자 / 예술가'
스펜서 마텔
미국인, 1977년생

---

* '자, 보세요'라는 뜻의 프랑스어.

스펜서가 기대한 것이 충격과 기쁨이었다면, 나는 그것을 여실히 보여주었다. 한쪽 유리창을 통해 물방울 뒤로 삼나무가 일그러져 보였다. 다른 쪽 유리로는 똑같은 광경이 선명하고 바짝 마른 모습으로 보였다.

"눈물로 얼룩진 캔버스가 바로 출세주의자로군요." 마침내 이해하며 내가 말했다. "그 캔버스는 감정으로 일그러져 있어요. 예술가는 똑같은 이미지인데 자기 연민에서 벗어났고요."

스펜서가 두려운 표정을 꾸며내며 양손을 얼굴로 가져갔다. "나를 좀 덜 감상적이고 덜 호모처럼 표현해줄 순 없나요?"

팀비가 나쁜 단어를 듣고 숨을 헉 들이켰다.

"이게 바로 예술가들이 하는 일이죠!" 지금 내가 누구한데 말하고 있는 거지? "주위를 둘러보세요. 뭐든 고를 수 있잖아요. 하늘의 광활함, 물의 푸른 빛깔, 페리, 보트, 산, 그리고 어디를 보든 사람들이 있어요. 팀비, 이리 와." 팀비에게 말을 하고 있는 게 분명했다.

팀비가 본능적으로 뒷걸음질쳤다.

"이런 풍요로움 본 적 있니?" 나는 내 아들을 안아서 창틀과 눈높이를 맞췄다. "이게 바로 예술이란다. 감히 무언가에 틀을 씌우고, 네 이름으로 서명을 하고, 그 자체로 말하게 하는 것."

"엄마 말씀 귀담아들어." 스펜서가 말했다.

"쿠퍼유니언대학에서 '사진의 역사' 수업을 들어야 했어요. 그 자매들 사진을 찍은 사람이 누구였죠? 70년대에? 매해 찍어서 크리스마스카드처럼 죽 늘어놓은?"

"니컬러스 닉슨," 스펜서가 말했다. "브라운 자매요."

"고마워요! 난 전반적으로 사진 쪽하고 좀 심각한 문제가 있었어요. 니컬러스 닉슨을 다룰 때 내가 교수한테 말했죠. '이건 너무 마구잡이네요. 이런 사진은 나도 찍겠어요.' 그랬더니 이러더군요. '하지만 자넨 안 찍었지. 니컬러스 닉슨은 찍었어. 그리고 거기 자기 이름을 붙였고. 그래서 예술인 거야.'"

"그 사람은 그 일을 하고 또 했죠." 스펜서가 말했다.

"그 일을 고수했어요!" 내가 말했다. "그리고 그게 그의 작품의 기조가 되었고요." 내가 팀비에게로 돌아섰다. "마지막에 초를 치고 싶진 않지만 아가, 삶이란 하나의 긴 맞바람이란다. 사람들에게 어떤 식으로든 영향을 주려면 광기에 가까운 자기 의지가 필요해. 세상은 적대적이고, 네 의도에 의심을 품을 거고, 널 오해할 거고, 네게 회의감을 주입하고, 너에게 알랑거려서 자기 태만에 빠지게 만들 거야. 이런, 이렇게 말하니 너무 요란하고 감정적으로 들리잖아! 세상이 한마디로 어떤 곳이냐고? 무관심한 곳이야."

"아멘이라고 말하는 바입니다." 스펜서가 말했다.

"하지만 당신에겐 비전이 있어요. 그 비전에 테를 둘렀고요. 그리고 어쨌건 당신 이름으로 서명을 했어요. 그게 위험부담인 거죠. 그게 도약이고요. 그게 광기예요. 누구든 관심을 갖는 사람이 있을 거라고 생각했다는 것."

"엄마, 지금 계속 똑같은 말 하고 있어요."

"너 엄마 때문에 창피하구나, 그렇지?"

"그만."

불길에 기름을 붓는 격으로, 나는 엉덩이를 뒤로 빼고 엉덩이춤 자세를 취했고……

내 눈은 눈물로 얼룩진 유리 뒤의 무언가에 고정되었다.

완벽한 프레임 속. 요트.

부두는 자전거도로를 따라 걸어서 십 분 거리였다.

"스펜서?" 내가 물었다. "팀비 좀 봐줄래요?"

"이를 어쩌나." 그가 말했다. "파빌리온에서 큐레이터를 만나기로 했어요."

"잘됐네요." 내가 말했다. "팀비가 내 번호 알아요."

"엄마!"

나는 팀비에게 내 가방을 건넸다. "껌, 화장품. 다 네 거야."

"오." 아이가 잽싸게 가방을 내 어깨에 걸쳤다. "가세요."

그 요트는 세계에서 세번째로 큰 요트로, 천연가스 사업으로 악취 나는 부를 축적한 러시아의 부호 빅토르 파스테르나크의 소유였다. 그는 지난달에 스노클링을 하러 하와이에 갔는데, 거기서 한 창녀가 다른 창녀를 질투해 빅토르의 머리에 성게를 던졌다. 얼굴은 적시에 손으로 가릴 수 있었지만 그 바람에 독침이 그의 손에 박혔다. 손이 부풀어오르기 시작하자 그는 시애틀로 향했다. 유명한 '그 남자' 얘기를 들었기 때문이었다.

"성게를 피하려다 입은 부상이군요!" 조가 전화를 받고 유쾌하게 말했다.

빅토르는 스스로 '팔 분의 법칙'이라고 이름 붙인 원칙에 따라 살고 있었다. 자기는 부자이기 때문에 원치 않는 일은 팔 분 이상 할 필요가 없다는 계산이었다. 그가 원치 않는 일에는 병원에 있는 것도 포함되었는데, 최근 앤더슨 쿠퍼*가 항생제에 내성이 있는 슈

---

* CNN의 간판 앵커.

퍼박테리아에 대해 보도한 것에 과민반응해 극도로 겁이 나서였다. (빅토르는 줄곧 쿠퍼 앤더슨이라고 말했지만 조는 군이 바로잡지 않았다.) 그래서 빅토르는 자신의 요트에 있는 디스코텍을 수술실로 꾸몄다. 그는 조를 요트로 초대해 최첨단 시설을 선보인 다음 조가 그곳에서 창녀가 던진 성게 가시를 제거해야 한다고 통보했다. 미치지 않은 조는 망설였다.

빅토르는 한사코 우겼다. 유럽 축구선수들의 무릎 수술을 하는 것으로 유명한 스페인의 루이스 로고웨이 박사의 감독하에 수술실을 설치했다고 했다. 빅토르의 좋은 친구라는 로고웨이는 키가 180센티미터가 넘는 죽여주는 스페인 여자 간호사들을 대동하고 조를 돕기 위해 날아올 거라고 했다.

조는 생각해보았다. 과감한 제안이긴 하지만, 그렇다고 해서 비윤리적인 일인가? 수술을 반드시 병원 내에서 하라는 법은 없었다. 조는 아이티, 인도, 에티오피아의 흙바닥에서도 백여 차례 수술을 집도했다. 보험회사에서는 모든 수술을 병원 내에서 진행하기를 원하지만 이 남자는 불쾌할 정도의 거금을 현금으로 지불하겠다고 했다. 그 순간 조는 일종의 유체이탈을 경험했고, 수술을 하겠다고 말하는 자신의 목소리를 들으면서도 여전히 상황을 이해하지 못하고 있었다.

빅토르에게는 또하나의 조건이 있었다. 자신의 회복 기간인 일주일 동안 조의 일정을 비워달라는 것이었다. 그게 조가 진료실 직원들에게 휴가를 다녀오겠다고 말한 이유였다.

조가 왜 내게 말을 안 했느냐고? 내가 온갖 의견들, 하나같이 부정적인 의견들을 쏟아내리란 걸 알았기 때문이다. 낯선 디스코텍에서의 수술을 하루 앞둔 날 누가 그런 일을 감수하고 싶겠는가? 조는 수술을 하기로 결정했고, 수술비는 기부를 하고 나중에 나와 함께 웃을 생각이었다.

약속한 날, 조는 빅토르의 손을 절개했고, 성게 가시를 제거했고, 사고 없이 근육의 손상을 복구했다. 그러나 봉합하기 전에 혹시 남아 있을지 모르는 박테리아를 박멸하고 싶었다. 그는 스페인 간호사에게 자외선램프를 켜달라고 지시했다. 그러나 그녀의 영어 실력은 고작해야 부에노* 정도였기 때문에 스위치를 잘못 눌렀다. 수술대 위로, 빅토르의 절개한 손 위로 엄청난 양의 반짝이 가루가 쏟아졌다. 십오 분간의 질책, 중국산 반짝이의 상대적 오염도에 대한 패닉에 찬 토론, 바벨탑에서 곧장 날아온 듯한 욕설(주로 환자에게서)이 빗발쳤고, 조는 기관총으로 무장한 보안요원들에게 팔을 잡힌 채 요트에서 끌려나왔다.

그로부터 며칠 동안 조는 빅토르와 연락을 취하려 했지만 차단당했다. 조는 매리너스의 야구 경기를 보며 그 주를 느긋하게 보냈다. (10월 초였고 플레이오프전이 열리고 있었다.) 여전히 불길한 기운을 풍기며 항구에 정박중인 요트를 드나드는 사람들을 관찰하기 위해, 조는 고성능 망원경을 구입했다. 주州 의료 위원회의 검은 세단이 오늘 아침 부두에 도착했다. 그 일이 생각만으로도 너무 끔찍해서 조는 오늘 아침 식탁에 엎드려 있었던 것이다.

---

* '좋았어!' '잘했어'라는 뜻.

내가 미쳤나?

조는 요트의 디스코텍에서 러시아 부호를 수술한 적이 없었다!

조는 누드모델 같은 스페인 간호사들의 도움을 받지도 않았고 (어쩌다 그런 생각을 하게 되었을까. 로버트 파머*의 비디오 때문인가?) 그들 중 한 명이 수술 부위에 반짝이를 쏟는 사고를 치지도 않았다!

의료 위원회에는 검은 세단이 없다!

매리너스는 플레이오프전에 진출할 가능성이 없다!

마녀가 흔들리고 있었다.

부두에 도착해보니, 요트는 요트가 아니라 망가진 오징어잡이 배였다. 어떻게 알았느냐고? 러네이 에릭슨 레스토랑 제국의 밴 한 대가 부두에 주차되어 있었기 때문이었다. 문신을 한 주방장이(그 외 다른 종류의 주방장도 있던가?) 화장실 크기만한 해양생물 하나를 놓고 흥정을 하는 중이었다.

자전거를 탄 사람들이 형광색 구름처럼 쌩하고 지나가는 바람에 문자 그대로 나는 펄쩍 뛰었다. 나는 자전거도로 한복판에, 넋을 잃고 실의에 빠진 채, 시간도 공간도 잊고 서 있었다. 요요가 한숨을 쉬었다.

"너랑 나 둘 다 왜 이 모양이니." 내가 요요에게 말했다.

조가 요트 뒤쪽의 뭔가를 보고 있었을 수도 있을까? 아닐 것이다.

---

* 영국의 록 가수.

작은 해협 너머에는 일렬로 들어선 함석 건물들뿐이었다. 선박용 품점 하나, 선박 급유소 하나, 그리고 그 뒤로 코스트코가 있었다.

나는 가드레일 위에 앉았다. 요요는 내 무릎 위에 앞다리를 올려놓고 머리를 긁어주기를 기다렸다.

내가 알고 있는 사실. 조가 진료실의 직원들에게 일주일 동안 휴가를 간다고 말했다는 것. 스펜서의 전화로 나는 그 기간이 거의 끝나가고 있음을 확인했다.

그러나 오늘 아침 조는 식탁에 엎드려 있었다. 그는 누구에게도 말하지 않고 매일 아침 어디론가 갔다. 그리고 때때로, 망원경으로 정확히 이곳을 조준하고는……

도무지 말이 되지 않았다. 나는 조의 휴대전화로 전화를 걸어보았다.

조가 바로 전화를 받았다. "아, 여보."

"조." 가슴속에서 미친듯이 날뛰는 내 심장과는 별개로 내 목소리는 침착했다. "당신 어디야?"

"진료실이지. 왜?"

헉. 나는 문득 내가 한바탕 난리를 피우는 것을 두려워한다기보다는 갈망하고 있음을 깨달았다. 나는 이 상황을 최대한 고조시켜서 접시들을 집어던지고 싶었다. 내가 전혀 예상하지 못한 것이 있다면, 바로 조에게 그토록 침착하고calm, 명료하고clarity, 확신에 찬 conviction 거짓말을 듣는 것이었다. (C로 시작하는 단어! 오늘따라 사방에 널려 있군!) 나는 한 번도 그런 배신을 당한 적이 없다고 말하고 싶지만, 그런 일을 당한 적이 있다는 것을 섬뜩할 정도로 잘 알고 있었다. 팔 년 전, 내 동생 아이비로부터. 그것이 바로 아이비에 대한 나의 마지막 기억이었다. 차가운 배신. 그런데 이제 조까지? 이 세상에 내가 믿을 수 있는 것이 한 가지 있다면, 그건 바로 조가 거짓말쟁이가 아니라는 사실이었다. 그러나 지금, 그는 거짓말을 하고 있었다.

요요가 앞발로 내 무릎을 긁었다. 나는 녀석의 머리를 긁던 손을 멈췄다.

"그냥 한번 전화해봤어." 나는 조의 무심함에 걸맞게 대답했고 그가 나른한 한숨을 내쉬었다.

"별일 없어?" 조가 물었다.

"'나 자신이 곧 지옥이건만 여긴 아무도 없다. 오직 스컹크들만이.'" 내가 말했다. "알잖아."

"내가 알던가." 조가 말했다 .

"팀비 데리러 학교 갔다 왔어. 값싼 노동력으로 만든 옷, 방글라데시 노예들, 빌이라는 성姓을 가진 적에 관한 사건이 있었는데, 이야기가 길어."

한바탕 난리를 피우는 것보다 이게 나았다! 너무도 이국적이고, 너무도 미지의 영역이었다. 이것은 새로운 항로를 개척하는 것이었다, 우리 두 사람, 거짓말쟁이들을 위해. 실제로 나는 야릇하고 설레는 방식으로 조에게 좀더 친밀감을 느꼈다. 거짓말! 이것이 바로 중년의 섹스인가?

"오늘밤에 얘기해줄게." 내가 말했다.

"일 때문에 꼼짝 못하겠네," 그가 말했다. "늦을지도 몰라."

오랜 세월 동안 나는 나를 화나게 하는 조의 특성들을 정리해놓았다. 만약 조가 나를 떠난다면 내 삶에서 없어져 내가 후련해할 것들의 목록. 나는 그것을 '감사 목록'이라고 불렀다.

1. 내가 샤워를 하고 나와서 조에게 수건을 달라고 하면 그는 매번 축축한 수건을 건네준다.

2. 조는 한 번도 요요를 산책시키는 일을 자청한 적이 없다. 가끔 요요를 산책시키긴 하지만 나를 아주 못된 여자로 만들어놓은 뒤에만 그렇게 한다.

3. 레스토랑에 갈 때면 그는 음식이 버려지는 것을 막기 위해 먹다 남은 빵을 그의 양말에 넣어 집으로 가져온다.

4. 침대 옆 테이블에 놓아둔 그 빵을 일주일 뒤에야 발견하고는 나에게 돌멩이처럼 딱딱해진 밀가루 덩어리를 건네며 "어디에든 써보라"고 한다. (그래서 브레드푸딩이 그렇게 자주 등장할 수밖에 없는 것이다. 가엾은 팀비가 뚱보가 되는 것도 당연하지.)

5. 극장에 갈 때마다 예고편 때문에 영화가 이십 분 늦게 시작하면 조는 펄펄 뛰고, 나에게 자기 시계를 보여주고, 나를 비롯하여 극장 안에 있는 모든 사람들에게 영화가 몇시에 시작되었어야 하는지 알려준다.

6. 방을 식히려고 환풍기를 돌릴 때, 그는 항상 방밖이 아니라 안쪽을 향하도록 하는데, 그건 아무래도 잘못된 것 같다.

7. 그는 내가 만드는 모든 음식에 스리라차소스*를 뿌린다. 심지어 와플에도.

---

* 태국 칠리소스의 일종.

'감사 목록'은 일종의 자기방어였다. 나는 그 목록을 조와 내가 세인트마크 플레이스의 도조 레스토랑에서 처음 "사랑해"라고 말한 다음날 아침부터 작성하기 시작했다. 밥 말리의 〈Legend〉가 배경음악으로 흐르고 있었다. (1990년대의 뉴욕이었으니 배경음악으로 〈Legend〉가 흐르지 않을 때가 있었겠는가?)

조는 새벽 다섯시 삼십분까지 병원에 가야 했다. 그는 샤워를 한 뒤 아주 조용히 옷을 입었다. 그러더니 침대 발치에, 내 발 위에(!) 앉아서 양말을 신는 게 아닌가. 그러니까 나를 점수나 매기는 완전 미친년으로 몰아세우지 말기를(사실 미친년이 맞긴 하지만, 점수 매기는 것보다 더 확실한 증거는 따로 있다). 조는 자기가 '본질적으로 이기적인' 사람이라고 스스럼없이 인정한다. 그것은 그가 꼭 한 번 정신과의사를 찾아갔을 때 얻은 유일한 깨달음이었다. (반면 나로 말하자면, 이십여 년 동안 아홉 명의 정신과의사를 만났는데도 여전히 "잠깐만요…… 뭐가 어쨌다고요?" 하는 식이다.) 조가 만난 기적과도 같은 정신과의사에 의하면, 이러한 이기심은 일곱 형제 중 한 명으로 태어난 것에 대한 반응이라고 했다. 장바구니에서 퀴스프나 퀘이크* 한 상자가 나올 때마다 아이들은 먹잇감을 발견한 짐승처럼 달려들었다. 조는 세 형제와 방을 같이 썼다. 리모컨 통제권과 〈플레이보이〉를 읽을 사적인 공간을 포함한 모든 것이 제한된 공간에서 벌어지는, 죽기 아니면 살기의 사투였다. 물론, 잘못은 가톨릭교회에 있었다. 가톨릭교회는 세를 확장하기 위

---

* 둘 다 1965년 미국 퀘이커오츠사에서 처음 선보인 시리얼.

해 저소득층 가정이 설치류처럼 번식할 것을 권장했기 때문이다.

'감사 목록'에 들어가는 또 한 가지는 더이상 조가 종교에 대해 성토하는 것을 들을 필요가 없다는 것이다.

사실 도조 레스토랑에서 식사했을 때, 우리의 운명을 봉인한 세 글자를 조가 말하게끔 만든 것은 "당신을 사랑하고 싶어, 매일 밤 매일 낮"이라고 노래한 라스타* 밥이 아니었다. 신약성서에 관한 다음과 같은 토론이었다.

조: 신약성서는 엉터리 시야. 천국이 우리 머리 위 100피트 상공에 있다고 믿는 사람이 쓴 병적으로 자기중심적인 글을 확대해석한 거라고. 사실이 그래. 그래서 예수가 승천했을 때, 7층 건물 높이 이상으로 올라가지 못했지.

나: 아무려면 어때?

조: 그 말도 안 되는 헛소리를 듣느라 얼마나 시간을 낭비했는지! 그 시간이면 뭐든 할 수 있었잖아! 다른 언어를 배울 수도 있었을 거야. 아니면 가죽공예라도.

나: 나도 가톨릭 신자로 자랐어. 일곱 살 때 빵과 물고기에 대해 배웠는데, 내가 손을 들고 이렇게 말했지. "그런 일은 실제로 일어날 수 없잖아요." 브리짓 수녀님은 날 못마땅해하면서 이렇게 대답했어. "믿음을 가지려면 어린아이의 마음이 필요해요." 그래서 내가 말했지. "하지만 전 어린아이잖아요." 수녀님이 말했어. "더 어린 아이." 그때 난 생각했지. 뭐 이런 헛소리가 다 있어. 그러고는 다시는 돌아보지 않았어.

---

* 자메이카의 신흥 종교 라스타파리아니즘의 신봉자를 뜻한다.

조: 그래서 무신론자가 된 거야? 힘들진 않았어?

나: "힘들진 않았지만 힘들었다고 치자"가 나의 방침이야.

조: 사랑해.

나 [나는 그게 별 뜻 없이 불쑥 내뱉은 말임을 알았다. 그러나 그렇다고 해도, 이런 말은 덥석 붙잡아야 하는 법]: 나도 사랑해, 조.

나는 그전 주, 애디론댁에서 정식으로 조와 사랑에 빠졌고, 단지 그가 그 말을 먼저 해주기만 기다리고 있었다. 〈루퍼 워시〉의 크리에이터 바이얼릿 패리가 호숫가 별장을 임대했고 주말 단합대회를 위해 애니메이터들과 그들의 가까운 지인들을 초대했다. (그때 나는 이제 막 조를 만난 상태였고, 따라서 새로운 직장 동료+새로운 남자=두 배의 두려움이었다.) 그날은 7월 4일*이었다. 들리는 얘기로는, 언덕 위로 올라가면 건너편에서 벌어지는 불꽃놀이를 볼 수 있다고 했다. 우리는 어둠이 내린 뒤에야 언덕 위로 올라갈 준비를 했고, 그제야 오두막에 있는 열두 개의 손전등 중 작동하는 게 하나도 없다는 것을 알았다. 우리는 투덜거리며 체념하고 포치에서 술이나 마시기로 했다. 조는 밖으로 나오지 않았다. 나는 주방 조리대 앞에 혼자 서 있는 그를 보았다. 그는 손전등을 해체해서 수술도구처럼 펼쳐놓고 있었다. 전구를 갈고, 녹슨 배터리에 묻은 가루를 사포로 문질러 닦아내고 은박지를 조그만 네모 모양으로 접었다. 그는 평화롭게 집중한 상태였고, 너무도 유능했으며, 너무도 사랑스러웠다. (특별한 순간이었다.) 농담이 아니고, 실제로 조는 삼십 분도 채 지나지 않아 손전등 열 개를 작동하게 만들

---

* 미국 독립기념일.

어놓았다. 숲길을 걸어올라갈 때 바이얼릿이 조를 가리키면서 입모양으로 말했다. 저 사람, 꽉 잡아.

내가 조를 잃은 건가? 조에게 다른 사람이 생겼나?

요요는 눈을 감고 햇살을 향해 고개를 쳐들고 있었다. 생각해보니 이 녀석은 진짜 쓸모가 없었다. 고마워, 조. 당신은 날 버리고 다른 여자에게 떠나고 내가 개에게서 등을 돌리게 만들었네. 만약 제리 가르시아*가 살아 있었다면 이 얘기로 노래를 부를 수도 있었을 텐데.

낚시꾼이 문신한 주방장을 도와 얼음상자에 오징어를 넣고 있었다. 나는 그들이 나를 쳐다보고 있음을 알아차렸다. 내 얘길 하고 있는 건가? 나는 그들에게 고개를 까닥여 인사를 했다. 그들은 하던 일을 계속했다.

나는 다시 '감사 목록'으로 돌아갔다. 아, 한 가지 더 있다! 조는 내가 잠자리에 들고 나서도 한참 동안 책을 읽는다. 내가 수동공격적으로 계속 몸을 뒤척여도, 시계를 보아도, 베개를 과장스럽게 머리 위에 올려놓아도, 그는 불을 끄지 않는다. 마침내 불을 끌 때면 가끔은 자기 책을 내 위에 올려놓는다. 얄팍한 시집 따위가 아니란 말이다. 윈스턴 처칠의 전기 같은 책들이고, 윈스턴 처칠은 무지하

---

* 밴드 '그레이트풀 데드'의 리더. 1994년 로큰롤 명예의 전당에 올랐다.

게 꽉 찬 삶을 살았다.

밴의 문이 요란하게 닫혔다. 낚시꾼은 사라졌다. 주방장이 내 쪽으로 다가왔다. 우리의 눈이 마주쳤다. 나는 그와 시선을 맞췄다. 그도 나와 눈을 맞췄다. 내가 딱히 이 남자와 뭘 하려는 건 아니었지만, 그래도 이건 너무 이상한……

바로 그때 그가 궁금증이 섞인 엷은 미소를 띠고 내게 다가왔다.

오늘 머리핀도 안 꽂고 나왔는데 이런 일이 일어난다고? 멋진 주방장이, 자기 밴에 오징어가 실려 있는데도 중년의 여자와 대화를 나누기 위해 과감하게 주차장을 가로지른다고?

이런 멋진 신세계가 펼쳐지기에 더없이 적절한 순간이었다.

"하나 물어봐야겠어요." 그가 말했다.

"그럼 전 대답해야겠네요."

"이 개, 무슨 종입니까?"

내 섹시함은 거의 가시덤불 수준이었다. 성욕을 잃으면 그렇게 되어버린다. 벨기에 원피스를 입고, 머리칼을 늘어뜨리고, 야한 농담을 할 수는 있지만, 진짜 먹히는 기술, 성적인 기술로 말하자면 나에겐 아무것도 없었다.

오늘 아침 조가 요요를 두고 한 말, "요요가 우리한테 얻는 게 뭔지는 알겠는데, 우리가 저 녀석한테 얻는 게 뭔지는 모르겠어"라는 말은 단지 개에게만 해당되는 것이 아니었다.

나는 요리사에게 개 줄을 건넸다.

"잡종이에요." 내가 말했다. "가질래요?"

"와우." 그가 말했다. "아뇨, 하지만 고마워요. 진짜 귀엽네요!"

그 말과 함께 나의 신사 방문객은 어디론가 사라져버렸다.

나라고 결점 보따리가 없는 건 아니다. 물론 조는 나에 대한 불만을 목록으로 정리하기엔 너무 우월한 인간이긴 하지만, 아마도 거기엔 이런 것들이 포함될 것이다.

1. 나는 변기에 앉아 베이글을 먹은 적이 한 번 있다.

2. 나는 치실을 너무 많이 쓴다.

3. 나는 침대에서도 치실을 쓴다.

4. 나는 개를 데리고 샤워실에 같이 들어가서 개를 씻긴다.

5. 극장에서 팝콘을 먹을 때 처음 한입은 팝콘 위에 혀를 대고 달라붙는 것을 먹는다. 어차피 조는 너무 짜다며 팝콘을 먹지 않고 내가 다 먹는데, 내 식대로 먹으면 안 되는가?

6. 나는 밀크더즈 캐러멜을 팝콘에 집어넣는다.

7. 실제로 나는 밀크더즈를 깨물어서 네 조각으로 나눈 다음 팝콘에 뱉는다. 그래야 크기가 작아지고 팝콘과 밀크더즈의 비율이 맞기 때문이다. 그렇다, 팝콘에 침이 묻는 건 사실이지만 어차피 내 침이다. 왜 그러는지는 모르겠지만, 안 먹겠다고 해놓고 팝콘에 손을 대는 사람에게는 문제가 될 수도 있겠다.

조는 신사라서 이런 얘기를 하지 않겠지만, 나는 할 것이다. 나는 갈수록 꼴이 말이 아니다. 턱밑으로 늘어진 살이 장난 아니다. 나의 등은 건조하다. 내 수풀은 접시만하다. 나의 복근은 존재하지 않는다. 폐경은 곧 신진대사의 정지를 의미하고, 근육의 30퍼센트가 사라진다. 다시 말해 체중 조절을 위한 자제력이, 애초부터 내게 없던 것이지만, 어느 때보다도 절실히 요구되는 시점이란 뜻이다. 정말이지 나는 아주 심각한 위기에 봉착했다. 물론 오늘 아침 조는 식탁에 엎드려 있긴 했지만 적어도 나와 한 공간에 있었다.

뜨거운 햇살이 따분해진 요요는 콧김을 내뿜으며 하품을 했다.

'감사 목록'아, 어서, 마법을 발휘해봐! 그 오랜 세월 동안 내가 괜히 널 만든 게 아니라고! 조가 탈출 버튼을 누르는 순간 나도 자유로워질 거야. 마치 머리를 자르고 나서 처음으로 샤워를 할 때처럼, 아니면 새로 산 푹신한 운동화를 신고 첫발을 내디딜 때처럼, 아니면 새로 산 더 강력한 처방의 렌즈로 세상을 볼 때처럼……

과연 실제로 이런 일이 일어나고 있는 걸까? 오랜 세월 동안 내가 야금야금 갉아먹던 신비의 묘약이 이렇게 김이 빠져버리는 건가?

나 때문일까? 조가 문제일까? 세월이 흘러서일까? 너무 피곤해서 신경을 못 썼던 걸까? 올해 초 나는 어느 학부모에게 내가 결혼 십오 년 차라고 말했다. 그랬더니 그녀가 물었다. "결혼생활을 그렇게 오래 유지하시는 비결이 뭐죠?" 나는 잠시 생각해보고 이렇게 대답했다. "그냥 결혼한 상태로 계속 있으면 돼요."

긴 결혼생활을 통해 내가 얻은 것은 행복일까? 아니면 조건부 항복일까? 아니면 모든 행복은 결국 항복일까?

우리 결혼생활의 이야기는 아파트 곳곳에 액자로 걸려 있었다. 리무진을 타고 에미상 시상식장에 가는 조와 나. 의학 컨퍼런스 참석차 시카고에 간 조를 찾아가 깜짝 놀라게 하고 사이 트웜블리*의

---

* 미국의 추상주의 화가.

작약 앞에서 다른 사람에게 부탁해 찍은 사진. (그로부터 잠시 뒤 조가 미술관 기념품 가게에서 산 반지를 들고 빈* 앞에서 했던 청혼.) 마서스비니어드에 있는 바이얼릿 패리의 집 정원에서 올린 결혼식. 추수감사절에 집에서 팀비를 낳았는데, TV가 켜져 있었고 뮤지컬 〈조지와 함께한 일요일 공원에서〉 출연진이 메이시 백화점 추수감사절 퍼레이드에서 공연을 펼치고 있었다. 일요일, 파란색, 보라색, 노란색, 빨간색 바닷가에서.** 윌리스 수술 센터를 개원하는 조. 팀비의 유치원 입학식 날.

그러나 여린 10월의 햇살 아래 서 있는 지금, 우리 결혼생활의 또다른 이야기가 내 앞에 펼쳐지고 있었다. 마치 아주 오랫동안 사진사가 우리를 쫓아다니며 우리 모르게 사진을 찍은 것처럼……

침대에서 말없이 책을 읽는 조와 나, 발치에서 레고를 가지고 노는 팀비.

사이언스 센터에 갔다가 집으로 걸어 돌아오는 조와 팀비, 창문 너머로 그 둘을 바라보는 나.

팀비를 데리러 조금 이르게 도착해서 가랑비를 맞으며 게일러 스트리트 학교의 잔디에 서 있는 나.

거실에서 요요가 하도 요란하게 코를 골아 잠을 못 이루는 우리.

브런치를 먹으려고 포티지 베이 카페 앞 보도에 앉아 이름이 불리기를 기다리는 우리 세 사람.

---

* '클라우드 게이트'의 애칭. 인도 출신의 조각가 애니시 커푸어의 작품으로, 시카고 밀레니엄파크에 있다. 콩 모양으로 생겨서 '빈(The Bean)'이라는 애칭으로 불린다.
** 뮤지컬 〈조지와 함께한 일요일 공원에서〉에 등장하는 곡 〈Sunday〉의 가사.

그런 게 행복이었다. 액자에 담긴 대단한 사건들이 아니라, 그 막간의 순간들. 그때는 딱히 행복한 순간이라고 느껴지지 않았다. 그러나 지금, 그 가상의 사진들을 떠올려보니 내 삶에서 내가 느꼈던 차분함, 편안함, 너무도 분명한 위로에 매료된다.

돌이켜보니 나는 행복하다.

오, 조, 부디 날 다시 받아만 준다면 일주일에 두 번 사랑을 나누고 화장실에서 베이글을 먹지 않겠다고 약속할게. 고요한 순간들에 감사하고 그리고……

앗! 설마? 알론조! 그가 엘리엇 애비뉴 위로 난 고가보도를 걷고 있었다.

나는 그가 계단을 내려가 코스트코 주차장으로 들어서는 모습을 지켜보았다.

좋았어. 가서 그를 "나의 시인"이라고 부른 것을 사과해야지.

알론조는 청바지에 빨간 폴로셔츠로 갈아입었지만 탄탄한 체격과 늠름한 자세는 멀리서 봐도 틀림없는 그였다.

"가자!" 내가 요요에게 말했고, 요요가 자다가 펄쩍 뛰어올라서 나는 우리 둘 다 근육이 찢어지는 건 아닌지 걱정되었다.

코스트코 주차장 가장자리에는 차가 거의 없었다. 내가 요요의 줄을 텅 빈 쇼핑카트 보관대에 묶은 다음 검지로 허공을 가르는 순간 요요의 까불거림은 이내 절망으로 바뀌었다. "너. 여기 있어."

알론조의 부스스한 머리가 저만치 주차된 차들 위로 솟아올랐다가 마리골드 꽃다발이 가득한 진열대 앞에 멈췄다. 알론조는 그다지 특별할 것도 없는 그 광경을 보고는 머리를 뒤로 젖히고 껄껄 웃었다. 시인들이란. 나도 좀더 시인들을 닮았어야 하는데.

알론조가 바닥에서 무언가를 발견했고―그게 뭔지는 보이지 않았다―그것을 주우려 몸을 숙였다. 그러고는 코스트코의 어두운 그늘 속으로 사라졌다.

이곳은 나의 코스트코였고, 여기서 팀비를 한두 번 잃어버린 게 아니었기 때문에, 움직이는 표적을 찾는 기술이라면 완벽에 가깝게 갈고닦은 터였다. 비결이 뭐냐고? 지붕이 삼각형이고 사각형 몸체에 X 자가 그어진 집 모양을, 연필을 떼지 않고 한 번에 그리는 방식으로 그곳을 훑는 것이다.

나는 안으로 들어가서 왼쪽 벽을 따라 걸으며 오른편의 통로들을 확인했다. 왼쪽 벽의 모퉁이에 다다르자 와인 코너를 가로지르고 나서 왼쪽으로 돌았고, 그러다보니 어느덧 화장지 코너였다. 알론조는 아직 보이지 않았다.

마지막으로 여기 온 게 일 년 전이었다. 한 시간 정도 돌아다니면서 물건들을 높이 쌓아올렸더니 카트가 마치 범퍼카처럼 움직여서 물건이 쏟아져내리지 않도록 한 팔을 짐 위에 올려놓은 채로 계산대 줄에 서야 했다. 인간에 대한 혐오감이 밀려들었다. 저 여자는 왜 레드바인 젤리가 한 통씩이나 필요할까? 빗을 백 개나 사서 대체 뭘 하려는 거지? 저 뚱보는 혼자 쓰겠다고 저 코팅기를 사는 건가? 왜 그냥 문구점에 가지 않는 걸까? 혹은 저 남자는, 6갤런들이 스카치위스키 병들을 가지고 대체 뭘 하려는 걸까? 그리고 왜 모두가 반바지를 입어야만 했을까?

내가 저들 중 한 명이 아니라서 얼마나 다행인지! 나로 말하자면, 최고급으로 평가받는 뉴질랜드산 소비뇽블랑 와인, 신선한 자른 파인애플 1파운드, 소금과 후추를 뿌린 피스타치오, 치실 열두 팩을 담은 몸이었다. 나의 물건들은 내 고상함을 선명하게 부각시켜주었고…… 나의 고급스러운 취향과…… 번득이는 지성과……

나는 카트를 계산대 줄에 버려두고 빈손으로 돌아섰다. 내가 고른 물건들을 선반에 도로 갖다놓아야 하는 사람을 생각하니 마음이 좋지 않았다. 그냥 내다버리는 편이 코스트코 입장에서는 더 비용 절감이 될 거라는 생각을 하자 기분이 더 나빠졌다.

나는 신선식품들 사이를 가로질렀다. 말도 안 되게 싸다! 빛깔도 좋다! 만져보면 탱탱하다! 그렇다면 뭐가 문제냐고? 씨가 너무 많다. 겉보기엔 멀쩡해도 집으로 가져가면 씨가 끔찍할 정도로 많다. 영국 오이: 납작하고 가죽 같은 씨가 촘촘하게 박혀 있다. 레몬: 씨를 다 빼내려면 칼날이 무뎌질 정도다. 방울토마토: 조그맣고 미끈거리는 씨들로 가득차 있다. 코스트코에서 닭을 사본 적은 없지만, 닭을 사도 배를 갈라보면 씨들이 쏟아져나올 것만 같다.

한 무리의 시호크스 팬들이 베이커리 앞에 길을 막고 서 있었다. 컵케이크들이 만들어져 열두 개들이로 압축포장되었고, 각각 파란색 당의에 초록색으로 12*가 적혀 있었다. 통로 맞은편에는 그보다 수가 많은 무리가 역시나 숫자 12가 적힌 교황 모자로 장식된 컵케이크를 들고 있었다. 시애틀에 대해 꼭 한 가지 알아야 할 게 뭐냐고? 누구도 불쾌해하지 않는다는 것이다.

나는 시식대 행렬 앞에 다다랐다. 시식대 점원들은 대본에서 한 번도 눈을 돌리지 않으며 사람들의 시선을 피했다. 그들은 미국판 버킹엄궁전 근위병들이었다. 다만, 자세가 형편없고 당신을 존재

---

* 12는 시애틀 시호크스 미식축구 팀의 열두번째 선수인 팬들을 뜻한다.

의 두려움으로 채우는 버킹엄궁전 근위병들.

"이 잭 치즈로 말씀드릴 것 같으면," 여자가 말했다. "네 가지 풍미로 맛보실 수 있는데요. 연휴를 대비해서 이번 기회에 비축해놓으세요."

"빵가루를 묻힌 스테이크 생선입니다," 또다른 목소리가 웅얼거렸다. "알래스카에서 갓 공수해온 이 생선은 건강하고 영양 만점 저녁식사로 완벽한 선택이죠. 오늘 저녁 맛보세요. 빵가루를 입힌 스테이크 생선……"

그의 약한 남부 억양이 나의 주의를 끌었다. 나는 머리를 휙 돌렸다. 나의 몸이 돌아갔다.

거기 그가 있었다. 파란 앞치마에 샤워 캡을 쓰고 작은 시식대를 맡고 있는 그가. 폴로셔츠 단추 구멍에 마리골드를 꽂은, 나의 시인.

"알래스카에서 갓 공수해온 이 생선은 건강하고 영양 만점 저녁식사로 완벽한 선택이죠. 오늘 저녁 맛보세요."

나는 그 고상함과 천박함의 조합에 경악했다. 빨간 플라스틱 쟁반, 축축한 공업용 식기세척기 냄새…… 시인들의 삶에 대한 그의 해박한 지식…… 그리고 기름 얼룩이 묻은 오븐의 문……

"엘리너?"

"알론조!" 내가 그를 끌어안으려 양팔을 벌렸다.

그가 고개를 숙였다. 그는 시식대 매트 밖으로 나갈 수가 없었다.

"이게 뭐예요?" 내가 작은 샘플 컵을 들며 말했다.

"빵가루를 입힌 스테이크 생선이요."

"알래스카에서 갓 공수해왔고 영양가 있는 저녁식사로 완벽하다면서요."

"건강하고 영양 만점 저녁식사로 완벽한 선택이죠." 알론조가 정정했다.

우리의 대화에는 자연스러운 우아함이 깃들어 있었다.

"어디 한번 먹어볼까요." 내가 생선 한 점을 혀에 올려놓았다. 딱히 내가 좋아하는 맛은 아니었다.

알론조가 냅킨을 건네며 통로 맞은편에 있는 쓰레기통을 가리켰다. 내가 다시 돌아와보니, 웬 남자가 알론조의 시식대 앞에 서서, 말하자면, 공짜 음식의 품질을 검증하고 있었다.

"스테이크 생선이란 게 뭡니까?" 그가 물었다.

"틸라피아입니다." 알론조가 대답했다.

"틸라피아?" 남자가 미심쩍은 표정으로 되물었다.

"지속 가능한 양식장에서 기른 대구의 대체용 생선이에요."

"그 얘기도 처음 듣네요."

"식감이 스테이크 같죠." 알론조가 생선을 권했다.

남자가 한입 베어물었다. "이게요?"

"완전 맛있는데요!" 내가 말했다. "다섯 개 주세요."

내가 다섯 개를 집어들자 의심 많은 고객이 고개를 저었다.

"우리 다음주에 볼까요?" 내가 알론조에게 말했다.

"같은 박쥐의 시간*에."

"아," 내가 말했다. "다음번 시는 뭐예요?"

"엘리자베스 비숍의 「생선 가게에서」."

---

* 1960년대 배트맨이 등장하는 TV 프로그램에서 아나운서가 "다음주에도 같은 박쥐의 시간, 같은 박쥐의 채널에서!"라고 말한 데서 유래한 관용 표현.

"당연한 선택이에요." 내가 말했다.

때로는 초대장을 보내지도 않았는데 승리가 창문을 두드린다. 오늘이 바로 그런 날이어야 했다! 나는 현재에 충실했다. 나는 친절했다. 나는 행복을 발산했다. 물론, 내가 알론조에게 사과하는 걸 까맣게 잊어버린 건 사실이었다. 하지만 나는 자칫 어색할 수도 있는 상황을 재치와 고상함이 번득이고 존중으로 충만한 대화로 이끌었다. 이렇게 해서, 이 세상을 내가 처음 만났을 때보다 더 나은 세상으로 만든 것에 일 점 추가.

하지만 일단, 이놈의 스테이크 생선은 어쩐다? 나는 보는 사람이 없는지 확인한 뒤 헐렁한 티셔츠들이 담긴 통에 생선상자 다섯 개를 전부 집어넣고 튀었다.

밖으로 나서니 햇살이 나를 때렸다. 이런, 사십오 분이나 지났네. 스펜서는 전화를 하지 않았고, 나는 그것을 작은 기적으로 여겼다. 이제 나는 이 중년의 노구를 이끌고 누구도 보고 싶지 않은 일을 해야만 할 것이다. 바로 다시 조각공원으로 뛰어가는 것.

"잠깐만요!" 알론조가 벌떼의 공격을 받기라도 한 듯 파란 앞치마를 잡아당기며 뛰어나왔다.

"알론조?"

마침내 앞치마에서 탈출한 그는 바닥에 앞치마를 팽개쳤다. 그러고는 양손을 허벅지에 올려놓은 채 잠시 웅크리고 앉아 있었다. 이 인간도 운동선수는 아니었다.

"못하겠어요. 영어라는 언어의 이런 저급화, 비인간화, 왜곡." 그는 아메리칸스피릿 한 갑을 꺼내더니 담뱃갑을 톡톡 쳐 담배 한 개비를 꺼내 미니 라이터로 불을 붙였다.

너무나 기특하게도 그뒤로 오 분 동안 나는 그가 불결하고 자기 파괴적인 흡연자라는 장광설을 늘어놓지 않았다.

"당신의 그 표정이 문제예요." 길게 한 모금을 빨고 나서 그가 말했다.

"내 표정은 한없이 맑고 투명…… 하지 않았나요?"

"그래서 더 끔찍했어요. 내 눈을 똑바로 쳐다보기 위해 당신이 얼마나 애쓰는지가 보여서."

"맹세하는데." 내가 말했다. "그건 불가항력이었어요."

"그게 그럴 때 쓰는 말은 아닌 것 같은데요." 알론조는 입에 담배를 문 채로 앞치마를 집어들더니 동그랗게 뭉쳐서 드롭킥으로 가까이에 있던 쓰레기통에 던져넣었다.

"앗, 알론조." 내가 말했다.

윙 하는 모터 소리가 가까워지더니, 곧이어 발음이 불분명하고 톤이 높은 목소리가 들렸다. "안 그러시는 게 좋을걸요."

높다랗게 안전 깃발을 꽂은 휠체어에 앉아 있는 남자였다. 코스트코의 이름표를 달고 있었다. 지미. 그는 어깨에 귀를 고정한 채 성한 팔로 조종간을 움직였다.

"그 앞치마 보증금이 이십오 달러거든요." 지미가 알론조의 사적인 공간*으로 밀고 들어오며 말했다.

알론조는 계속 담배를 피우면서 마치 남의 일 구경하듯 재미있어하는 표정으로 듣고 있었다.

"욱하고 뛰쳐나가서 그만두겠다는 사람들 많이 봤는데." 지미가 말을 이었다. "다들 앞치마를 저기 저 쓰레기통에 버려요. 반환을 안 해요. 그러면 마지막 임금에서 보증금이 깎이죠."

---

* 심리학적으로 자신의 것이라고 여기는 주위 공간.

"말씀은 고맙지만," 알론조가 말했다. "솔직히 어떻게 하건 난 쥐똥만큼도 관심 없는데요."

"이봐요." 내가 말했다. "당신 시인이잖아요. 시인답게 말해요."

"저 쓰레기통은 열두시, 세시, 그리고 여섯시에 비워져요." 지미가 말했다. "마음을 고쳐먹고 다시 오는 사람들을 여럿 봤어요. 그땐 이미 사라지고 없죠."

"나는 작은 매트에 서서 나의 생선 이야기를 판답니다. 알래스카에서 온 신선한 생선! 상자에는 펄떡거리는 생선과 함께 차갑게 솟구치는 물줄기가 그려져 있지요. 실제로는, 베트남의 양식장에서 항생제를 먹여 기른 틸라피아가 배송중에 알래스카를 경유해서 온 걸 테지만요. 하지만 보세요! 가격이 썩 훌륭하잖아요! 미국인들, 그들의 걸음걸이를 보면 다 보여요. 저렴한 물건을 발견하는 순간, 그들의 발걸음에 작지만 역겨운 탄력이 깃들거든요."

"잘했어요!" 내가 말했다.

"그렇다 해도, 당신 같은 사람들이 내가 시식하라고 준 걸 뱉을 땐 너무도 큰 고통을 느껴요."

"나 안 뱉었어요!"

"뱉는 거 봤어요." 그가 말했다. "어제는 더 끔찍했어요. 어제는 타조 육포였거든요."

"그게 당신이었어요?" 지미가 말했고, 그의 휠체어가 윙 소리를 내며 뒤로 물러났다.

"내가 타조를 죽인 게 아니잖아요. 내가 타조를 매달아서 말리고 그 살을 얇게 저민 게 아니라고요! 난 단지 그걸 건넸을 뿐이죠. 난 시인이에요!"

"그늘에서 해도 될까요?" 지미가 물었다. 그가 조종간을 후진 모드로 조절한 뒤 윙 하고 뒤로 이동했다.

"뭘 그늘에서 해요?" 나는 지미가 내가 있어야 할 곳인 조각공 원으로부터, 그리고 어제로부터 더 멀어지는 것을 지켜보았다.

"이 대화요!" 지미가 코스트코 차양 밑에서 소리쳤다.

"우린 지금 대화를 나누는 게 아니에요!" 내가 말했다.

알론조가 보도 쪽으로 몸을 구부렸다. 상당량의 투덜거림이 동 반된 3단계 과정이 진행되는 중이었다.

"아뇨, 앉지 마요!" 내가 말했다. "윽! 솔직히 말해서, 나 지금 똥을 갈겨야 할지 아니면 장님이 되어야 할지* 모르겠어요."

"똥을 갈기시죠," 알론조가 말했다. "이게 무슨 소피의 선택**도 아니잖아요."

이제 그는 양손으로 머리를 감싸고 있었다. "코스트코 보험이 인 공수정 비용을 처리해주는 유일한 보험인데. 아마 아내가 날 죽이 려 들겠죠. 하지만 저기서 한 시간 더 일하는 건 죽어도 못하겠어 요."

"이러지 마요, 알론조." 내가 그의 등을 토닥였다. "모든 직업에 는 그 나름의 숭고함이 있는 거예요."

"저 여자분 말이 맞아요!" 그늘에서 지미가 소리쳤다.

"저 직업엔 그런 거 없어요!" 알론조가 소리쳤다. 그가 내 쪽으

---

* go shit or go blind. '어쩔 줄을 모르겠다'는 의미의 관용적 표현. 여기서는 원문 의 의미를 살리기 위해 직역했다.
** 퓰리처상 수상 작가 윌리엄 스타이런의 소설 제목. 주인공 소피는 자신의 두 아 이 중 가스실에 보낼 아이를 선택해야 했다.

로 돌아섰다. 그의 얼굴에 당혹스러운 표정이 스쳤다. "아까 산 스테이크 생선은 어쨌어요?"

"아. 그거요. 그게 맛은 있더라고요. 하지만 지금 아들이 한 시간째 낯선 사람이랑 같이 있는데 계산대 줄은 너무 길고 그래서……"

지미의 전동 휠체어가 다가왔다. "그거 어디다 뒀어요? 고발은 안 할게요. 단지 그게 녹을까봐 그래요."

"티셔츠 바구니에요."

"헉," 지미가 말했다. "어떤 바구니인지 알려주는 게 좋을걸요."

"맞아요." 알론조가 말했다. "알려줘요."

"싫어요." 나는 다리 사이로 손을 넣어 원피스 뒷단을 잡아당긴 다음 매듭 지어 묶었다. 허리 아래로는 간디처럼 보이는 모습으로 나는 쓰레기통 가장자리로 기어올라갔다.

"내 삶은," 내가 말했다. "내 아들 곁에 있어요. 누가 아동 보호국에 연락하기 전에 아들한테 가봐야 한다고요."

나는 앞치마를 꺼내 알론조의 가슴에 던졌다. 그는 앞치마가 가슴에 맞고 떨어지도록 내버려두었다. "당신의 삶은," 내가 쓰레기통에서 뛰어내리며 알론조에게 말했다. "코스트코 안에 있어요." 그리고 앞치마를 그의 목에 묶어주었다.

"지미?" 내가 말했다.

"네, 부인!"

"당신의 삶은 알론조를 스테이크 생선 시식대로 데려가는 거예요."

"할 수 있습니다."

"난 시인이에요." 알론조가 말했다. "지금은 소설을 쓰고 있어요. '마리골드, 나의 마리골드'라는 제목의 소설이죠. 오늘 출근했을 때 마리골드 진열대를 지나쳤어요. 그 앞을 지나는데 한 송이가 툭 떨어지는 거예요. 바로 이거요. 그건 계시였어요. 오늘이 내 소설이 처음 나오는 날이에요."

"알론조," 내가 말했다. "내일 그만둔다고 해도 상관 안 할게요. 하지만 우선 아내하고 얘기해보세요."

내가 코스트코 쪽으로 그를 몰았다.

"황혼의 들판*으로 돌아가요." 내가 그를 살짝 떠밀며 말했다. "다 잘될 거예요."

"어디로 돌아가라고요?" 알론조가 나를 돌아보며 물었다.

"당신의 작은 매트 위로. 당신의 황혼의 들판…… 이 말은 안 한 걸로 치죠."

---

* 영국의 SF소설가 필립 리브의 소설 제목.

미술관까지 내가 규칙적이고 안정적인 속도로 달렸다고 말하고 싶다. 정말이지 나는 가슴을 덜렁거리면서, 로버트 크럼*이 그린 것 같은 종아리를 출렁거리면서, 목이 바짝 타들어가고 오른쪽 발꿈치에 물집이 잡히도록 뛰었다. 그렇게 100피트를 달리고 나서 멈췄다.

주머니에서 휴대전화가 진동했다. 스펜서가 팀비를 물고문해서 팀비의 두뇌 후미진 곳에 있던 내 전화번호를 끄집어낸 것이 분명했다.

"네, 여보세요?"

"엘리너 플러드 씨 되시나요?"

나는 휴대전화를 귀에서 떼었다.

조이스 프림.

---

* 미국의 풍자만화가. 그의 작품에는 자본주의 미국에 대한 증오와 조롱이 담겨 있으며 근육질의 여성이 자주 등장한다.

"조이스, 안녕하세요! 안 그래도 전화하려고 했어요!"

"전 캠린 캐리스 스코니어스예요." 목소리가 말했다. "버턴힐의 편집자입니다."

어떤 일이 벌어질지 몰라도, 이 얘기를 서서 들어서는 안 된다는 예감이 강하게 밀려들었다.

나는 작은 낚시 잔교에 다다라 있었다. 청재킷을 입은 아메리카 원주민이 휴대용 라디오를 들고 벤치에 앉아 있었다. 그의 발치에 선혈이 낭자한 생선 내장이 담긴 들통이 있었다. 미끼 팝니다. 그가 자기 옆 빈자리를 고갯짓으로 가리켰다. 나는 그 자리에 앉았다.

"반가워요." 내가 캐리스 스코니어스에게 말했다.

"사무실을 시내로 이전하게 되어서 전화드렸는데요. 파일을 정리하다가 〈플러드 걸스〉 파일을 찾았어요. 어떻게 하길 원하시는지 궁금해서요."

"아. 조이스가 알 거예요."

"조이스요?"

"조이스 프림이요," 내가 말했다. "제 담당 편집자거든요. 조이스하고 얘기할게요."

"저, 조이스 프림은 퇴사했는데요."

그래서 조이스가 전화를 했던 거네. 다른 출판사로 가게 되었다고 말하려고.

"어디로 갔어요?" 내가 물었다.

"나이액에 있는 치즈 가게로요."

"아."

"아주 훌륭한 치즈 가게라고 들었어요." 캠린이 덧붙였다.

그러니까 전화한 사람은 조이스 프림이 아니었다. 내 전화가 그렇게 착각한 것이었다. 내가 버턴힐의 대표번호를 그렇게 등록해놓았기 때문이었다.

　참으로 묘한 기분이었다. 나의 커리어가 엉키면서 동시에 풀렸음을 알게 되는 것은.

　"그럼…… 제 책은요?" 내가 물었다.

　"〈플러드 걸스〉요?" 그녀가 말했다. "그러니까 팔 년쯤 전에 만들기로 했던 그 책 말씀하시는 건가요?"*

　"당신이 제 새 편집자인가요?"

　"저는 청소년 담당이에요."

　"청소년 그래픽노블 말씀이신가요? 죄송합니다. 제가 좀 혼란스럽네요."

　"저희 회사에서는 요즘 그래픽노블을 거의 안 내고 있어요." 캠린이 말했다. "몇 년 전엔 꽤 잘나갔는데, 몇 건이 좀 타격이 컸거든요. 조이스가 치즈 가게로 간 것만 봐도 짐작하시겠지만요."

　"그럼 제 책의 계약은 해지되는 건가요?" 내가 물었다. "저한테 지불한 계약금은 그냥 떼어먹힐 생각이세요?"

　"아마 우리가 당신을 고소할 수도 있을걸요?" 그녀가 도움을 준다는 투로 말했다.

　"그럴 필요는 없어요."

　"마음이 안 좋네요." 캠린이 말했다. "이런 대화는 담당 에이전

---

* 내가 좀 늦었다고 말했던가? 아마 팔 년이 늦은 모양이다. 하지만 내가 날짜를 잘 기억 못한다고 나는 분명히 밝혔다. 그리고 숫자도. 그리고 이름도. 그러나 캠린 캐리스 스코니어스라는 이름만큼은 금방 잊어버릴 것 같지 않다. (원주)

트와 나누시는 게 좋을 것 같습니다. 에이전트가 누구죠?"

"셰리든 스미스예요." 내가 말했다.

"어련하겠어요."

"네?"

"그분은 콜로라도에서 동종 요법* 치료사로 일하고 있다던데요."

"그래요?"

"출판업이," 그녀가 말했다. "아마 얘기 들으셨겠지만, 그동안 순탄치 않았어요."

"이런."

"책은 계속 쓰셔도 돼요." 그녀가 다정하게 말했다. "하지만 저희 회사에서 출간하기에 적절한 책은 아닌 것 같네요. 아!" 하마터면 잊을 뻔했나보다. "파일이요. 이걸 보내드려야 할지 잘 모르겠네요. 계약서들, 편지들, 순록 대신 〈루퍼 위시〉에 나오는 조랑말을 그린 크리스마스카드를 조이스 앞으로 보내셨네요. 그리고 산타 대신 그 남자를 그리셨는데 그 남자 이름이 뭐였는지 도무지 기억이……"

나는 전화를 끊고 생선 내장이 담긴 들통에 휴대전화를 던졌다.

나를 향한 강렬한 시선이 느껴졌다. 아메리카 원주민.

"나쁜 전화였나요?" 그가 물었다.

"나쁜 전화였어요." 나는 대답한 후 돌아서서 걸어갔다.

---

* 인체에 질병 증상과 비슷한 증상을 유발시켜 치료하는 유사과학이자 대체의학의 일종.

나의 옥스퍼드화가 유리 파빌리온 쪽으로 난 조각공원 산책로에서 뽀드득뽀드득 소리를 냈다. 내 몸은 감각을 잃었고 깃털로 만들어졌다. 사람들과 조각들이 갈수록 촘촘해졌고, 어느 순간 나는 짐을 챙기는 소풍객들, 아장아장 걷는 아이들을 쫓아다니는 엄마들, 포즈를 취하는 관광객들, 불안정하게 서 있는 콜더의 빨간 우주선의 가느다란 다리들 틈에 있었다.

으악. 나는 잔디 위로 뻗어버렸다. 야외 조명에 발이 걸린 것이었다.

"도움이 필요해요."

언젠가 조가 들려준 이야기였다. 조는 NFL 컴바인* 때문에 인디

---

* NFL(북미 미식축구 리그)에서 드래프트를 앞두고 인디애나폴리스에서 드래프트 대상자를 상대로 매년 실시하는 체력 및 멘탈 테스트.

애나폴리스에 갔다가 식중독에 걸렸다. 그는 밤새도록 열이 펄펄 끓는 상태로 호텔 화장실의 타일 바닥에 누워 있었다. 토하고, 땀을 흘리고, 설사하고, 구멍이란 구멍에서 전부 무언가가 쏟아져나왔다. 어느 순간 그는 자신이 신음하고 있음을 깨달았다. "도움이 필요요. 누가 날 좀 도와줘." 의사인 조는 자신에게 도움이 필요치 않다는 것을 알고 있었다. 그의 몸은 감염이 되었고, 빨리 배출할수록 좋았다. 그러나 조는 그 말을 반복하는 것만으로도 '다른 의미에서 상태가 호전된다'는 것을 깨달았다. "도움이 필요해. 누가 날 좀 도와줘." 그는 그 말을 하고 또 했고, 어느 순간 웃기 시작했다. 다음날 아침식사 시간에 뷔페에서 조는 사람들이 하는 얘기를 들었다. "어젯밤에 그 불쌍한 자식 하는 소리 들었어? 누가 도와줬어야 할 텐데."

나는 그 이야기를 좋아하지 않았다. 조는 나의 유능한 여행자였다. 그는 홀리데이 인 익스프레스 호텔 샤워실 바닥에 벌거벗은 채로 누워서 웃는 사람이 아니었다. 그는 누구 앞에서도 그토록 무기력하게 소리치지 않았다.

나는 애써 그 일을 머릿속에서 지우고 있었다. 지금까지는.

나는 잔디에서 몸을 일으켰다. 그리고 나머지 길을 달렸다. 정강이를 따라 빨간 방울이 흘러내렸다.

파빌리온의 유리는 순수한 반사체였다. 자작나무 잎들의 주황색. 하늘에서 빠르게 흘러가는 바닥이 평평한 구름들. 잉크빛 바다한 조각 속에 내 쪽으로 등을 돌리고 서 있는 스펜서의 모습이 보였다.

안내문: 작품 설치 관계로 폐장합니다. 문이 열려 있었다.

스펜서는 예술가 타입의 사람들과 시끌벅적하게 의논을 하는 중이었고, 발치에는 가구 보호용 조각보가 깔려 있었다. 파란 고무장갑을 낀 남자들. 여전히 자를 입에 물고 있는, 아까 봤던 남자. 헝클어진 잿빛 머리카락에 알록달록한 다이아몬드무늬 타이츠를 신은 나이든 여자가 양손을 흔들며 말하고 있었다. 스펜서가 어깨너머로 나를 돌아보았다. 무척 짜증이 난 표정이었다.

짜증! 이 얼마나 예스러운가!

나는 한쪽 구석에서 희한하게 다리를 접은 자세로 조용한 집중력을 발휘하며 내 가방 속 물건들을 살펴보고 있는 팀비를 보았다.

팀비의 도자기 같은 피부와 사랑스러운 뱃살과 종이비행기들과 거꾸로 쓴 Y들, 겨울과 탄수화물과 막대기 벌레에 대한 사랑, 그리고 혼란스러운 어른들의 세계를 좀더 잘 이해하도록 도와줄 단서를 찾기 위해 뒤지기를 좋아하는 버릇. 팀비, 엄마가 네 나이 때 우리 엄마가 죽은 건 네 잘못이 아니야. 지금부터 너와 내가 함께하는 시간은 전부 선물이란 걸 넌 몰라. 나 자신조차 그 교훈을 깊이 받아들이지 못하고 있는 것 역시 네 잘못이 아니야. 내가 시작도 못한 직소퍼즐 맞추기 약속과 뜯지도 않은 냄비 받침대 만들기 약속을 남발한 것도 네 잘못이 아니야. 그게 바로 팀비가 〈아치〉를 읽는 이유였던 것이다! 〈아치〉는 예측 가능한 사람들로 이루어진 안정적인 집단이다. 별것 아닌 문제들만 발생한다는 보장이 있는 세상이다. 하지만 사람은 결코 예측 가능한 존재가 아니라는 사실을 내가 어떻게 너에게 들이댈 수 있겠니? 삶이란 잔인할 정도로 혼란스럽고 가학적이라는 것을? 세상일이 뜻대로 풀릴 때에도 결코 네가 기대했던 것만큼 행복하지 않고, 세상일이 뜻대로 풀리지 않을 때에는 마치 찬물을 맞은 듯 떨쳐버릴 수 없는 분노가 널 영원히 괴롭힌다는 것을. 그러나 나는 침착할 수 있다. 나는 너에게 친절함을 보여주고 너에게 눈을……

"엄마?" 팀비의 손에 작은 블록들을 끈으로 매단 열쇠 꾸러미가 들려 있었다.

델-핀.

학교에서 가져온 것! 내가 훔친 물건. 완전히 잊고 있었다.

나는 아이에게 돌진했다.

곁눈으로 흘긋 보이는 스펜서, 설치기사들, 세련된 나이든 여자의 얼굴에 드리운 공포, 나에게 무언가 경고를 하려는 듯한 그들의 입.

그러나 나는 그 끔찍한 이름을 팀비의 손에서 빼앗아야만 했다.

고개를 드는 순간 초록색 에나멜을 여러 겹으로 곰팡이처럼 얼룩덜룩하게 칠한 편평한 금속판이 내 시야를 가로지르는 것이 보였다.

쾅.

바닥으로 쓰러지기 직전 마지막으로 들린 것은 팀비의 목소리였다.

"델핀 엄마의 열쇠를 왜 엄마가 갖고 있어요?"

고뇌하는
음유시인

버키를 직접 만나기 한참 전부터 엘리너는 이미 이야기를 들은 터였다.

버나비 패닝은 뉴올리언스 최상류층인 두 집안의 결혼에서 태어난 유일한 자식이었다. 그가 성장한 가든 디스트릭트의 저택은 너무도 상징적이라 관광객들이 둘러보는 명소였고, 그는 설탕과 면화로 벌어들인 자산을 상속받을 예정이었으며, 사춘기 시절은 파티 시즌의 데뷔탄트 볼*과 여름 해외여행으로 보냈다. 진정한 남부의 신사들이 사는 방식이었다.

그러나 버키는 식당에서 처음 안내받은 자리는 반드시 거절했다. 그는 정확히 12퍼센트의 팁을 주기 위해 휴대용 계산기를 들고 다녔다. 아버지가 밴더빌트대학교를 (전과목 C학점으로) 졸업한 그를 안락한 둥지에서 쫓아내자 버키는 그곳 외에 자신에게 걸맞은 주소를 찾을 수가 없어서 별채로 나왔다. 그는 분기에 한 번

* 상류층 자녀들이 사교계에 정식 입문하는 데뷔 무대.

씩 댈러스의 니만 마커스 백화점으로 순례 여행을 가서 머리부터 발끝까지 프라다로 휘감았고, 그 비용은 할머니 샤보노 여사가 지불했다. 버키는 누가 조금만 심기를 건드려도 화를 냈고 얼굴이 벌겋게 달아올라 폭언을 내뱉어서, 그에게서 욕설을 듣는 당사자조차 그의 건강을 걱정할 정도였다. 명절이 되면 버키는 쓰레기통 옆에 서서 열어보지도 않은 크리스마스카드들을 쓰레기통에 던져넣으며 속으로 카드를 보낸 사람들의 점수를 매겼다. 누가 참석하는지 묻지 않고는 저녁식사 초대를 받아들이지 않았다. 버키 패닝이 감사 카드를 썼다는 얘기는 들어본 적이 없었다.

한때는 그에게도 여자가 있었다. 그와 똑같이 대단한 집안에서 태어난 여자였고, 두 사람의 결합은 헤비급 타이틀 두 개를 통합하는 것에 맞먹는 사회적 파장을 예고했다. 버키는 베란다에서 두 사람의 결혼식과 앞으로 함께할 삶을 상상하며 시간을 보내곤 했다. 여자는 버키보다 다섯 살 어렸고, 그녀가 바드대학에 진학했을 때 버키는 툴레인대학 로스쿨에 재학중이었다. 여자가 돌아와서 처음 맞는 추수감사절에, 버키는 샤보노 할머니의 저택에서 청혼 파티를 열었다. 백여 명의 지역 인사들이 참석했고, 그 순간을 포착하기 위해 비디오 촬영기사가 대기했다. 그러나 버키와의 관계에서 자신의 입지에 확신이 없었던 여자는 영화를 전공한다는 남자친구와 팔짱을 끼고 나타났다. 성은 가이슬러였지만 독일계 가톨릭 신자는 아니었다. 공개적으로 모욕을 당한 버키가 결코 회복하지 못할 거라는 게 대다수의 추측이었다. 실제로 그는 툴레인대학에서 출교당했다.

요즈음 버키는 프렌치쿼터에 위치한 윌리엄스 연구 센터에서 샤보노 가문의 번창하는 역사 연구에 몰두하며 시간을 보내고 있었다. 그는 오전에는 해가 잘 드는 2층 도서관에서 일했고, 점심식사를 하러 아노드 혹은 갈라투아로 걸어갔다. 그곳들이 그가 사랑해 마지않는 포메라니안종 개 메리 마지를 무릎 위에 올려놓고 식사하는 것이 허용되는 딱 두 군데의 레스토랑이었다.

지역 자선단체에서 한자리를 맡아 글을 쓰는 것 외에, 버키는 카오스 궁정에도 참석했다. 논란의 여지가 있긴 하지만 카오스 궁정은 뉴올리언스 최고의 엘리트 사교 클럽, 즉 '크루'*였다. 버키의 아버지는 카오스 궁정의 왕이었고, 어머니는 여왕이었다. 버키는 궁정이 열릴 때마다 한몫을 했다. 나이가 들자 그는 지휘관으로 선출되었다. 왕이 지휘관보다 높은 것처럼 보일 수도 있지만 버키는 수시로 왕은 형식적인 지위인 반면 지휘관이야말로 회원 관리, 궁정의 임무 할당, 초대, 꽃수레 디자인, 자선 지출금 등등을 챙기는 실권자라는 사실을 언급하기를 주저하지 않았다. 8월부터 2월까지의 시즌에는 궁정 관련 파티가 일주일에 평균 다섯 차례 열렸고, 마르디 그라**에 그 절정을 찍었다. 다양한 크루들이 꽃수레를 타고 프렌치쿼터로 모여들었고 사람들에게 구슬과 금화를 던져주고는 닫힌 문 뒤로 사라졌는데, 그곳에서 그해 사교계에 처음 데뷔하는 여성들이 '선을 보이는' 성대한 파티가 열렸다. 계급, 비밀 유지, 배타성 그리고 화려함, 특권, 전통. 카오스 궁정은 버키의 종합

---

* 사순절 전 카니발과 퍼레이드를 여는 것을 목적으로 구성된 뉴올리언스의 사조직.
** 사순절이 시작되기 전날인 화요일. 금욕해야 하는 사순절을 맞아 진탕 먹고 마시는 풍습이 있으며, 사육제, 카니발이라고도 한다. 뉴올리언스의 마르디 그라는 세계 3대 축제 중 하나로 알려져 있다.

실습장이었다.

데뷔탄트 볼에 대한 버키의 열정은 때로는 80년대 로맨틱 코미디 영화에 등장하는 웨딩 플래너의 그것과 같았다. 한마디로 물 만난 이드*였다. 그러나 뉴올리언스는 그들의 기이함을 끔찍이도 아꼈다. 스쿠그 집안에는 남북전쟁이 아직도 진행중이라고 믿어서 매일 남부의 승전보를 전해주어야 하는 할아버지도 있었다. 니슬리 집안 여자들 중 한 명은 2학년 내내 리틀 트램프** 복장을 했다. 패닝 집안의 남부러울 것 없는 아들은 사교계에 입문하는 아가씨들을 매혹시켰지만 로맨스를 감행하는 것 같지는 않았고 그저 가장자리를 맴돌면서, 춤을 못 추는 아가씨들을 경멸하거나 좌석 배치도를 놓고 점수를 매기는 정도였다. 사실 그 두 가지는 별반 다를 것도 없었다.

"그 남자 마음에 드네!" 엘리너가 〈루퍼 워시〉 팀 작업실의 라이트 박스에서 고개를 들며 레스터에게 말했다.

"사실 상당히 괜찮은 친구이긴 하죠." 레스터가 말했다.

버키에 관한 이야기들은 밴더빌트대학에서 그와 같은 기숙사에 있었던 레스터 루이스에게서 나왔다. 엘리너는 레스터를 자신의 이인자로 채용한 상태였다. 그는 켄터키의 종마 농장에서 자란 꼼꼼한 펜화 화가였지만 정작 말을 무서워했다. 〈루퍼 워시〉의 조랑

말들에게 고약한 성깔을 부여하자는 것은 그의 아이디어였다.

"윽," 엘리너가 웃고 있는 밀리센트의 눈을 지우며 말했다. "난 눈을 너무 못 그려."

때는 2003년도였다. 〈루퍼 워시〉는 방영까지 한 달을 남겨두고 있었지만 애니메이터들은 브룸 스트리트의 골목 끝 다락방에서 이 년째 작업에 매달리고 있었다. 엘리너는 별도의 사무실이 있었지만, 불펜에서 자신의 뉴욕 팀과 같이 일하는 편을 더 선호했다. 더 많은 아티스트들이 헝가리에서 채색 작업을 하고 있었다.

"그 버키라는 친구에게 사람들이 좋아할 만한 점이 한 가지라도 있나요?" 엘리너가 물었다.

레스터는 잠시 생각을 해야 했다. "의리가 있어요."

"하지만 레스터도 그 사람을 실제로 좋아하진 않잖아요." 엘리너가 밀리센트의 아래 눈꺼풀을 올려 눈웃음 짓는 표정을 그리려 애쓰면서 말했다.

"우린 둘도 없는 친구예요." 레스터가 소리쳤다. "매일 통화하는걸요."

"당신이 뒤에서 비웃는다는 걸 그 사람도 알고 있나요?"

"난 그 친구 앞에서도 비웃어요!" 그가 유쾌하게 말했다.

엘리너의 팀은 색상을 수정하고 마지막으로 바꿀 사항들을 바꾸고 시즌1에 시사적인 농담을 끼워넣고 시즌2의 애니메이션 메모를 적고 시즌3의 스토리보드 작업을 하고 있었다. 스트레스가 많고, 앉아서 몸을 움직이지 않고 해야 하는 작업이었다. 열네 시간 동안 드로잉보드에 몸을 숙이고 일하면서, 휴가를 취소하고, 멀리 사는 부모들을 근사한 레스토랑에서 바람맞히고, 결혼식을 연기하고, 아이의 출산을 놓치는 그런 시간들.

마감의 압박 속에 살다보면 벙커 심리*가 엄습해온다. 애니메이터들 대 멍청한 방송사 간부들. 애니메이터들 대 변덕스럽고 돈을 너무 많이 받는 작가들. 애니메이터들 대 무능하고 부패한 헝가리인들.

그 애니메이터들에게 하루 중 화사한 순간이 있다면, 점심식사 뒤 레스터가 버키와의 통화를 마치고 돌아와 맛깔스럽고도 상세하게 썰을 풀 때였다. 그로부터 한 시간 동안 애니메이터들이 그들의 라이트보드에서 버키를 해부하는 동안 불펜에는 평화가 깃들었다.

그들이 버키를 사랑했던가? 증오했던가? 논쟁 속에서 그들은 사치스러운 쾌락을 느꼈다.

그의 목소리를 직접 들을 수만 있다면!

엘리너는 전화국 기사를 불러 레스터 자리에 있는 전화기에 스피커폰 기능을 장착한 다음 애니메이터들이 다 함께 그와 버키의 대화를 들을 수 있게 하자고 했다.

"제발 그렇게 해주면 안 될까요?" 엘리너가 레스터에게 부탁했다. "그 사람이 우리의 유일한 낙이잖아요."

긴급 명령이 하달되었다.

버키는 실망시키지 않았다.

"나 지금 완전 맛이 갔어." 유난히 푸짐한 점심식사를 하고 집으

---

*bunker mentality. 다른 이들이 자신을 적대시한다고 생각하는 데서 기인한 자기 방어적 태도.

로 돌아온 버키가 소파에 앉으며 말했다. 그의 목소리는 자신감에 차 있었고 이상할 정도로 억양이 없었다.

엘리너가 레스터에게 쪽지를 전달했다. 왜 남부 억양이 없어요?

레스터가 고개를 끄덕이며 엘리너에게 윙크했다.

"버키," 레스터가 말했다. "며칠 전 밤에 내가 남부 억양에 대한 네 철학을 다른 사람한테 설명하려고 했는데 말이야. 그게 논리에 맞지 않는다는 것만 기억이 나더라고."

"남부 억양은 촌스럽잖아." 버키가 짜증을 내며 말했다. "제대로 교육받은 사람이라면, 남부에서 한 발짝도 벗어나본 적 없는 사람이건 아니건, 절대로 주빌레이션 T 콘폰*처럼 말하고 다니지 않아. 설령 그렇다면 그건 가식이야. 이봐, 나 지금 빤한 얘기 재탕할 기분 아니거든. 방금 우편물 배달하는 여자하고 한판 붙어서 완전히 녹초가 됐다고."

"그랬군." 레스터가 말했다.

"알다시피, 내가 별채용 우편함을 따로 설치했잖아. 그래서 지난주에 버나비 패닝 앞으로 오는 모든 우편물은 이 우편함에 넣어달라고 쪽지를 남겨두었지. 그런데 우편함이 항상 비어 있는 거야. 그러다가 오늘 내가 그 여자를 만났는데, 그 여자 말이, 법적으로 콜리세움 2658번지로 발송되는 우편물은 우리 엄마 아빠의 우편함에 넣게 되어 있다는 거야. 내가 다른 우편함으로 편지를 받길 원하면, 다른 주소를 갖고 있어야 한대. 그러면서 나한테 친절하게 설명하기를, 직접 시청에 가서 별채 주소를 2658A로 변경하래. 상

---

* 미국의 풍자만화이자 뮤지컬로도 제작된 〈릴 애브너〉에 등장하는 남부의 장군.

상이 돼? 버나비 포춘 샤보노 패닝, 2658A! 뭘 몰라도 한참 모르는 여자야."

(이 버키즘은 〈루퍼 워시〉에도 스며들었다. 시즌2. 침착하고 인내심 있는 보안관 조시는 여자애들의 록 텀블러*를 훔친 뜨내기의 체포를 거부한다. 그러자 비비언이 뛰쳐나와서는 조시에 대해 이렇게 말한다. "이 아줌마 뭘 몰라도 한참 모르시네.")

"아마도," 레스터가 말했다. "그 우체국 여자, 자네가 크리스마스 선물로 포푸리 대신 현금을 주었다면 훨씬 더 협조적이었을걸."

"내년엔 세차 쿠폰이라도 하나 집어줄까봐." 버키가 장단을 맞추며 덤덤하게 말했다.

"이 남자 중독성 있네!" 전화를 끊고 나서 엘리너가 말했다.

2월이 다가오고 있었다. 기대감이 한껏 고조되었다. 〈루퍼 워시〉의 첫 방영 때문이 아니라 마르디 그라와 카오스 꽃수레를 탄 버키가 들려줄 이야기 때문이었다. 그 엄청난 행사를 치르고 난 뒤에 과연 소식을 전할 수 있을까?

"흰색 타이츠에 반짝이는 구두를 신고 황금색 반바지를 입고, 실크 마스크에, 머리 가발……"

머리 가발이 뭐야? 누군가가 화이트보드에 적었다. 아는 사람이 아무도 없었다.

"……저 아래 인파를 향해 구슬을 던지면서 지나갔는데, 나하고

---

*돌을 깎아서 매끄러운 보석처럼 만드는 기계.

간이 화장실 파란 벽 사이에 인파가 열 겹이었다니까. 집집마다 듀스 맥앨리스터* 티셔츠와 산성염료로 염색한 반바지 차림에 십팔달러짜리 커트를 한 온 가족이 접이의자 위에서 벌떡 일어서며, 화로를 쓰러뜨리고, 고개를 뒤로 젖히고, 새끼 제비들처럼 입을 벌린 채 행운의 구슬을 잡아보겠다고 아우성을 쳤지." 버키는 잠시 이야기를 멈추고 회상에 젖었다. "린드버그**가 어떤 기분이었을지 난 알 것 같아."

엘리너의 남자친구 조가 함께 점심을 먹으려고 사무실에 들렀다. 그는 버키의 독백이 끝나갈 무렵 사무실에 들어섰고, 사무실 사람들로부터 소리를 내지 말라고 무지막지하게 저지당했다.

통화가 끝나자 사무실에 승리의 함성이 울려퍼졌다.

"버키," 엘리너가 조에게 설명했다. "당신도 그 사람을 사랑할 수밖에 없을걸."

"내가?"

그로부터 일주일 뒤, 엘리너의 사무실에 애니메이터들이 옹기종기 모여 있었다.

"네 서른번째 생일이 다가오고 있어, 루이스." 스피커폰에서 버키가 말했다. "우리 뭐하지?"

"엘리너가 자기 집에서 파티를 열어준대."

---

* 프로 미식축구 팀 뉴올리언스 세인츠의 선수.
** 1927년에 처음으로 대서양을 무착륙 비행한 미국의 비행가.

"네 상사 엘리너?" 스피커폰으로 코 훌쩍이는 소리도 들렸다.

"감기 기운 있어?" 숨을 죽이느라 무진 애를 쓰고 있는 애니메이터들에게 윙크하며 레스터가 물었다.

"그 여자 성이 뭐였더라?" 버키가 말했다.

"플러드. 존 타일러 대통령 집안이야."

"직계 후손이야?"

"어머니 이름이 테스 타일러야." 레스터가 사실을 확인하기 위해 엘리너를 쳐다보며 말했다. "엘리너의 아파트에 그 사실을 증명할 존 타일러의 데린저 권총 한 쌍이 있어."

"미국 대통령의 직계 후손이 쇼 비즈니스에 몸담고 있다고? 그런 졸렬함이라면 내가 직접 가서 확인하지 않을 수 없겠네. 그 허접한 파티에 나도 참석한다고 전해."

그렇게 해서 카오스의 지휘관인 버키가 혜성처럼 뉴욕시티에 나타났다. 엘리너의 팀원들은 할일 미루기 좋아하는 음울한 애니메이터들이라면 누구나 할 법한 일을 했다. 바로 내기를 한 것이다.

모두가 바구니 안에 이십 달러씩 넣었고, 버키의 모습을 가장 정확히 예측해 그린 사람이 그 돈을 다 갖기로 했다. (인터넷에서는 '기타 잰' 에피소드에서 루퍼 사인방 그림이 왜 그토록 엉성한지에 대한 논란이 일었다. 그 대답은 바로 버키 패닝이었다.)

애니메이터들이 그린 버키는 대부분 체격이 땅딸막했다. 나비넥타이를 맨 고릿적 신사도 있었다. 침을 질질 흘리고 주위에 파리가 들끓는 시골뜨기도 하나 있었다. 엘리너는 평균 키, 대머리, 맨발에 신은 운전용 모카신, 모직 바지, 꽃무늬 버튼다운 셔츠를 입고 라벤더색 캐시미어 스웨터를 어깨에 느슨하게 걸친 모습으로 결정을 보았다. 그리고 거기에 그라디언트 렌즈가 달린 베르사체의 오버사이즈 보잉 선글라스를 씌웠다.

마침내 그날이 왔다. 버키가 엘리너의 사무실로 걸어들어왔다. 진짜 버키가.

그는 이론의 여지가 없는 미남이었다. 큰 키에 완벽한 피부, 감각적인 입술, 풍성하게 곱슬거리는 금발. (레스터는 종종 버키가 매력적인 외모의 소유자라고 말하긴 했다. "그런데 왜 연애를 못해요?" 엘리너가 물었다. "연애를 원하지 않으니까요." 레스터가 설명했다. "자길 떠나지 않을 사람을 원하는 거죠.")

버키는 검은색으로 차려입었다. 검은색 보머 재킷과 검은색 크루넥 캐시미어 스웨터 안에 검은색 실크 티셔츠를 살짝 보이도록 받쳐 입었고, 굽 윗부분에 프라다의 빨간 줄무늬가 있는 검은색 앵클부츠를 신었다. 약간 터무니없어 보이기도 했는데, 그건 버키가 변변한 직업도 없는 사회 부적응자라는 걸 알고 있었기 때문이었다. 그 사실을 몰랐다면 소호 거리에 있는 평범하고 돈 많은 힙스터라고 생각했을 것이다.

무엇보다도, 버키는 존재감이 대단한 사람이었다. 딱히 뚱뚱하진 않았다. 그의 모습을 보면서 엘리너는 우기에 살이 오른 파파야 열매, 혹은 브라이언트 검블에게 자전거 펌프로 공기를 주입한 것처럼 생긴 그레그 검블을 떠올렸다.*

버키의 눈이 곧바로 이십 달러짜리 지폐가 그득한 철제 바구니로 향했다.

"무슨 내기인가요?" 그가 물었다.

겁에 질린 시선들이 엘리너에게로 향했다.

"내기 아니에요." 엘리너가 너무 신속하게 대답했다.

"내기 맞잖아요." 버키가 침착하게 말했다.

엘리너가 앉아 있는 소파 옆에는 허니머스터드 프레첼 너겟들로 채워진 커피 필터가 놓여 있었다. 그녀가 한 개 집으려고 손을 뻗었다. 버키는 잠시 그녀를 쳐다보다가 고개를 끄덕였다. 마치 그녀의 그 행동이 그가 알아야 할 모든 것을 말해주었다는 듯이. 그가 레스터를 돌아보았다.

"발타자르**에 점심식사를 예약해뒀어. 그 정도면 네 어중간한 취향에 맞지 싶어서."

레스터의 파티에서 일어난 다음과 같은 일은 엘리너에게 전혀 놀라운 일이 아니었어야 했다. 엘리너의 여동생 아이비, 가냘픈 몸에 하늘거리는 아우라를 지녀서 투명한 아이비는(그녀는 공기였고 엘리너는 대지였다) 9학년 때 이미 키가 180센티미터여서 졸업을 한 달 앞두고 파리와 일본에 가서 모델 일을 했지만 정작 뉴욕에서는 운이 없어 연기 코치를 따라 버크셔로 갔고, 거기서 결국

---

* 뉴스 진행자. 스포츠캐스터로 일하는 형제로, 그레그가 브라이언트보다 덩치가 크다.

** 뉴욕의 유명한 프렌치 레스토랑.

사이비 종교에 빠졌다가 엘리너와 당시 그녀의 남자친구였던 조에게 구조되었고, 그후 기적적으로 디올 광고에 발탁되어 어느 해 여름 그녀의 얼굴이 지하철에 도배됐지만 아이러니하게도 이름이 '프렌즈 헬핑 프렌즈'라는 폰지 사기*를 당해 가진 돈과 모델계 인맥을 전부 날렸고, 아야와스카** 의식에 참여하기 위해 히치하이크로 텔루라이드에 갔다가 그곳에서 샤먼인 메스트르 마이크와 삼 년을 살았고, 그후 『지방은 페미니스트의 문제』 『해로운 부모』 『당신을 구속하는 수치심을 치유하자』에서 신념을 발견하고 나서 공인 마사지사가 되었다가 곧 일을 그만두었는데 이유는 끊임없이 전달되는 나쁜 에너지가 자신을 약하게 만들기 때문이었고, 아무도 밀가루와 정제 설탕에 알레르기가 없을 때 밀가루와 정제 설탕에 알레르기가 생겼고, 고기를 먹지 않았는데 육식은 동물의 비명을 깨무는 행위이기 때문이었고, 견과류를 피했는데 그건 바이러스들이 견과류에 달라붙기 때문이었고, 그래서 피부가 푸석거리고 눈이 퀭해지고 마른기침이 멎질 않았고, 당시 엘리너의 남편이던 의사 조는 죽어가는 대식증 환자를 보면 바로 알 수 있었기에 아이비를 세컨드 애비뉴의 섭식장애 프로그램에 등록시켰고, 그곳에서 훌쩍거리고 구역질을 하고 리놀륨 바닥에 쓰러지면서도 하얀 빵에 슬로피조***를 넣어 먹을 수밖에 없었던 아이비는 이제 데이비드 패리의 사무실에서 전화 받는 일을 하고 있었는데, 데이

---

* 신규 투자자의 돈으로 기존 투자자에게 이자나 배당금을 지급하는 방식의 다단계 금융 사기.
** 아마존 원주민 사이에서 이용되는 환각제.
*** 다진 고기에 채소와 토마토소스 등을 넣어 만든 햄버거 속.

비드 패리는 로큰롤 밴드 매니저이자 〈루퍼 워시〉의 수석 작가인 바이얼릿의 남편이어서 엘리너가 개인적인 인맥으로 그 일을 주선한 것이었고, 이제 서른세 살이 된 아이비는 나이에 비해 철딱서니가 없긴 했지만 건강했고, 바로 그 아이비가 레스터의 파티에 나타났고, 바로 그 아이비가 버키를 만났고, 버키를 사로잡았고, 버키와 함께 세인트레지스호텔로 갔다가 그다음날 뉴올리언스로 떠났다.

일 년 뒤 두 사람은 결혼했다.

약혼 파티는 뉴올리언스에서 열렸다.

조의 규칙 중 한 가지: 새로운 도시에서 가장 먼저 할 일은 대중교통을 이용하는 것이다. 조와 엘리너는 만원 전차를 타고 세인트찰스 애비뉴를 따라 이동했다. 멀리서 보면 살아 있는 참나무에 스페인 이끼가 주렁주렁 달려 있는 것 같지만 가까이 다가가서 보면 몇 달 된 마르디 그라 구슬들이 매달려 있었다.

엘리너와 조는 3번가에서 내려 길을 건넜다. 패닝가의 저택은 부촌인 강변에 자리잡고 있었다.

콜리세움 2658번지는 한 블록 전체에 걸쳐져 있었고, 저택의 연철 울타리는 솜씨 좋게 사탕수수 모양으로 주조된 것이었다. 명패에 역사가 새겨져 있었지만 읽기엔 너무 어두웠다.

저택은 안에서부터 빛났다. 엘리너는 정문에서 멈칫했다 .

버키가 뉴올리언스행 비행기에서 아이비에게 청혼했다는 소식을 들은 이후에도 불신감은 파도처럼 엘리너를 때렸다. ("내가 요구하는 건 당신이 굴을 좋아하는 것뿐이에요." 버키가 아이비에게 말했다. "하지만 전 굴을 좋아하지 않아요." "좋아하게 될 거예요.") 엘리너는 그 주 월요일에 출근을 했고 그녀의 바구니에는 여전히 이십 달러짜리 지폐가 잔뜩 들어 있었다. 누구도 감히 자기 몫을 요구할 배짱이 없었다. 그 장난은 더이상 재미있지 않았다.

레스터가 엘리너의 사무실로 씩씩하게 들어왔다. "일이 틀어질 가능성도 상당히……"

"두 사람이 잘돼서 기뻐요." 엘리너가 말하고 하던 일로 돌아갔다. "문 좀 닫아줄래요?"

백발에 흰 장갑을 낀 연미복 차림의 공손한 흑인 남자가 손수 저택의 문을 열어주었다. 그는 태피의 남편, 미스터였다. 두 사람 다 두 세대에 걸친 패닝가 사람들을 위해 일해온 제복 입은 하인으로, 이제 버키가 뉴욕에서 다른 누구도 아닌 신부를 데리고 왔으니 어쩌면 패닝가의 삼대를 모두 모시게 될 수도 있었다.

엘리너와 조가 집안으로 들어섰다. 거실은 온통 무도회 드레스와 연미복으로 가득했다. 엘리너의 입에서 "어머!"가 새어나오려는 순간—그녀는 미처 다리지 못한 무릎 기장 원피스에 단화를 신고 있었다—누군가가 그녀의 손에 민트줄렙을 쥐여주었다. 차가운 은제 텀블러의 감촉에 엘리너의 얼굴에 미소가 떠올랐다.

"엘리너! 조!" 아이비였다. 아이비는 오렌지색 꽃무늬가 있고 소매는 백합 모양으로 늘어진 라임색 시폰 주름 드레스 차림이었다. 그녀가 한 바퀴 빙 돌았다. "1972년에 제작한 릴리 퓰리처*야! 버키 어머니의 드레스. 남부선 누가 어떤 물건이 마음에 든다고 말하면 그걸 줘야 하는 거 알고 있었어? 그게 남부 방식이래."

아이비는 엘리너의 손을 잡고 돌아다니며 사람들에게 언니를 소개했다. 아이비의 불안정한 성격은 여전했지만, 예측 불가능한 감정의 암류는 없었다. 버키의 사랑을 받고 있었기 때문에—아이비가 사랑받고 있다는 것은 의심의 여지가 없었던 것이, 버키의 다정한 눈빛이 그녀를 편안함으로 채웠고, 둘은 서로가 하는 말에서 즐거움을 찾았으며, 그의 팔은 그녀의 허리 잘록한 부분에 꼭 들어맞았다—아이비의 뾰족한 성격이 부드러워졌다. 그녀가 자신의 나약함에 안주했다고 말할 사람도 있을 것이다. 남부는 그러기에 좋은 곳이었다.

정치인과 석유 재벌, 변호사와 역사학자, 선박왕과 아무짝에도 쓸모없는 인간들. 그들 한 명 한 명 모두가 아이비를 사랑했고, 그녀를 온전히 감싸안았다. 그와 더불어, 엘리너와 조까지도. 엘리너는 한 번도 자신이 그렇게 멋지다는 생각을 해본 적이 없었다. 결과적으로, 그녀가 대화하는 사람들 모두가 멋져졌고, 친밀감은 고조되고, 고조되고, 고조되었다. 따스함과 웃음으로 분위기가 아늑해지는 것이, 뉴욕과는 달랐다. 뉴욕에선 만나는 사람들 모두가 대화 도중에도 혹시 더 좋은 사람을 만날 수 있는 여지가 있는지 탐색해댔다. 그로부터 일주일 전, 폭스 네트워크의 파티에서 만난 〈심슨

---

* 미국의 명품 브랜드.

가족〉의 작가는 엘리너 뒤로 제임스 L. 브룩스*가 들어오자 말하다 말고 문자 그대로 엘리너를 옆으로 밀쳤다. 민트줄렙으로 알딸딸해진 가운데 엘리너는 깨달았다. 예의라는 것은 공허한 속물근성이나 잘못된 오만함의 산물이 아닌 깊은 관대함의 행위라는 것을.

샤보노 할머니가 양손으로 지팡이의 기다란 손잡이를 단단히 붙잡고 한쪽 구석에 근엄하게 앉아 있었다. 어느 순간 그녀가 엘리너를 향해 손짓을 했다.

"자네가 그 언니인가?" 샤보노 할머니가 큰 소리로 물었다. "버키한테 옷 좀 사형집행인처럼 입지 말라고 얘기 좀 해주게나."

식사 자리에서 엘리너는 뜨거운 시금치 딥을 아무리 먹어도 멈출 수가 없었다. 태피가 몸을 숙이더니 비법을 알려주었다. "캠벨 버섯 크림이에요."

버키의 어머니가 조를 데리고 갔다. "이 친구 내 주머니에 넣었으면 좋겠구먼." 그날 오전, 그녀는 잔디 깎는 기계의 날에 팔을 베었다. "미스터가 허리를 다쳤으니 달리 어쩌겠나. 정원사 한 팀을 고용할 수도 없고. 내 집 잔디는 내가 깎을 수 있어."

얼마 후, 엘리너는 혼자가 되었다. 그녀는 폭신폭신한 2인용 소파에 쓰러졌다. 쿠션들이 허리의 아주 적절한 지점을 받쳐주었다. 메리 마지가 그녀의 무릎 위로 뛰어올라 웅크리고 앉았다.

"안녕." 엘리너가 개에게 말했고, 그 순간 말이 너무 어눌하게 나와서 놀랐다. 그녀는 무지막지한 알코올의 공격에 익숙하지 않았다.

---

* 미국의 영화감독, 각본가, 제작자.

커피테이블 위에 두툼한 가죽 앨범들이 놓여 있었는데, 화려하고 푹신한 표지가 앨범을 펼쳐달라고 애원했다. 엘리너는 그 애원에 응했다. 첫 페이지는 진짜 이상한 사진이었다.

'카오스 왕실 궁정.'

기괴한 의상을 입은 성인 남녀의 사진이었는데, 표정은 섬뜩할 정도로 심각했고 사람의 얼굴이라기엔 너무 창백했다. 버키는 구슬이 달린 금색 공단 셔츠에 황금색 반바지를 입고 흰 타이츠를 신고 뺨은 붉게 칠하고 밸리언트 왕자*의 백금색 (머리?) 가발을 쓰고 황금빛 머리 장식에 타조 깃털 한 묶음을 꽂은 채 마찬가지로 섬뜩하게 보이는 왕, 여왕, 시종들과 하녀들 틈에 서 있었다.

"그 파티가 한 달 뒤부터 시작돼." 아이비가 말했다. 버키와 함께 와 있었다. "너무 떨려 죽겠어. 버키가 나한테 예절 교육을 받으래. 궁정에서 자기 망신 주지 말고."

"아이비, 내 사랑," 버키가 피곤한 척하며 말했다. "그건 파티가 아니야. 무도회지."

"드디어! 나 대신 생각해줄 사람이 생겼어!" 아이비가 어깨에서 자기 머리를 뽑아 버키에게 건네는 시늉을 했다.

"버키," 엘리너가 발음을 똑똑히 하려 애쓰며 말했다. "내 동생을 행복하게 해줘서 고마워요."

"내 인생이 당신 동생을 그저 행복하게 해주는 정도에 허비된다면 그건 실패한 인생이죠." 버키가 소리쳤다. "태양과 달이 아이비가 자기들보다 더 환하다는 것을 알고 수치심에 얼굴을 붉힐 때까

---

* 캐나다 출신의 미국 만화가 해럴드 포스터가 그린 동명의 만화 주인공.

지 절대 안주하지 않을 겁니다."

"흰 장갑을 맞추러 이탈리아에 갈 거야. 혹시 맨 앞줄을 앉게 되면 장갑이 팔꿈치를 덮어야 한대. 정말 멋지지 않아?"

"맨 앞줄에, 달링." 버키가 말했다. "맨 앞줄에 앉는 거야."

조는 아이비의 애칭을 만들었다. "성체 안치기." 가톨릭교에서는 축일에 황금빛으로 반짝이는 성체 안치기에 성체를 담아 전시하는데 신자들은 하루종일 경건한 눈빛으로 그것을 바라본다고 했다. 복사*였던 조는 종종 야간 근무조가 되어 그 일을 맡곤 했다. 살아 있는 성체 안치기였던 아이비는 버키에게서 자신의 지속적인 숭배자를 발견했다.

엘리너의 어깨에서 힘이 빠졌다. 턱 깊숙한 곳의 무언가가 느슨해졌다. 아이비는 이제 괜찮을 것이었다.

자매의 어머니는 세인트빈센트병원에서 죽었다. 한때는 엘리너의 기억 속에 너무도 선명했던 그 마지막 면회들은 시간이 흐를수록 흐릿해져갔다. 옆 침대에 있던 여자 노인이 고관절 수술을 받기 위해 실려나갔다가 맞는 기구가 없다는 이유로 삼십 분 뒤에 도로 실려왔다. 침대 난간에 달려 있던, 어두운 색 소변이 담긴 주머니. 그들의 어머니, 브로드웨이의 스타는 입안이 바짝 마른 채 아득히 멀어져갔다. 마지막 몇 차례의 면회 때 엘리너는 직접 그린 그림을 가져갔다. 성인이 된 아이비, 엘리너와 함께 있는 테스의 모습을

---

* 사제의 미사 집전을 돕는 소년, 소녀.

그린 그림이었고 엉뚱하게도 세 사람 모두 웨딩드레스를 입고 있었다. "멋진 그림이구나, 엘리너." 어머니가 속삭였다. "하지만 이런 일은 일어나지 않을 거야."

엘리너는 어머니와의 추억을 소중히 간직했다. 무대의상에 파란 페도라를 쓰고 술 달린 가방을 엉덩이께에 흔들며 학교로 그녀를 데리러 왔던 테스. 테스와 지지, 앨런이 극단의 다른 댄서들의 험담에 열을 올리는 것을 듣던 일. 그들이 하는 말을 다 이해하지는 못했음에도, 아, 그들과 함께 웃으며 엘리너가 느꼈던 그 짜릿함, 피아노 주위에 모여 서서 공연 곡을 부르는 것으로 끝나던 파티들. 저녁식사로 준비되었던 콘월식 암탉구이. 에르노 라즐로 화장품의 이국적인 향기. 보석 서랍 안에 들어 있던 휘황찬란한 장신구들, 볼모어 볼링장에서 보낸 나른한 오후.

그러나 이러한 회상의 순간들은 극단적인 죄책감도 불러왔다. 당시 엘리너는 테스가 자신과 함께 있는 것을 얼마나 좋아했는지, 그들이 함께하는 시간이 얼마나 평화로웠는지 기억할 수 있는 나이였다. 반면 아이비는 오직 버려졌다는 기억만을 간직하고 있었다.

"행여 서운해하지 마세요," 버키가 엘리너에게 말했다. "미래의 패닝 부인과 저는 이만 가봐야 할 것 같아서요. 〈타임스 피카윤〉* 취재팀이 도착했거든요."

버키가 자리를 뜬 뒤 얼굴이 벌겋게 달아오른 조가 엘리너에게

---

* 뉴올리언스의 일간지.

다가왔다.

"와우." 쿠션이 그의 허리의 적절한 지점을 누르자 그가 말했다.

"그러게."

"자리 좀 내줘요, 자리 좀." 버키의 육촌 로레인이 그들 틈을 비집고 앉았다. "그 쥐새끼 같은 놈은 좀 치워줘요." 그녀가 깜빡 잠든 메리 마지를 바닥으로 밀치고는 샴페인을 가져오라고 손짓했다.

"사람들이 이걸 이렇게 진지하게 받아들인다는 게 믿겨요?" 로레인이 앨범을 가리키며 말했다. 그녀가 자신의 연도를 펼쳤다. 카오스의 여왕인 그녀의 모습이 담겨 있었다. "봐요, 내가 얼마나 날씬했는지! 당신이 무슨 생각 하는지 알아요. 이런 한심한 짓거리를 하다니 돈이 썩어난다고 생각하겠죠. 틀린 말은 아니지만, 한 가지 분명한 건 이게 진짜 재미있다는 거예요!"

건너편에서 버키가 사진기자를 위해 아이비의 드레스 자락을 정리하고 있었다. 그들 뒤로 버키의 조상이자 남북전쟁에서 첫 사격 명령을 내렸던 남부의 장군 P.G.T. 보러가드의 사진이 걸려 있었다.

"오, 버나비!" 로레인이 애정과 악의가 모두 담긴 목소리로 말했다. "혹시 버나비가 당신을 성가시게 하면, 분명히 성가시게 하겠지만, 이것만 기억하세요. 버나비는 '고뇌하는 음유시인'이라는 걸. 우리가 그 별명을 지어줬어요. 커트 코베인이 권총으로 자살했을 때 우린 같은 차를 타고 있었는데, 라디오 아나운서가 '고뇌하는 음유시인 커트 코베인이 사망한 채 발견되었습니다'라고 말했어요. 근데 그 말이 귀에 딱 꽂히더라고요, 고뇌하는 음유시인. 자신이 어떻게 인식되는지 알아야 편안해하는 사람이란 걸 알고 나면 버키도 그런대로 괜찮은 사람이거든요."

이제 아이리시 커피가 나왔다. 자신이 어떻게 인식되는지 알면 편안해하지 않을 사람이 어디 있단 말인가? 꽁지깃이 겹겹이 늘어진 새들이 그려진 벽지, 버터색 천장, 황금 거울과 삼베 러그. 그것들은 가식적이지 않았고, 파란색과 흰색 줄무늬의 2인용 소파처럼 위안을 주었다. 대체 누가 파란색과 흰색 줄무늬 소파가 버터색과 새들과 황금과 삼베와 어울린다고 생각했는지 모르겠지만, 어쨌든 어울렸다. 사람들이 말을 할 때 눈을 쳐다보는 것, 턱시도를 입은 십대들이 어른들과 대화를 하는 것도 썩 괜찮았다. 그렇다면 연미복을 입고 흰 장갑을 낀 웨이터들이 안 될 건 뭔가? 수십 년 된 드레스를 입은 버키의 어머니와 그녀의 친구들, 햇볕에 지나치게 그을린 피부, 반짝거리는 립스틱, 낮고 뭉툭한 힐은 또 어떻고? 정원의 꽃들과 움푹하게 찌그러진 민트줄렙 텀블러와 나름 괜찮지만 훌륭하지는 않은 음식들은? 딕시랜드* 스타일의 곡이 연주되기 시작했을 때, 철벅거리는 트럼펫 소리와 트림하는 튜바 소리를 듣고 처음에 엘리너는 당황했다. 분명히 라이브 연주인데 안에서 들리는 소리가 아니었기 때문이다. 그때, 정원 창문을 통해 흐릿하게, 엘리너는 보았다. 짧은 소매에 넥타이를 맨 신이 난 흑인 꼬마들이 파티를 위해 연주를 하고 있었다. 너무 시끄럽지 않도록 밖에서. 그들은 엘리너를 볼 수 있었지만 엘리너는 그들을 볼 수 없었다. 그 또한 안 될 게 뭔가?

---

* 뉴올리언스에서 발달한 전통 재즈의 일종.

다음날 아침, 호텔 전화기의 들쭉날쭉한 이중 벨소리가 엘리너를 깨웠다. 아이비였고, 머뭇거리면서 엘리너에게 잘 잤느냐고 전혀 궁금해하지 않는 목소리로 물었다. 버키가 장식 화분 때문에 화가 났다는 것이었다.

"장식 화분이 뭔데?"

"장식 화분이 뭔지 몰라?" 아이비가 말했다. "물건 숨겨두는 도자기 화분 말이야. 어젯밤에 그중 하나에 아이스크림을 넣으려고 했나봐. 그런데 아이스크림이 용기째로 테이블 위에 턱 놓여 있었던 거야. 오늘자 〈타임스 피카윤〉을 보면 선명하게 볼 수 있어. 샤보노 집안 도자기들 사이에 버젓이 처박혀 있는 아이스크림을. 드레이어스 아이스크림."

엘리너는 어렴풋이 기억이 났다. 바나나 포스터*가 등장하자 누군가가 아이스크림을 달라고 했다. 태피는 와인 쏟은 것을 닦느라 엎드려 있었고, 엘리너가 주방으로 가서 직접 아이스크림을 꺼냈고……

"맞아," 아이비가 말했다. "마침내 진상이 규명됐네."

농담인가?

"언니는 우리 약혼을 축하해야 할 자리에서 버키를 교양 없는 사람으로 만들었어."

"분명히 약혼을 축하하는 자리였어." 엘리너가 침대에 일어나 앉았다. 욕지기가 치밀었다.

---

* 바나나에 럼 따위를 붓고 불을 붙여 아이스크림을 곁들여 내는 디저트.

아이비는 말을 하기 전에 이상하게 머뭇거렸다. 버키인가? 소곤 거리는 사람은?

"그건 버키에 대한 모욕이었어." 아이비가 말했다. "그의 부모님에 대한 모욕이었고, 그보다 더 나쁜 건, 태피에 대한 모욕이었다는 거야."

"태피?" 엘리너가 말했다. "난 태피를 도와주려고 그랬던 거야."

"바로 그거야." 아이비가 말했다. "태피는 도움이 필요치 않거든."

"태피는 그걸 모욕으로 여기지 않았을걸."

"버키는 그렇게 받아들였고 나도 그랬어."

조가 잠에서 깨어나 고개를 젓고 있었다.

"버키 바꿔줘." 엘리너가 말했고 눈물이 폭포처럼 쏟아졌다. "내가 사과할게."

"전화 받고 싶지 않대."

"직접 사과할게. 아침식사하면서."

또 한번의 이상한 침묵. "〈타임스 피카윤〉이 배달될 때까지 기다리느라 긴 밤을 보냈어. 어쨌든, 이런 일은 글로 해결해야 해. 컨시어지에 편지 한 통 남겨줘."

엘리너는 책상으로 날아가 서랍의 은색 손잡이를 잡고 미친듯이 필기도구를 찾았다. 조는 운동화를 신었다.

"네빌 체임벌린*도 실패한 방식이야." 그가 말했다. 그리고 밖으로 나갔다.

---

* 영국의 정치가, 외교관. 독일의 히틀러에게 유화정책을 펼쳐 전쟁을 막으려 했으나 실패했다.

버지니아의 상원의원이었던 존 타일러는 오직 남부의 표를 끌어모으기 위해 윌리엄 헨리 해리슨의 휘그당에 합류하게 되었다. 1841년 몹시 추운 어느 날 해리슨이 취임 선서를 할 때 타일러도 취임식에 참석했다. 그날 저녁, 그는 자신이 부통령으로서 할일이 거의 없을 거라 생각하고 버지니아에 있는 자신의 농장으로 돌아갔다. 그로부터 한 달 뒤 해리슨이 폐렴으로 사망했다는 내용의 편지가 도착했고, 존 타일러는 미국의 10대 대통령이 되었다. '사고로 취임한 대통령His accidency'이라는 별명을 갖게 된 타일러는 그다지 내세울 것 없는 정치를 했다. 그는 재선에 출마하지 않기로 했고, 임기가 끝나자 가족 농장인 셔우드포리스트로 돌아갔다. 집무 당시 이룬 바가 거의 없었기 때문에 그는 역사책에서 주로 대통령 중에 가장 많은, 무려 열다섯 명의 자녀를 둔 대통령으로 서술되었다. 훗날 남부연맹 하원의원으로 선출되었기 때문에 사망 당시 조기를 게양하지 않은 유일한 대통령으로도 알려져 있다.

비록 5번 도로인 존 타일러 고속도로를 달려 버지니아주 찰스시티 카운티의 해안가까지 내려와볼 이유를 찾은 관광객은 거의 없지만, 셔우드포리스트는 대중에게 공개되고 있다. 놀랍게도 존 타일러의 손자가 여전히 생존해 있고 아내와 함께 그 집에 살고 있다. 셔우드포리스트의 저택은 길이가 300피트로 미국에서 가장 긴 목조주택이다. 그 집에는 타일러가 가장 좋아하는 춤인 버지니아 릴을 위해 설계된 가로 70피트 세로 12피트 규모의 무도회장도 있다. 1600에이커에 달하는 셔우드포리스트의 대지에는 오래된 훈제실, 마구간, 노예 숙소가 곳곳에 자리잡고 있다. 25에이커에 달하는 계단식 정원에는 100피트 높이의 목련나무와 단풍나무를 비롯해, 페리 제독이 타일러에게 선물했다는, 미국에 최초로 심은 깅코 빌로바*도 있다. 그동안 타일러 가족은 개인적인 파티 장소로 저택을 빌려달라는 부탁을 수도 없이 받았다. 그들은 매번 거절했다.

그것이 바로, 버키 패닝이 타일러 가족에게 셔우드포리스트에서 결혼하게 해달라고 전화로 부탁했을 때 한 번, 두 번, 세 번 거절당한 이유였다. 그래서 버키는 비행기를 타고 애틀랜타로 날아가 다시 찰스시티 카운티까지 일곱 시간 차를 몰고 가서 타일러 가족을 직접 만나 부탁했고, 마침내 타일러 가족의 승낙을 얻었다. 결혼식 리허설 저녁식사에서 건배를 할 때마다 너무도 버키답다며 매번 그 일이 언급되었다.

"제대로 하지 못할 바에야 아예 나서지도 말라고 하잖아." 누군가가 말했다.

버키. 정말 사랑할 수밖에 없는 사람이었다.

카오스 궁정의 파티 플래너가 6월의 결혼식을 관장했다. 그녀는 결혼식 당일에 뉴올리언스에서 직접 공수해온 굴, 가재, 밀크 롤, 그리고 지미 맥스웰 오케스트라를 맞이하느라 분주했다. 그녀는 또한 신랑측 하객 백예순네 명과 신부측 하객 두 명을 맞이하는 민

---

* 은행나무의 학명.

감한 사안을 다루는 임무도 맡았다.

　결혼식 날 오후, 아이비와 엘리너는 리치먼드 인의 가운을 입은 채로 늘어져 있었다. 조는 몬티셀로로 당일 출장을 갔다가 막 돌아온 터였다. 두 시간 뒤 신부측 셔틀이 그들을 셔우드포리스트로 실어갈 예정이었다.

　언제나 카멜레온 같은 아이비가 남부 억양으로 말했다.

　"어느 날 아침 침대에 누워 있었어. 내가 가장 좋아하는 게 아침식사 직후의 낮잠인 거 알지……"

　아이비는 광활하게 펼쳐진 베이지색 카펫 위의 무대 중앙을 장악했다. 그녀의 눈 속에서 짓궂은 장난기가 춤을 췄다. 엘리너에게서 배운 걸까, 하나의 사건을 이야기로 만드는 이 능력은?

　"맹세하는데, 갑자기 벽지가 꿈틀거리기 시작하는 거야. 그래서 침대에서 내려와 그 부분에 손을 댔더니 글쎄 따뜻하지 뭐야! 이음새에 어그러진 부분이 보여서 벌려봤지. 그 밑에 진흙 관들이 보이더라고. 마치 혈관처럼 벽을 타고 올라가는. 난 십대 공포영화 주인공처럼 소리를 질렀지. '흰개미다!'"

　아이비의 끝없이 긴 다리가 욕실 가운의 길게 벌어진 틈으로 보였고, 그 모습이 얼마나 섹시한지 일부러 연출한 것 같았다. 아이비에게는 이런 매혹적인 순간들이 저절로 생성되었다.

　"일주일도 안 돼서 편지를 부치러 우편함에 갔는데, 우편함이 기둥에서 떨어졌지 뭐야. 길 한복판에! 관광객들이 주위에 서서 오래된 명패를 읽고 있었는데, 나 완전 창피해 죽는 줄 알았다니까."

조는 그 순간을, 아이비가 가장 행복한 순간을 포착하기 위해 비디오카메라를 들었다. 나쁠 때도 있었지만 좋을 때도 분명히 있었다.

"그다음날, 흰개미들이 별채에서 날아다녔는데, 수천 마리가 구름처럼 떼를 지어서 앞이 보이지 않을 지경이었어. 그게 그놈들이 짝짓기를 하는 방식이더라고, 날아다니면서 말이야! 가엾은 태피는 진공청소기를 들고 서서 공중에서 놈들을 빨아들여야 했지. 놈들이 태피의 눈으로 들어가고 귀로 들어가고 콧구멍으로도 들어갔어! 그래서 입에 들어간 개미를 뱉어내야 했지! 또 뭐가 있는지 알아? 흰개미는 짝짓기를 하고 나면 날개가 떨어져. 그러면 그해 내내 흰개미 날개가 내 시리얼에도 있고 슬리퍼에도 있는 거야. 한번은 선크림을 손에 짰는데 거기도 개미 날개가 들어 있지 뭐야! 제일 환장하는 대목이 뭔지 알아? 뉴올리언스 사람들한테 흰개미 얘기를 하면, 완전히 부정한다는 거야. '흰개미라니요?' 결국 우린 해충방역업체를 불러야 했어. 놈들이 지붕을 지탱하는 투바이포* 속으로까지 파고들었거든. 버키는 방역업체 사람한테 길모퉁이에 주차하라고 했어. 그런데 이웃 사람이 집에 오다가 자기 집 앞에 방역업체 트럭이 주차되어 있는 걸 본 거야. 그래서 버키한테 얘기했고, 결국 차를 우리집 앞마당에 세웠지. 근데 그뒤로도 흰개미 얘기가 나오면 버키는 이런다니까. '흰개미라니?'"

아이비가 조의 무릎에 앉아 양팔을 그의 목에 둘렀다. "오, 조." 두 사람이 침대에 누웠다. "조는 항상 내 곁에 있어줬어요. 내가 그

---

*북미의 전형적인 목조주택의 골조에 사용되는 2×4인치 규격 치수 제재목.

렇게 망나니였는데도. 좋은 소식이 있다면, 오늘밤 이후로 난 버키의 골칫거리가 될 거라는 거예요."

버키가 들어왔다. 그가 어디까지 들었는지는 확실하지 않았다.

버키가 엘리너에게 퉁명스럽게 말했다. "아시다시피, 타일러 가문의 전통에 따라 당신 동생하고 내가 처음 추는 춤은 버지니아 릴이 될 겁니다." 그는 문 옆에 있는 뚜껑 달린 책상 위에 종이를 한 장 놓았다. "이게 자리 배치도예요."

딸깍 하고 문이 닫혔다. 숨막히는 침묵이 방안에 감돌았다. 엘리너가 먼저 입을 열었다.

"조, 이제 당신이 호텔 필기도구를 뒤질 차례야."

"하나도 안 웃겨." 아이비가 일어나 앉더니 양다리를 침대 밑으로 내렸다. 어두운 기운이 번져갔다.

조가 여행가방을 가리켰다. 엘리너가 고개를 끄덕이고는 가방으로 다가가 선물을 꺼냈다.

"내가 너한테 주는 선물이야!" 엘리너가 말하고 아이비 곁에 앉았다. 엘리너가 조를 돌아보았다. "여보, 당신은 귀 좀 막아." 엘리너가 아이비의 손을 잡았다. "있다가도 없는 게 남자들이야. 하지만 우린 언제까지나 자매야."

상자의 무게를 가늠해보더니 아이비의 얼굴에 환한 미소가 번졌다.

"나 이거 뭔지 알아!" 아이비가 소리쳤다. "존 타일러의 데린저 권총! 버키가 은화 걸었거든."

"아니. 권총 아니야."

엘리너는 이들 신혼부부가 아이비의 가족 앨범을 한 권은 갖고 있는 게 좋을 거라고 생각했다. 아버지가 그들의 어린 시절 사진을 한 장도 보관하지 않았기 때문에, 엘리너는 애스펀의 지도를 포함해 어린 시절의 모습을 손수 그렸다.

지난 몇 달 동안 엘리너의 여가 시간을 전부 바친 작업이었다. 그 작업의 육체적 여파가 여전히 남아 있었다. 뻐근한 오른쪽 어깨, 욱신거리는 눈, 커피와 이부프로펜 소염진통제가 긁어놓은 위벽.

작업 막바지에 엘리너는 프렌치쿼터에 있는 문구점에서 가죽 앨범을 주문했다. 책등에 은색으로 작게 제목이 새겨져 있었다. 패닝가의 글씨체로. 플러드 걸스.

"이것도 괜찮네." 아이비가 말했다.

"당신이 꼭 만나봐야 할 사람이 있어요!" 쿠엔틴이 말했다.

엘리너는 다시 뉴올리언스로 돌아와 버키와 아이비의 별채에 있었다. 두 사람이 결혼한 지 일 년이 되었다. 쿠엔틴은 완벽한 남부 억양을 구사하는 후줄근한 신사로, 엘리너가 내뱉는 말 한마디 한마디에 짓궂은 재미를 느꼈다. 엘리너는 자신이 아이비의 언니이고 뉴욕에서 애니메이터로 일하고 있다고 이제 막 소개를 한 터였다.

쿠엔틴은 펜과 종이를 가져오겠다며 서둘러 나갔고, 혼자 남겨진 엘리너는 창문에 달려 있는 것들을 쳐다보고 있었다. 커튼레일 덮개, 커튼, 창문 장식용 천, 로만 셰이드, 암막 롤스크린. 자그마치 다섯 가지. 실크 술 장식까지 포함하면 여섯 가지.

버키가 스크루드라이버*를 홀짝거리며, 창가에 있던 엘리너 곁으로 다가왔다.

"적갈색과 아이보리색이 내가 가장 좋아하는 색상 이야기예요." 그가 설명했다.

"색상 이야기요?" 엘리너가 정신을 차리며 물었다.

"색이 하나면 그냥 색상이고," 버키가 말했다. "둘이나 그 이상이면 색상 이야기죠. 잘 아실 텐데요." 그러고는 자리를 떴다.

열두 명 남짓한 가족들과 친구들이 조상을 자랑하는 명패 위에 새로 설치한 데린저 권총 한 쌍 앞에 모여 있었다. 버키와 아이비가 아기 이름을 존 타일러로 짓고 나서, 엘리너는 그들에게 권총 한 쌍을 줄 수밖에 없다고 생각했다. 골동품으로 숨이 막히는 거실 한구석의 나지막한 의자에 앉아 있던 조는 생각이 달랐다.

쿠엔틴이 칵테일 냅킨을 들고 돌아왔다.

"애니메이션 쪽에서 일한다면, 당신이 만나보실 분이 있어요." 쿠엔틴이 말했다. "밴더빌트대학 출신이고 버키의 친한 친구죠. 모두 좋아하는 그 조랑말 탄 여자애들 나오는 프로그램 그림을 그리고 있어요."

그가 엘리너에게 샤피 펜으로 이름을 쓴 칵테일 냅킨을 건넸다. 레스터 루이스.

"레스터 루이스?" 엘리너가 말했다. "레스터는 내 밑에서 일해요. 잠깐만요. 버키가 자기 친구 레스터가 〈루퍼 워시〉 팀에서 일한다고 말하면서 내가 그 사람 상사란 얘긴 안 했다는 건가요?"

"이런, 내가 괜한 말을 했나보네요." 쿠엔틴이 말하고는 살금살

---

* 오렌지주스와 보드카를 혼합한 칵테일.

금 걸어나갔다.

집안에는 책이라고는 찾아볼 수 없었고 앨범들만 있었다. 엘리너가 책등을 살펴보았다. 르 데뷔 데 쥔 피유* 1998, 카오스 궁정 1998, 셔우드포리스트 2004, 존 타일러의 탄생 2005······

"신부님이 기다리고 계셔!" 아이비였다. "신부님을 만날 기회는 아주 잠깐뿐이야." 조그만 분홍빛 존 타일러는 아이비의 팔에서 잠들어 있었다. 아기가 입은 고풍스러운 레이스 세례복이 얼마나 길던지, 유니폼을 입은 간호사가 끝자락을 들어줘야만 했다.

세인트루이스성당, 그 동네 사람들에게는 그냥 '성당'으로 통하는 그곳은 북아메리카에서 가장 오래된 성당이었다. 관광객들이 더위를 식히기에 더없이 훌륭한 장소인 그곳은 결혼식이나 세례식, 장례식이 거행될 때조차 일반인에게 개방되었다.

안에는 서른 명 남짓한 가족들이 찬송가 책을 들고 서 있었고 불굴의 무신론자인 조는 밖에서 기다렸다.

세례식이 거행되는 동안 잭슨스퀘어에서 경쟁하듯 연주하는 밴드들의 음악소리를 뚫고 보면 신부가 존 타일러 버나비 포춘 가밀 샤보노 패닝을 축복하는 소리를 듣기란 여간 어려운 일이 아니었다. 성당 문이 열릴 때마다, 어딜 가나 들리는 〈성자들의 행진〉 연주 소리가 요란하게 들이닥쳤다. 신도석에서 닭 한 마리가 발견되어 관광객들이 사진을 찍으려고 몰려드는 바람에 의식이 잠시 중

* '젊은 아가씨들의 데뷔'라는 뜻의 프랑스어.

단되었다. 그들 중 한 명이 샤보노 할머니의 지팡이를 쓰러뜨렸다. 그 소강상태에 엘리너는 버키의 옆에 있었고 무슨 말이든 해야 할 것만 같았다.

"존 타일러 집안이라는 사실에 그야말로 목숨을 거는군요."

가족의 귀에 걸려든 것은 엘리너의 목소리 톤이었다. 버키가 어디 한번 말해보라고 하는 듯한 침착한 표정으로 그녀를 쳐다보았다.

"최악의 대통령이라서 유감이에요." 엘리너가 말했다. "그가 사망했을 때 의회에서 조기를 게양하지 않은 유일한 대통령이었다는 거 알고 있어요?"

이제 심지어 관광객들까지 그녀에게 귀를 기울이고 있었다. 엘리너는 그들에게 덤을, 뉴올리언스 사람들이 래니앱*이라고 부르는 것을 던져주어야겠다고 생각했다.

"자식이 열다섯이라니," 엘리너가 말했다. "누가 존 타일러의 직계 후손인가가 중요한 게 아니라 누가 후손이 아닌가가 문제죠. 내 말은, 여기 있는 사람 반이 해당될걸요." 그녀가 탱크톱을 입은 관광객들 쪽으로 나른하게 손짓을 해 보였다.

버키의 얼굴이 벌겋게 달아올랐다. 그리고 더이상은 그녀와 눈을 맞추지 않았다.

성당 밖 계단에서 엘리너는 숨막히는 더위 속에서 기둥에 기대 서 있는 조를 보았다.

---

* 덤을 뜻하는 말로, 루이지애나의 프랑스 식민지 시기에 유입된 케추아족의 단어.

"당신 옳은 결정을 한 거야." 엘리너가 조에게 키스하며 말했다.

아이비가 밖으로 나오더니 그들의 팔을 꽉 잡았다.

"저기, J. T.가 밤새 잠을 안 잤어. 아무래도 우린 그냥 집으로 가야 할까봐, 우리 셋만."

게슴츠레한 눈빛의 관광객들이 다이키리*가 담긴 거대한 물담뱃대 같은 용기를 들고 버번 스트리트를 돌아다녔다. 긴 자루가 달린 빗자루로 바닥을 쓰는 보병 사단에 이어 살수차의 행렬이 지나갔는데도 간밤의 토사물 악취는 여전히 남아 있었다. 반바지에 납작한 모자를 쓴 아이 셋이 어슬렁거렸다. 아이들의 옆구리에는 슬라이드 트롬본, 트럼펫, 그리고 드럼스틱 한 벌이 달그락거리는 흰 양철통이 달려 있었다. 턱시도를 입은 웨이터들과 흰옷을 입은 요리사들이 레스토랑 앞에 기대서서 담배를 피우거나 유유히 흘러가는 사람들의 물결을 바라보고 있었다. 프렌치쿼터에는 골목이 없었기 때문에, 웨이터, 요리사, 상점 주인 들은 길가에서 휴식을 취했다. 길 한편에서 어린아이 하나가 끈이 풀린 에어조던 밑창에 소다 캔 뚜껑을 붙이고 있었다. 아이가 팔다리를 흐느적거리며 박자를 맞추다가 그 자리에 섰다. 길 건너에 있던 친구가 그에 화답했다. 둘 다 딱히 열의가 있어 보이진 않았다. 너무 작아 보이는 자전거를 타고 한 남자가 천천히 지나갔다. 양 무릎은 닭 날개처럼 옆으로 튀어나왔고, 한 손은 핸들을 잡고 한 손은 낚싯대 한 무더기

---

* 럼주에 과일주스나 설탕 등을 섞은 칵테일.

를 움켜쥐고 있었다. 주인 없는 플라스틱 우유상자 세 개가 거리에 놓여 있었다. 악기를 든 아이들이 어깨를 으쓱하더니 그 위에 앉았다. 더위가 모두를 공격하고 있었다.

조와 엘리너는 뉴올리언스 재즈의 본거지인 프리저베이션 홀을 찾으며 걸었다. 조는 뉴올리언스 재즈를 별로 좋아하지 않았지만—너무 감상적이고 쾌락적이라면서—역사적 가치가 있는 곳을 방문하는 것으로 이 여행을 구원해보기로 마음먹은 터였다. 뒤따라 걷고 있는 엘리너는 내딛는 걸음마다 뜨거운 아스팔트 속으로 발이 푹푹 빠지는 것 같았다.

"아이비가 대통령의 후손이 아니었다면 버키가 과연 결혼을 했을까? 결혼식에서 다들 내가 에미상 후보에 오른 것 축하하던 거 기억나? 난 그때 버키를 보고 있었거든. 그 사람은 도저히 못 견뎌 하더라고! 그 사람은 내가 하는 일을 한 번도 인정한 적이 없어. 밴더빌트대학 동창인 자기 친구 레스터에 대해서는 자랑하면서 말이야. 밴더빌트가 뭐 대단해? 어디서 들어본 적도 없는 대학이나 다닌 주제에."

"직접 만나보기 전에 당신이 그 친구에 대해 들은 이야기는 그가 멍청이라는 것뿐이었어." 조가 말했다. "그 사람 친척은 그가 멍청이라고 우리에게 경고했고, 결혼식의 모든 축배사에 그가 멍청이라는 언질이 있었는데, 이제 와서 그자가 멍청이라는 게 새삼 놀랍다는 거야?"

"데린저 권총 한 쌍 준 거 후회돼." 그녀가 말했다.

"데린저에 대해서라면 난 할 얘기 없어."

두 사람은 버번 스트리트와 세인트피터 스트리트가 교차하는 지점의 '메종 버번 포 프리저베이션 오브 재즈'라는 간판 아래 서 있었다. 엘리너가 안으로 들어가려 했다.

"여기 아니야." 조가 말했다.

"여기 '프리저베이션'이라고……" 엘리너가 말했다.

"프리저베이션 홀이 아니잖아."

"하지만 저기 밴드가……"

"프리저베이션 홀에는 아이리시 카 밤 같은 이름이 붙은 네온색 프로즌 다이키리가 없다고. 밴드가 〈Sara Smile〉을 연주하지도 않을 거고."

"나한테 소리지를 건 없잖아."

조가 턱을 움찔했다.

"난 프리저베이션 홀을 반드시 찾을 거야." 그가 말했다. "따라오건 말건 알아서 해. 하지만 그 한심한 어릿광대가 우리한테 저지른 만행 목록에 버번 스트리트 한복판에서 아내하고 싸우게 만든 것까지 보태고 싶진 않아!" 그가 저벅저벅 걸어갔다.

엘리너는 조를 따라갈 수도 있었지만 때마침 로레인과 그녀의 두 아들이 한 블록 떨어진 곳에서 버번 스트리트를 건너는 것을 보았다. 엘리너는 로레인이 모자 밑으로 자신과 눈을 맞췄는지 확실히 알 수 없었다.

잠시 후 엘리너는 긴 푸치* 드레스를 입은 조금 더 나이든 여자

---

* 이탈리아 패션 디자이너.

가 같은 길로 걸어가는 것을 보았다. 성당에서 본 터라 그 드레스를 기억하고 있었다.

이상하네. 엘리너는 길모퉁이로 가보았다. 두 여자 모두 사라지고 없었다. '앤트완'이라는 곳으로 들어간 모양이었다.

레스토랑 간판 아래 문을 여니, 거울 벽에 타일 바닥, 흰 식탁보가 깔린 10인용 테이블들이 있는 휑뎅그렁한 식당이 나왔다. 검은 나비넥타이에 조끼를 입은 웨이터들이 한쪽 구석에 앉아 냅킨을 접고 있는 것을 제외하면 텅 비어 있었다. 반대편 구석에 노란색 유리가 달린 문이 있었고, 유리 뒤에서 사람들의 움직임이 보였다. 엘리너가 문 쪽으로 다가가자 그녀의 발소리가 울려퍼졌다. 웨이터들이 고개를 들었다가 계속 냅킨을 접었다.

안쪽으로 들어가보니 세공을 한 목조 천장이 있는 더 큰 식당이 나왔다. 이곳은 손님들, 접시 부딪치는 소리, 흥겨운 분위기로 생기가 넘쳤다. 빨간 기둥과 벽마다, 먼지가 내려앉은 액자에 든 유명 인사들의 사진이 빈틈없이 붙어 있었다. 정강이까지 오는 앞치마를 맨 웨이터들이 한 손으로 쟁반을 들고 다른 한 손으로 이마를 훔쳤다.

엘리너의 눈이 테이블을 차례로 훑었다. 로레인은 없었고, 푸치 드레스를 입은 여자도 없었다.

엘리너 뒤쪽으로 흰 유리공 모양의 전등에 불이 들어와 있었다. 그 전등에는 머리를 높이 틀어올린 여자의 실루엣이 그려져 있었다. FEMMES.*

여성 라운지에서 엘리너는 나른한 벨벳 의자에 무너지듯 앉으며 눈을 감았다. 제대로 생각을 할 수가 없었다. 조와의 말다툼. 버키와의 신경전. 망할 놈의 더위.

엘리너는 눈을 떴다.

랩 드레스를 입은 여자가 손을 씻고 있었다. 세면대가 너무 낡아서 물이 그득하게 고였다. 여자가 손의 물기를 닦은 뒤 쓰레기가 넘치는 쓰레기통에 종이 타월을 버렸다. 거울을 통해 보이는 그녀의 작은 플라스틱 왕관. 그 위에, 가짜 보석을 박아서 쓴 글자 J.T.

틀림없었다.

문이 닫혔다.

엘리너는 그녀의 뒤를 밟았다. 작은 왕관을 쓴 여자는 시끄러운 식당을 반쯤 가로질렀다. 엘리너가 미처 따라잡기 전에 여자는 오려낸 신문기사들로 뒤덮인 벽 뒤로 사라졌다. 비밀의 문. 엘리너는 문을 밀었다.

엘리너가 들어선 어둑어둑한 복도에는 사진들이 더 빼곡하게 붙어 있었고, 양쪽에 놓인 진열 선반들 때문에 공간이 더 좁아졌다. 바닥엔 셸락**을 바른 벽돌이 깔려 있고 벽은 짙은 색 목재로 되어 있었다. 문은 두꺼운 빨간색 유리와 세공한 철로 이루어져 있었다. 왼쪽에 교황 요한 바오로 2세가 앤트완과 함께 주방에 서 있는 사진이 걸려 있었다. 교황이 식사할 때 사용했다는 접시도 진열되어 있었다.

---

* '여자'라는 뜻의 프랑스어. 여기서는 여성 휴게실 혹은 화장실을 뜻한다.
** 니스를 만드는 데 쓰이는 천연수지.

204

여자는 다시 사라졌다. 이번에는 복도 끝 어둠 속이었다. 엘리너는 이끌리듯 목소리들이 들려오는 쪽으로 다가갔다. 엘리너의 왼쪽과 오른쪽 문 위에 각각 '렉스'와 '프로테우스'라고 적힌 명패가 걸려 있었다. 한 방은 초록색, 다른 방은 보라색이었다. 엘리너는 금박을 입힌 여왕의 복장을 알아보았다. 모피 망토, 왕관, 여왕의 지팡이. 어둠 속에서도 보석들은 빛을 반사했다.

복도 끝 모퉁이를 도니, 문 하나가 살짝 열려 있었다. 그 위에 유령처럼 적힌 하얀 글자, 카오스.

엘리너의 출현 소식이 그녀보다 앞서 전해졌다. 아이비가 문 앞에 나타나 그곳에 있는 수많은 사람들, 세례식에 참석했던 것보다 훨씬 더 많은 사람들을 엘리너의 시야에서 가리며 섰다.

"너……" 엘리너가 떠듬거렸다. "세 사람 집에 간다며."

사람들 틈으로, 메리 마지를 팔 안에 끌어안고 있던 버키가 살짝 미소를 지어 보이고는 다시 대화로 돌아갔다.

"어떻게 말해야 할지 모르겠더라고," 아이비가 말했다. "이건 가족끼리만 하는 게 좋겠다고 판단했어."

엘리너는 거리를 가로질러 에어컨이 공격적으로 가동중인 프랄린* 가게로 들어갔다. 아주 작은 가게였고 손님도 없었다. 곧바로 땀이 말랐고 그 바람에 격하게 몸서리가 쳐졌다.

"시식해보시겠어요?" 검은 생머리에 얼굴이 각진 여자가 물었다.

---

* 설탕에 견과류를 넣고 졸인 것. 보통 초콜릿 안에 넣는 재료로 쓴다.

"좋아요." 엘리너가 평범한 고객처럼 보이려 애쓰며 말했다. 여자가 설탕을 입힌 피칸을 건넸다. 눈물이 쏟아졌다. 엘리너는 등을 돌리고 서서 프랄린소스 병들이 진열된 빨간 선반에 바짝 다가섰다.

문에서 딸랑거리는 소리가 났다. 아이비가 엘리너의 팔을 잡고 그녀를 돌려세웠다.

"언니하고 버키 사이에서 내가 얼마나 힘든지 언니는 몰라." 아이비가 애원하는 얼굴로 말했다.

"나하고 버키 사이에서?" 엘리너가 말했다. "내가 뭘 어쨌는데? 여기까지 오느라 이번 시즌 마지막 스토리보드 작업 놓친 거? 아니면 조하고 나 둘 다 무신론자인데도 세례식에 참석한 거?"

"버키한테 잘못했다는 게 아니야." 아이비가 말했다. "나한테 잘못한 거지. 내 생일날 안 왔잖아."

엘리너가 대답하기도 전에 아이비가 한발 물러섰다. "알아, 안다고. 나는 언니가 올 거라고 기대도 안 했어. 하지만 버키는 올 거라고 생각했단 말이야." 아이비가 수심 가득한 한숨을 내쉬고는 얼른 덧붙였다. "그래도 언니가 우리 약혼 파티를 망친 거에 대해서는 버키가 한마디도 안 했잖아."

"아직도 장식화분 게이트 진행중인 거야?" 엘리너가 말했다. 들고 있던 프랄린이 뜨거운 손바닥 위에서 곤죽이 되고 있었다.

"그 이전에 시작됐어." 아이비가 말했다. "언니가 파티에 들어왔을 때. 사람들 옷차림을 보고 다들 어디 가냐고 했잖아."

"안 그랬어." 그 순간을 또렷하게 떠올리며 엘리너가 말했다. "그렇게 생각했던 건 사실이야. 무슨 오페라 개막 공연 날 같았거든. 하지만 절대 실제로 그렇게 말하진 않았어."

"버키가 들었어."

그 말과 함께 대사 하나가 그려졌다. 엘리너는 먹고살기 위해 대사를 그리는 사람이었다. 대사에 관해서라면 알 만큼 알았다.

엘리너가 계산대로 가서 억지 미소를 지어 보였다. "냅킨 한 장만 주시겠어요?"

여자가 카운터 밑으로 손을 뻗어 종이 타월을 뜯어 한 장 내주었다. 엘리너는 끈적끈적한 설탕을 손가락에서 닦아냈다. 그리고 종이 타월에 싼 피칸을 그녀에게 돌려주었다. "고마워요."

"이러지 마!" 아이비가 돌아서서 엘리너의 얼굴을 보았다. "지금 화난 거야?"

"좀 시끄러워질 것 같은데, 프랄린 가게에서 그럴 순 없잖아." 그 말과 함께 엘리너는 동생을 밀치고 지나가 문을 나섰다.

"좋아, 이제 얘기해보자." 엘리너가 보도에서 아이비에게 말했다. "내가 만들어준 앨범 어쨌어? 그 망할 놈의 결혼 선물 어쨌느냐고?"

"알다시피, 우린 데린저 권총을 기대하고 있었어."

"지금 네가 하는 말이 네 생각이 아니라는 거 너도 알고 있지?" 엘리너가 말했다.

"그건 엄마 유품이야." 아이비가 말했다. "언니 것이기도 하지만 내 것이기도 해. 그건 엄마의 유일한 유품이야. 언닌 그걸 아파트에서 막 굴렸어."

"그럼 어떻게 했어야 해? 메스트르 마이크의 유르트* 주소로 너한테 보내줬어야 했니?"

"버키와 난 존 타일러의 집에서 결혼했어. 그 정도면 눈치챘어야지." 전혀 동요하지 않고 아이비가 말했다.

"그래서 네가 가졌잖아!" 엘리너가 말했다. "내가 마지막으로 봤을 때, 그 총은 너희 집 벽에 걸려 있었어."

"우린 그전에 이미 그 총을 받았어야 했어." 아이비가 대들 듯 고개를 들고 말했다. 그것은 엘리너가 한 번도 본 적 없는, 아이비답지 않은 괴상한 동작이었다.

"아직 내 질문에 대답 안 했어." 엘리너가 말했다. "〈플러드 걸스〉 어디 있어?"

"버키와 나 둘 다 〈플러드 걸스〉 때문에 불쾌했어."

"아이비, 나 경고한다. 하지 마."

"아이들이 잠들었을 때 집안을 부수고 다니는 곰 따위가 뭐가 그렇게 재미있다는 건지 우린 모르겠더라고."

"그건 우리의 삶이야, 아이비. 그게 우리야."

"……테드 번디가 활보하고 다녀서 차에서 기다리는 것도 그렇고. 파슬리가 차에 치인 일을 다시 떠올리게 만든 이유는 또 뭔데? 내가 그 개를 얼마나 사랑했는지 알면서."

"나도 파슬리를 사랑했어!" 엘리너가 말했다. "좋아, 알겠어. 버키는 모욕을 먹고 사는 사람인데, 이제 너까지 똑같이 만들어놨구나."

"난 마침내 날 제대로 대우해주는 남자를 만났어." 아이비가 말

했다. "언니는 그런 사람을 만나도 되고 난 안 된다는 거야? 그리고 세례식 때 조는 어디 있었어?"

"버키가 이제 조하고도 문제가 있다는 거야?"

"엘리너, 조가 들어오지 않은 걸 모두가 알았어."

"조는 어렸을 때 수녀들한테 학대를 당해서 가톨릭 성당을 좋아하지 않아. 너도 알잖아!"

"언니는," 아이비가 말했다. "관광객들 앞에서 내 아들과 이름이 같은 분을 모욕했어. 오, 엘리너, 나조차 언니의 냉소주의를 두둔할 수 없더라. 상대를 무너뜨리려고 작정하고 덤빌 때, 언니 눈빛에서 그게 보여. 언니는 못되게 굴 때 쾌감을 느끼고 항상 언니보다 약한 사람들한테 그걸 발산해. 이제 나는 넌더리가 나, 버키도 마찬가지고."

"그 또라이한테 가서 이렇게 전해……"

"엘리너," 아이비가 말했다. "지금 언니가 말하는 사람은 내 남편이야. 버키는 내 남편이라고."

"이렇게 전해, 그가 이겼다고." 엘리너가 얼굴을 붉히며 말했다. "이제 두 사람은 그런 불만을 토로할 다른 누군가가 필요할 거야. 왜냐하면 네가 날 보는 건 오늘이 마지막이거든. 내 말이 사실인지 아닌지 두고 봐."

프리저베이션 홀은 가로 30피트 세로 30피트였다. 벽에는 물 얼룩이 졌고 타공판으로 덮여 있었다. 두툼한 나무판자는 그들 몫의 홍수를 견디었다. 그곳엔 무대가 없었다. 오십여 명 정도만 들어갈 수 있었다. 앞줄의 허접한 방석에 앉은 사람들은 밴드와 발이 엉겼다. 조는 용케 의자를 차지한 운종은 관객 중 한 명이었다. 그는 벽에 기대앉아 있었고, 그의 몸은 경쾌하고도 묵직한 금관악기가 연주하는 딕시랜드 재즈의 선율에 따라 뼈 주머니처럼 흐느적거렸다. 엘리너가 그의 발치에서 나타났다.

"약속해줘." 트럼펫 솔로의 선율 사이로 그녀가 입 모양으로 말했다. "우리 다시는 싸우지 않을 거라고 약속해줘."

한 달 뒤, 태풍 카트리나가 덮쳤다. 엘리너는 전화기를 들었다. 아이비가 전화를 받았다. 리의 프랄린 가게 앞에서 했던 싸움은 한 번도 들먹이지 않았다.

아이비와의 통화는 갈수록 다정해지고 뜸해졌다. 아이비는 지역 박물관의 안내원으로 취직했다. 척추 수술 실패 후 메리 마지는 안락사를 시켰다. 존 타일러는 세 번의 생일을 맞았다. 엘리너는 아이비가 부탁하는 것들을 성실하게 보냈다.

어느 날 밤늦게 전화벨이 울렸다. 504로 시작되는 번호였다. 뉴올리언스의 어느 호텔에서 레스터가 건 전화였다. 그는 버키와 아이비와 함께 하루를 보냈다고 했다.

"내 생일 파티가 있던 날 밤에요," 레스터가 말했다. "뉴욕에서.

아이비가 버키와 함께 호텔로 갔을 때, 그때 난 이제 당신은 끝이란 걸 알았죠."

"왜 그런 말을 해요?" 엘리너가 물었다. "무슨 일이에요?"

"두 사람을 마지막으로 본 게 언제예요?"

삼 년이 흘렀다.

"왜요?" 공포가 가슴을 옥죄어오는 것을 느끼며 엘리너가 말했다. "무슨 일이에요?"

"모르겠어요?" 술에 취해 횡설수설하며 레스터가 말했다. "버키가 자기 범죄 현장에 당신 지문을 남기려 하고 있잖아요."

엘리너는 그다음날 아이비에게 전화를 걸어 어떻게 지내는지 물었다. 진짜 어떻게 지내는지. 아이비는 의외의 대답을 내놓았다. 약을 먹고 있다고.

"마약?" 엘리너가 물었다.

"병원 약." 아이비가 정정했다. "엘리너! 약이 모든 걸 바꾸었어! 예전에는, 예를 들어 태피가 라즈베리 잼 뚜껑을 너무 꽉 닫아놓는다든가 하면, 내가 잼 병을 조리대에 두드려보기도 하고 뜨거운 물을 흘려보기도 하고 그럴 때, 존 타일러가 이렇게 물었어. '엄마, 왜 울어?' 그럼 난 생각했어, 고작 유리병 뚜껑 하나 여는데도 온 세상에 비참함을 발산하다니! 그런데 약을 먹었더니, 그건 그냥 잼 한 병일 뿐인 거야! 그냥 토스트에 시나몬 슈가를 뿌려서 먹자! 내가 얼마나 이상한 현대사회의 산물이 되었는지. 이건 영화로 만들어야 해. 약을 먹어서 평범한 삶에 정상적인 반응을 보이는 모습과, 똑같은 일에 완전히 무너져내리는 예전 모습에 관한."

"귀네스 펠트로가 일인이역하면 되겠네." 엘리너가 덤덤하게 말했다.

"거기서도 예를 찾을 수 있어." 아이비가 말했다. "예전의 나 같으면 내가 배우라서 눈물을 쏟았을 거야. 내가 일인이역을 해야 한다고 생각했겠지. 하지만 개선된 나는 어떤 줄 알아? 난 이렇게 생각해. 맞아, 귀네스 펠트로도 그 역할에 어울리지."

매슈 플러드는 예순여섯의 나이에 간부전으로 사망했다. 그는 십년 동안 술을 마시지 않았다. 매티와 딸들이 살던 게스트하우스 주인인 댈러스 출신의 여자는 장례식에 올 수 없었다. 그러나 그녀가 와그너파크로 빨간 지프차들을 보내줘서, 조문객들은 그 차를 타고 애스펀 하일랜즈로 이동할 수 있었다. 그곳에서 사람들은 매티의 유해를 그가 가장 좋아했던 활강로인 '진실의 순간'에 뿌렸다.

매티가 금주 모임에서 만난 열두 명의 친구들이 아이비, 엘리너, 조 일행과 합류해 봄 날씨에 질척거리는 설상차 도로를 타고 지그재그로 올라가서 언제나 그 자리를 지켰던 벤치에 이르렀다. 주황색과 파란색의 브롱코스* 화환, 히코리 하우스**의 바비큐, 매티가 가장 좋아하는 곡 〈Please Come to Boston〉을 연주하는 보비 메이슨 밴드가 그들을 기다리고 있었다. 댈러스 출신의 여자는 여전

---

* 미국 프로 미식축구 팀. 팀의 상징색이 주황색과 파란색이다.
** 콜로라도의 유명한 립 전문 식당.

히 미스터리였지만 마지막까지 신의를 지켰다.

오십 인분의 샴페인이 준비됐지만 마시는 사람은 아이비가 유일했다.

엘리너가 보기에, 매티의 친구들은 한 번도 아버지를 찾지 않은 그의 딸들에 대한 원망이 전혀 없었다. 라임색 꽃봉오리가 맺힌 흰 사시나무aspen 가지 위에 놓인 유골함을 보고 조는 흐느껴 울었지만 엘리너는 아무 느낌도 없었다.

엘리너에게 스스로를 소외시키는 방법을 가르쳐준 것은 일찌감치 찾아온 어머니의 죽음이었다. 마음속 깊이 엘리너는 자신이 본래는 좀더 영혼이 따뜻한 사람으로 태어났다는 것을 알고 있었다. 엘리너는 그렇게까지 독립적인 인간이 될 생각은 없었다. 한번은 매티가 일일 캠프 장소로 딸들을 데리러 오는 것을 잊어버려서 T-레이지-7 랜치에서부터 5마일을 걸어온 적도 있었다. 매티는 술집이 문을 닫은 뒤에야 집으로 돌아왔고, 그제야 자신이 저지른 짓을 깨달았다. 그는 엘리너의 침대로 파고들더니 흐느껴 울었다. "난 나약한데," 그가 말했다. "네가 나보다 훨씬 낫구나." 매티의 등산화에 묻은 눈이 녹으며 엘리너의 구제품 시트에 더러운 얼룩을 남겼다.

"당신 괜찮아?" 매티에 관한 추억을 나누기 위해 사람들이 자리에 앉을 때 조가 엘리너의 손을 잡았다.

"조, 난 당신이 미치도록 좋아." 엘리너가 속삭였다.

노쇠한 얼굴에 알프스풍 스웨터를 입은 여자가 이야기를 시작했다. "무엇보다도 매티가 그 염소를 끌고 제롬의 술집에 갔던 일이 기억나네요!"

공감의 웃음 속에서 아이비가 음산한 목소리로 중얼거렸다. "쓸모없는 개자식이었지."

엘리너는 그 말을 들었지만 여자는 듣지 못했다. 여자가 말을 이었다. "짐 설터* 저리 가라였어요."

"짐 설터는 조랑말이었지, 염소가 아니고!" 전 시장인 빌 스털링이 웃으며 말했다. "하지만 염소를 키운 사람은 누구냐 하면……"

"술주정뱅이에 노름꾼이었어." 아이비가 으르렁거리듯 말했다. "몇 주씩 우릴 방치했고."

사람들의 시선이 아이비에게 쏠렸지만, 그녀의 멍한 시선은 유골함에서 1피트 떨어진 지점의 잔디 한 뙈기에 고정되어 있었다. 아이비가 비스듬히 샴페인잔을 들었다. 그녀 혼자서 마시는 술병이 땅바닥에 놓여 있었다.

아이비가 고개를 들고는, 너무 놀라 할말을 잃은 흰머리 여자에게 말했다. "우린 약국 선반에 있는 것들을 먹고 살았답니다."

"내 말은 그런 뜻이……"

"그 사람은 내가 몇 학년인지도 몰랐어요." 아이비가 앞으로 몸을 숙이며 말했다. "영양실조로 전 이가 흔들렸죠. 〈롤링스톤〉지 뒤쪽에 실린 죄수들하고 펜팔을 하게 했고요. 죄송하지만 염소를 끌고 제롬의 술집에 간 게 뭐가 그렇게 우습다는 건지 모르겠네요."

엘리너가 아이비의 팔을 잡았지만 아이비는 말을 이었고, 이번에는 그곳에 온 사람들 모두를 향해 말했다.

---

* 펜/포크너 상을 수상한 미국의 소설가 제임스 설터. 대표작 『가벼운 나날』의 주인공이 조랑말을 키운다.

"여러분이 사랑해 마지않던 매티가 저한테 일절 관심을 갖지 않았기 때문에, 전 제 일거수일투족을 통제하는 남자와 결혼해야 했어요. 제 꼴 좀 보시죠." 아이비가 일어섰고 의자가 퍽 소리를 내며 흙 위로 넘어졌다. "제가 왜 이 꼴인지 아세요?"

엘리너와 조는 안 그래도 궁금하던 터였다. 아이비는 긴소매 셔츠에 발목 길이의 실크 스커트를 입었는데, 골반뼈가 헤드라이트처럼 뾰족하게 불거졌다. 머리카락은 상기된 얼굴과 같은, 어울리지 않는 붉은색이었다.

"염색약에는 혹시 내가 다시 임신을 하게 될 경우 난자에 해로운 독소가 들어 있대요. 그래서 버키가 헤나를 쓰래요. 버키는 우리가 처음 만난 날 밤처럼 제가 만나는 모든 남자에게 몸을 던지는 줄 알아요. 결혼식 날 조한테도 그랬다고 생각하죠. 그래서 이젠 마치 정통파 유대교도처럼 손목 발목까지 가려야만 외출할 수 있다고요!"

충격적인 행동에 관한 이야기에 둔감해진 이들조차 반유대주의적 부연 설명에는 자세를 고쳐 앉았다.

"지금까지 살아오면서," 이제 아이비는 울고 있었다. "아무리 시궁창에 빠졌어도, 적어도 매티보다는 나았는데."

엘리너가 일어섰다. 아이비가 엘리너를 피하며 비켜섰다. "하지만 내 꼴을 봐!" 아이비는 아무도 그녀의 팔을 잡으려 하지 않는데도 한 팔을 뒤로 홱 젖혔다. "그 아버지에 그 딸, 큰 집에 사는 사람들의 처분에 맡겨진 채 살아가는 이등 시민!"

"이해해, 아이비." 엘리너가 동생에게 다가갔지만 아이비는 도망쳤고, 20피트 거리에서 마치 인질범처럼 사람들에게 소리를 질러댔다.

"내가 떠나면 버키는 존 타일러의 양육권을 독차지할 거야! 버키는 나와 법정 싸움을 할 생각에 벌써 흥분하고 있어. 그의 집안이 뉴올리언스의 모든 판사를 매수했거든. 버키는 하자 있는 물건을 샀다고 주장해. 언니하고 형부가 부유한 자기 가족들에게 사기를 쳐서 쓰레기를 치워버렸대. 마치 내가 다락방의 미친 여자라는 듯이."

조가 다가가 아이비의 팔 윗부분을 잡았다. 조의 손아귀 힘에 아이비가 비틀거렸다. 조는 아이비를 지프에 태웠고, 운전사에게서 열쇠를 빌린 다음 엘리너에게 호텔에서 보자고 했다.

조가 운전하는 동안 아이비는 고개를 돌리고 있었다. 그녀의 유일한 움직임이라고는 지프가 지그재그 모양의 급커브길로 들어설 때마다 손잡이를 꽉 움켜쥐는 것뿐이었다. 산에서 벗어나 평지인 마룬크릭 로드에 접어들자 마침내 아이비가 입을 열었다.

"제가 어쩌다 이렇게 된 건지 궁금하시겠죠." 아이비가 조를 쳐다보지 않고 말했다. "저도 궁금해요."

조는 버크민스터 풀러*가 설계한 돔, 허버트 바이어와 앤디 골즈워디**의 조각 작품들이 있는 애스펀 연구소로 차를 몰았다. 그가 지프를 주차했다. 그와 아이비는 음악 텐트 쪽으로 난 길을 따라 걸었다. 그들은 깔끔하게 손질된 에메랄드빛 언덕들을 지났고, 그중에는 높이가 10피트에 달하는 것도 있었다. 오리털 조끼를 입은 여자가 그 언덕들 중 한 곳의 꼭대기에 서서 웨스티***와 함께

---

* 미국의 건축가.

** 영국의 조각가.

*** 웨스트 하일랜드 화이트 테리어. 스코틀랜드에서 유래된 견종.

⟨King of the Mountain⟩을 연주하고 있었다. 잔디 가장자리의 세이지 덤불을 가로지르면 이 지역 사람들에게만 알려진 오솔길이 있었다. 그 길을 따라가면 사시나무숲 속에 둥근 호 모양으로 놓인 벤치가 나왔다. 엘리너와 아이비가 어렸을 때 가곤 했던 곳이었다. 두 사람이 가장 좋아하는 장소였다.

다시 고향에 돌아온 아이비가 벤치에 앉았다.

"처제가 말한 모든 걸 인정해." 조가 말했다. "우린 이 일을 다른 모든 일을 해결했던 것과 똑같은 방식으로 해결할 거야."

"형부 저 위에서 울던데요." 아이비가 말했다.

"인간의 유한함과 자연," 조가 말했다. "그게 항상 내 마음을 건드려. 우린 최선을 다할 수도 있고, 다하지 않을 수도 있지. 어느 쪽이건 산은 개의치 않아."

"맙소사." 아이비가 말했다.

조가 웃었다. "미안."

아이비가 세이지 덤불의 가지를 하나 꺾어 손끝으로 잎을 문질렀다. 그러고는 조에게 그 냄새를 맡아보라고 했다.

조가 몸을 숙이자 아이비가 그의 얼굴을 만졌다. 조가 몸을 뺐다.

"여기 와서 물을 제대로 못 마신 것 같아요." 아이비가 말했다.

"우린 지금 8000피트 고도에 있어." 조가 말했다. "산꼭대기는 1만 1000피트고."

"물 좀 갖다주실래요?" 아이비가 물었다.

"내가 물 가지고 돌아오면 다 얘기해보자. 듣고 싶어."

조는 음악 텐트까지 50야드 거리를 걸었다. 때는 5월이었고 그곳은 황량했다. 조는 잠겨 있지 않은 구내매점에서 종이컵을 한 줄

꺼냈다. 그리고 그중 네 개를 꺼낸 다음 남자 화장실을 찾아서 차가운 수돗물을 받았다.

조는 흘리지 않도록 조심하면서 비밀 장소로 향했다.

그가 공터에 도착했다. 벤치는 비어 있었다.

조는 사시나무숲 밖으로 나왔다. 아이비의 흔적은 없었다. 여자와 개도 사라졌다. 조는 또 한 가지 사라진 것이 있음을 깨달았다. 한 점의 붉은색. 지프. 열쇠를 지프 바닥에 놓고 내렸었다.

조는 82번 고속도로를 따라 저벅저벅 걸어내려갔다. 비가 내리기 시작했다. 산꼭대기는 눈으로 설탕을 뿌린 것 같았다.

산에서 장례식을 마치고 돌아가던 지프들의 즐거운 행렬이 그의 곁을 지나갔다. 그중 한 대가 멈췄다. 엘리너였다.

"이게 마지막이야." 조가 말했다. "내 말 알아들었어? 아이비와는 이걸로 끝이야."

그들은 라임라이트호텔로 돌아왔다. 아이비의 방은 비어 있었고, 가방도 사라졌다. 엘리너는 전화를 한 통 받았다. 사라진 지프가 애스펀공항 소방도로에, 시동을 걸어놓은 상태로 주차되어 있었다.

추모식이 있기 몇 달 전, 엘리너와 조는 이제 엘리너가 피임약을 끊을 때가 되었다고 판단했다. 추모식이 있던 날 아침, 와그너파크로 가던 길에 엘리너는 갑자기 욕지기가 치밀어서, 작년에 피어 말라비틀어진 피튜니아의 갈색을 띤 토사물을 와인 배럴에 쏟아냈다. 그저 산소가 부족한 것이려니 생각하고 대수롭지 않게 넘겼다.

다음날 시애틀로 돌아가는 길, 덴버공항의 여자 화장실에서 엘리너는 담즙을 토했다.

"당신 괜찮아?" 엘리너가 돌아오자 조가 물었다.

"괜찮아," 엘리너가 말했다. "줄이 길었어."

조는 아내와 시애틀로 가지 않고 덴버에서 나이로비로 날아갈 예정이었다. 무료 수술 봉사를 위해 다른 의사 둘과 합류하기로 한 일정에 이미 하루 늦었다. 그는 지난 한 해 동안 기금을 모으고 준비를 해왔다.

엘리너가 임신했을지도 모른다고 생각하면 조가 여행을 취소하리란 걸 엘리너는 알고 있었다. 그녀는 게이트 앞에서 작별의 키스를 하면서 그가 돌아오면 좋은 소식을 전할 수 있기를 바랐다.

시애틀로 돌아오자, 그 좋은 소식은 양수 속 맹렬한 심장박동과 섬세한 감열지 위에 인쇄된 초음파 사진의 형태로 찾아왔다. 아기는 추수감사절 즈음에 태어날 예정이었다. 그러나 쿠 박사가 말한 것처럼, 엘리너는 마흔 살이고 이제 겨우 임신 팔 주에 접어든 상태였다. "너무 앞서가진 않는 게 좋을 겁니다."

진료실을 나설 때 엘리너는 아이비의 전화를 받았다.

"끝났어," 아이비가 말했다. "나 그 사람 떠날 거야."

그로부터 일주일 동안 아이비는 버키에게서 벗어날 때마다—시장에서, 놀이터에서, 운동하러 간 척하고 차 안에 있으면서—그의 심한 질투와 히스테리성 인격장애에 관한 이야기를 들려주었다.

엘리너의 삶이 총천연색이 된 것은 버키가 끝장나서가 아니었다. 다시 언니가 될 수 있어서였다. 가장 오래 알아온 사람에게서 사랑받는 것보다 더 큰 위안은 없었다. 엘리너의 심장은 미친 충족

감으로 키득거렸다. 함께 나눌 것들이 넘쳤고, 선의가 넘쳤으며, 교환할 의견들이 넘쳤고, 도움을 주고받을 방법들이 넘쳤다. 엘리너는 세상 밖으로 나아갔고, 이 모든 것은 그녀의 공모자 아이비를 위한 공연이었다. 바야흐로 엘리너의 전성기였다.

"오, 엘리너." 버키가 테이크아웃 음식을 사러 나간 사이 아이비가 한숨을 쉬었다. "내가 정신이 나가서 언니를 밀어냈어. 그런데 어떻게 날 미워하지 않을 수 있어?"

"지금 중요한 건 우리가 다시 함께라는 것뿐이야."

그들은 버키가 결코 아이비를 그냥 놓아주지 않으리라는 것을 알았다. 그래서 자매는 작전을 세웠다. 버키가 카오스 꽃수레를 끄는 일에 모범수를 고용한 공로로 시에서 표창을 받을 때 아이비는 존 타일러를 데리고 잽싸게 공항으로 달려갈 것이다. 엘리너는 비행기표 두 장을 사놓고 대기했다. 이혼 전문 변호사를 찾아놓았다. 웨스트시애틀에 있는 타운하우스를 얻어놓고 첫 달과 마지막 달 임대료도 내두었다. 아이비는 조의 사무실에서 일하면 됐다.

아이비는 조가 이 계획에 찬성했다는 말을 믿기가 힘들었다. "내가 애스펀에서 한 짓을 생각하면 조가 날 좋아할 리 없어."

"조는 완전 찬성이라고 했어." 엘리너가 말했다.

조는 완전 찬성이라고 하지 않았다. 조는 전화도 인터넷도 없는 아프리카에 있었다.

엘리너가 착수한 계획은 미친 짓이었고, 충돌이 불가피한 코스였다. 그녀의 상상력은 아이비와 조에게서 번져올 불길의 전쟁터가 되었다.

아이비: 하지만 엘리너, 훌륭한 변호사가 없으면 난 아들의 양육권을 잃게 될 거야!

조: 아이비하고 버키의 양육권 분쟁 비용을 나보고 대라고? 지금 장난해?

아이비: 언니 〈루퍼 워시〉로 번 돈 있지 않아?

조: 내가 번 돈은 '우리' 돈이고, 당신이 번 돈은 '당신' 돈이란 거야?

아이비: 우리가 서로에게 어떤 존재인지 조는 절대로 이해 못해.

조: 나도 형제가 여섯이야. 하지만 이런 드라마는 없었어. 그런 걸 두고 선을 지킨다고 하지.

아이비: 위자료를 받으면 갚는다고 약속할게.

조: 버키가 당신 동생한테 땡전 한푼 주지 않으리라는 걸 우리 둘 다 알잖아.

아이비: 내가 언니 보모 노릇 해서 갚으면 되잖아.

조: 미친 어린애한테 우리 아이를 맡긴다고? 난 반대야.

아이비: 중요한 건 우리가 이 사람을 이기는 거야.

조: 아무도 '고뇌하는 음유시인'을 이길 수 없어.

그러다가 경적소리가 들려오면 엘리너는 번쩍 정신이 들었다. 초록불인데도 멍하니 있었다.

아이비의 비행기는 정오에 도착했다. 엘리너는 카시트를 사고 서류 봉투 뒷면을 장식했다. 아이비와 J.T., 시애틀에 온 걸 환영해!

엘리너는 수하물 찾는 곳의 리무진 기사들 틈에 서서 지켜보았다.

소매 없는 원피스를 입은 아이비가 모습을 드러냈다. 머리는 다시 금발로 돌아와 있었다.

"여기!" 엘리너가 말했다.

존 타일러는 아이비 곁에 없었다. 엘리너의 시선이 회전문 다음 칸으로 향했다. 남색 블레이저를 입은 꼬마가 나타났다, 아버지 버키의 손을 꼭 잡고서.

그들이, 그들 셋이 그 자리에 서서 엘리너를 쳐다보았다.

"이건 내 선택이었어," 아이비가 말했다. "버키하고는 상관없는 일이야. 인공수정 시술이랑 약 때문에 내 감정이 너무 격해졌어. 난 도움이 필요했던 거고, 이젠 그걸 알아. 그래서 이제 도움을 받으려고."

손바닥만한 구찌 로퍼를 신은 존 타일러는 그 자체로 하나의 작은 인간이었다. 플라스틱 공룡을 들고 있었고 턱이 버키를 닮았다. 아이비의 아들에게서 그 턱을 보지 않았다면 엘리너는 버키에게 턱이 있다는 것조차 몰랐을 것이다.

말 한마디 없이, 버키가 엘리너에게 조건 목록을 건넸다. 그녀는 멍한 상태로 목록을 훑어보았다. 만약 아이비를 만나고 싶으면, 엘리너가 뉴올리언스로 와서 호텔에 머물러야 한다. 집으로 찾아오는 것은 허용되지 않는다. 존 타일러와 단둘이 있는 것은 절대 허용되지 않는다.

엘리너는 일말의 무엇이라도 찾으려고 아이비의 표정을 살폈다. 억지로 삼키는 눈물이라도, 나중에 전화할게, 라고 말하는 듯한 절망의 눈빛이라도, 떨리는 입술이라도. 그러나 아무것도 없었다.

버키가 니먼 마커스 백화점의 쇼핑백을 내밀었다. "우린 이거 필요 없어요."

그 안에는 가죽으로 만든 납작한 물건이 들어 있었다. 책등에 '플러드 걸스'라고 적혀 있었다. 그 앨범의 충격이, 그리고 아이비의 묵인이 엘리너를 마비시켰다.

버키는 손을 내리지 않은 채 쇼핑백을 그대로 놓아버렸다. 쇼핑백은 평범한 쿵 소리와 함께 바닥에 떨어졌다.

"이제 그만 출국장으로 갈까?" 버키가 한 팔을 아이비의 허리에 두르며 말했다. "우리 비행기가 한 시간 뒤에 이륙하는데 아무래도 공항 관리국에서 보안 검색대를 다시 통과하라고 할 것 같거든."

"좋아, 자기."

버키가 엘리너를 향해 돌아섰다. "물론 당신은 날 비난하겠죠. 이 모든 게 당신이 저지른 일이란 걸 언젠가는 알게 될 거예요. 당신은 나한테 한 번도 기회를 주지 않았어요. 그래요, 난 뉴올리언스에서 보잘것없는 삶을 살고 있어요. 내가 카니발에만 정신이 팔려 있다고 말하는 사람도 있겠죠. 하지만 보다시피 난 가족에게 지극히 헌신적인 사람입니다. 당신 여동생과의 관계에서 겪는 시련은 아내와 아들에게 최선을 바라는 내가 겪어야 할 몫이죠. 아이비와 내 결혼생활에 문제가 있다는 건 기꺼이 인정합니다. 문제가 없는 부부가 어디 있습니까? 하지만 누군가가 편협하고 끔찍한 얘기를 하면, 그저 들어주는 게 인지상정 아닙니까? 두 사람을 이혼시킬 음모를 꾸미다니요. 엘리너, 당신과 내가 스타일이 완전히 다른 건 사실입니다. 내가 알기로, 세상은 그런 것을 용인하죠. 불교에 이런 격언이 있어요. '뗏목이 강을 건너게 해주었다고 해서 평생 그 멍에를 이고 다닐 필요는 없다.' 한마디로, 엘리너, 당신이 바로 그 멍에이에요. 그리고 아이비는 이제 당신을 내려놓기로 했어요."

잠시 후 세 사람은 돌아서서 멀어졌다.

엘리너가 말을 하기까지 몇 초가 흘렀다.

"데린저 권총 어디 있어?" 엘리너가 그들을 향해 달려가며 소리를 질렀다. "내 총 내놔! 내 총 돌려달란 말이야!"

십 분 뒤, 엘리너는 수하물 찾는 곳 밖 경찰차 뒷좌석에 앉아 있었다. 그녀는 젊은 경찰에게 단지 집안일로 말다툼을 했을 뿐이고 그 총은 아끼는 골동품일 뿐 실제로 작동이 되지도 않고 그저 상징적인 의미가 담긴 물건이라고 설명해야 했다. 설령 실제로 작동되는 총이라고 해도 다른 주의 어느 집 벽에 걸려 있다고.

"진정하시죠, 부인." 창문 틈으로 경찰이 말했다. "부인을 시내로 데려가고 싶지 않습니다. 하지만 일단 진정하세요."

제발 하느님, 이 해로운 두려움과 분노가 제 아기를 해치지 않게 해주세요. 제발 조가 케냐에서 돌아와 제가 체포되었다는 소식을 듣게 되지 않게 해주세요. 맹세합니다, 하느님. 제 아기가 건강한 상태로, 그리고 이 일이 조에게 알려지지 않고 여기서 벗어날 수만 있다면 앞으로는 조와 아기가 저의 가족이 될 거예요. 다시는 버키와 아이비를 생각하지 않겠습니다.

"정신 차리세요, 부인. 셋까지 세고 나서 다 잊는 겁니다. 준비되셨어요?"

"하나, 둘, 셋."

팀비가 태어난 직후, 그때가 동생이 없다는 게 가장 힘들었던 때였다. 모유 수유. 수면 시간. 엘리너는 육아 강좌를 들었고, 그 강사는 유아용 식탁 의자, 아기 띠, 아기를 엎어두는 것이 전부 나쁘다고 믿었고, 심지어는 아동학대에 가깝다고 생각하는 사람이었다. 물론 엘리너는 자기보다 먼저 엄마가 된 동생의 의견과 비교해보고 싶었다. 매일의 일상 속에 잊었던 기억을 되살리는 부비트랩이 숨어 있었다. (블루베리: 엘리너와 아이비는 뱅크 스트리트의 엘리베이터 없는 건물에서 『실버 팰럿 쿡북』을 보고 차가운 블루베리 수프를 만들었는데 그 수프는 손님들의 치아를 자주색으로 물들였다.) 그러나 아이비에 대한 기억의 방아쇠가 당겨지면 엘리너는 곧바로 팔목의 고무줄을 튕겼다. 고무줄이 없으면 큰 소리로 "안 돼!" 하고 스스로를 야단쳤다.

  마음 좋은 경찰이 엘리너를 집으로 돌려보내준 뒤, 공항에서 돌아온 그녀는 아이비를 떠올리게 하는 물건을 집안에서 전부 치웠다. (강낭콩: 뉴욕에 살 때 그들은 칠리 파티를 열기로 했다. 주방이 너무 작았기 때문에 전날 밤에 콩을 조리해두었는데, 잊어버리고 계속 밖에 두는 바람에 콩이 발효되어버렸고, 결국 엠파이어 쓰촨에서 음식을 주문해야 했다.) 엘리너는 옷장에서 아이비를 생각나게 하는 옷을 몽땅 치웠다. 천 번도 넘게 세탁해서 실크처럼 보드라워진 피오루치 티셔츠는 자선단체로 보냈다. 콘랜 앞치마는 뱅크 스트리트에 살던 시절 애스터 플레이스에서 샀을 것이다. 그것도 없었다.

책들. 『제인 에어』를 내놓았다. 아이비가 줄을 쳐놓은 『천재가 될 수밖에 없었던 아이들의 드라마』도. 캠핑에 가서 둘이 동시에 읽을 수 있도록 반을 잘랐다가 테이프로 도로 붙여놓은 『론섬 도브』. 대릴 해나가 표지 모델이고 아이비의 디올 광고가 실린 〈배니티 페어〉. 언젠가 앨범에 정리하려고 생각했던 사진들을 담아놓은 구두상자들까지. 아이비의 흔적이 있는 것은 전부 쓰레기통에 버렸고 쓰레기는 활송 장치를 타고 내려갔다.

〈플러드 걸스〉가 계속 엘리너를 바라보았다.

오래전, 조이스 프림이라는 젊은 편집자가 엘리너의 그림을 가지고 그래픽 회고록을 만들어보면 어떻겠냐며 관심을 보였다. 엘리너는 사양했었다.

그러나 실제로 그 책을 출간한다면……?

그들의 어린 시절 이야기에 살을 붙인다면? 그것은 사랑하는 엄마를 잃고 엘리너가 아홉 살의 나이에 아이비의 엄마가 된 이야기였다. 엘리너의 머리에 떠오르는 천 개의 순간들이 있었다! 엘리너와 아이비가 미드나이트 마인*을 탐험할 거라고 말하자 매티가 신문에서 고개도 들지 않고 "그동안 즐거웠다"고 말한 일. 테스가 진단을 받고 나서, 주차해놓은 차 안에 앉아 브로드웨이 뮤지컬 〈헤어〉의 8트랙 오디오 테이프로 〈Frank Mills〉를 반복해서 들었던 일.

버키가 가든 디스트릭트의 서점에 갔다가 그래픽 회고록 『플러드 걸스』를 발견하는 시나리오로 엘리너의 상상력은 하늘을 환하게 밝혔다. 그 상처! 그 모욕감! 뉴올리언스 사람들이 아무도 보지

---

* 애스펀의 험한 등산로.

못하도록 허겁지겁 책을 몽땅 사들이겠지! 마침내 그를 누를 수 있을 것이다! 사람들이 아이비에게 "그렇게 끔찍한 어린 시절을 보낸 줄 몰랐네요. 그래도 자매한테 서로가 있어서 다행이에요"라고 말하겠지. 그러면 아이비는 거짓말을 하거나, 나를 헌신짝처럼 밀어냈다는 사실을 인정해야만 할 것이다. 어느 쪽이건, 이 얼마나 달콤한 복수인가!

그렇다, 엘리너는 그 열두 점의 그림을 사랑으로 그렸다. 그러나 그렇다고 해서 그 그림들을 무기로 삼을 수 없는 건 아니었다.

W호텔에서 술을 마시면서, 마치 앞마당에 남자친구의 옷을 전부 내던지는 여자처럼, 엘리너는 불안정하고도 들뜬 상태로 조이스 프림을 꼬드겨 계약을 성사시켰다.

그러나 막상 앉아서 회고록을 쓰려 했을 때, 복수심을 품은 에너지는 온데간데없었다. 엘리너는 예술작품을 위해 감정을 되살려보려 했지만 그럴 수가 없었다. 그녀는 〈플러드 걸스〉를 벽장 안쪽에 쑤셔넣고는 나중에 해야겠다고 생각했다.

팔 년이 흘렀다.

아이비의 기억을 떠올리게 하는 것들은 항상 존재했다. 그날그날에 따라 그것들은 엘리너를 화나게 만들기도 하고, 애달프게 만들기도 하고, 황폐하게 만들기도 하고, 무감각하게 만들기도 했다. 아이비의 생각이 떠오르는 것을 막을 수는 없었다. 그러나 회복 시간을 통제할 수는 있었다. 오랜 세월에 걸친 훈련 덕분에, 이제 엘리너는 원상태로 회복되기까지 오 분 이상 걸리지 않았다.

바로 지난주에 엘리너와 조, 팀비는 루미섬의 한 여관에 갔다. 그곳에는 티백들이 담긴 보석상자와, 나무 걸개에 신문들이 진열된 서늘하고 어둠침침한 서재가 있었다. 완벽한 10월 초순의 아침이었고 팀비와 조는 카약을 타고 있었다. 엘리너는 〈뉴욕 타임스〉를, 응당 그래야 하는 방식으로 한가로이, 첫 페이지부터 마지막 페이지까지 읽어볼 생각이었다. 부고란까지 샅샅이.

카리브해 지역에서 바나나를 수입해 막대한 재산을 축적하고 면화를 재배해서 또 한번 부를 축적한 여자가 있었다. 어딘가 낯설지가 않았다. 엘리너는 기사 제목을 다시 읽어보았다.

아르마니토 트럼보 샤보노
뉴올리언스 사회의 정신적 지주
향년 92세로 별세

엘리너가 미처 멈추기도 전에 시선이 마지막 줄에 머물렀다.

"유족으로 손자인 역사학자 버나비 패닝과 그의 두 자녀 존 타일러와 델핀이 있다."

228

흐릿한 형체

"머리 밑에 뭘 좀 받쳐봐." 누군가가 말했다.

눈을 떠보니 수심의 후광이 보였다. 스펜서, 팀비, 미술관 경비, 나이든 세련된 여자가 내 곁에 무릎을 꿇고 있었다. 여자는 기다란 꽃무늬 스카프를 목에서 풀었다. 그러고는 스카프를 반으로 접고 또 접고 또 접어서 사람 머리 크기로 만들었다. 알고 보니 내 머리 크기였다. 나는 순순히 머리를 들었고 여자가 스카프를 내 머리 밑에 받쳤다. 이것이 최고급 캐시미어의 단점인가? 아무리 여러 번을 접어도 타자용지 정도의 쿠션감밖에 느껴지지 않았다.

또하나의 원을 이루고 서 있는 사람들 쪽에서 들려오는 목소리. "제가 구급차 불렀어요."

"저 때문인가요?" 내가 말했다. "전 구급차 필요 없어요." 조금 멍하긴 하지만……

"긴장 풀고 편히 쉬어요." 책임자인 여자가 말했다. 미술관장인가? 아마 여든 살은 되었을 것이다. 파리한 피부, 자글자글한 주름, 곱실거리며 사방으로 흩날리는 흰 머리카락. 작은 얼굴을 더 작아

보이게 만드는 거대한 검은 테 안경, 과감한 노메이크업.

"동공이 보이나요?" 누군가가 속삭였다.

"엄마!" 팀비가 내게 달려들었다.

"걱정 마!" 나는 아이의 등을 토닥였다. "엄만 괜찮아."

옆에 서 있던 사람이 흥분해서 상황을 보고했다. "전 그냥 제 작품을 확인하고 있었는데, 갑자기 이 여자분이 달려오더니 쾅 소리가 나더라고요. 그래서 보니까, 이분이 바닥에 쓰러져 있었어요."

"일어나요." 팀비가 말했다.

"그러게." 누군가가 말했다. "일어나질 못하네."

"혹시 제 얘기를 하시는 거라면," 나는 팀비의 머리 너머로 사람들에게 말했다. "그건 제가 일어나지 않기로 마음먹었기 때문이에요."

"물 드릴까요?" 설치기사가 물었다.

"아뇨."

그가 팀비에게 돌아섰다. "물 마실래?"

"비타민 워터예요?"

"누가 배우자한테 전화 좀 해요." 흥분한 여자가 말했다. "꼬마야, 너 아버지 계시니?"

"그렇고말고요." 내가 말했다. "안 그럼 왜 이 지경에 이르렀겠어요?"

"아버지 연락처 아니?"

"엄마 휴대전화에 저장되어 있어요." 팀비가 말했다.

"엘리너?" 스펜서가 끼어들었다. "전화 좀 빌려도 될까요?"

"미끼통에 떨어뜨렸어요."

일동. "엥?"

"내 말을 안 들어서요."

"와우," 스펜서가 말했다. "와우!" 다시 한번, 이번에는 두 음절을 최대한 길게 늘였다.

"뭐가 와우라는 거죠?" 미술관장이 스펜서에게 물었고, 나는 물어봐준 게 고마웠다. 내가 묻지 않아도 되니까.

"이분이 가끔 좀 희한한 소리를 하거든요." 그가 상황을 정리해 말했다…… 말하자면 그렇다는 것이다.

"이분이 항상 좀 이런 식인가요?" 누군가가 물었고 모두가 한차례 어깨를 으쓱했다. 쉽게 당황하는 사람들인 게 분명했다.

"당신들하곤 절대 〈패밀리 퓨드〉*에 나가면 안 된다는 거, 혹시 내가 잊어버리거든 알려줘요." 내가 말했다.

거대한 초록색 조형물 근처에 사람들이 모여들었다.

"여기가 원래 이렇게 찌그러져 있었나요?" 목소리가 들려왔다.

"찌그러졌다고요?" 스펜서가 홱 돌아보았다.

"가보세요," 내가 그에게 말했다. 그게 그가 원하는 바인 것 같았다. "보내줄게요."

스펜서가 조형물 쪽으로 달려갔다. 이번에는 미술관장이 그쪽으로 목을 길게 뺐다.

"가셔도 돼요," 내가 그녀에게 말했다. "가고 싶은 사람은 다 가세요."

미술관장과 설치기사가 나와 팀비만 남겨두고 냅다 뛰어갔다.

---

* 두 가족이 퀴즈 대결을 펼치는 미국의 TV 프로그램. 설문조사에서 가장 많이 나온 대답을 맞춰야 한다.

내가 팀비의 머리를 쓰다듬었다. "괜찮니, 아가?"

"엄마가 일어났으면 좋겠어요."

"그럼 일어나야지." 내가 일어나 앉았다. "이제 행복해?"

"더 일어나세요." 아이가 내 팔을 잡아끌며 말했다.

"이 강철 두께가 8분의 1인치거든요." 조각상 근처에서 누군가가 말했다. "이걸 저 여자가 어떻게 찌그러뜨렸는지 한번 보세요."

그들 모두가 마지못해 감탄하며 내 쪽을 돌아보았다.

"브렛 파브!" 내가 의기양양하게 선포했다.

"도로 누우세요." 스펜서가 말했다.

"기억이 안 나던 쿼터백 이름이 브렛 파브였어요. 그 엄지손가락."

"아주 잘했어요." 스펜서가 말했다. "그냥 좀더 누워 있어요."

"눕지 마세요." 팀비가 협박했다.

"이름을 잊어버리고 나서 계속 기억이 안 나면," 내가 스펜서에게 말했다. "알츠하이머 초기일 수 있어요. 하지만 나중에 이름이 떠오르면 괜찮은 거거든요."

"그 얘기 들은 적 있어요." 미술관장이 말했다.

그녀는 자세가 완벽했다. 나도 저렇게 늙어야지. 모든 것을 놓아버리되, 맵시 있게 옷을 입고 꼿꼿하게 서야지. 저런 걸 두고 '내 멋에 산다'고 하던가. 아니면 그건 다른 걸 두고 하는 말인가. 저 큼직한 검은 테 안경하며, 나는 반드시 저 길을 가리라. 일레인 스트리치처럼. 아니면 프랜시스 리어, 아니면 아이리스 아펠*처럼.

---

* 차례로 미국 브로드웨이의 배우, 활동가이자 잡지 출판인, 인테리어 디자이너.

이 이름들이 대체 어디서 튀어나오는 거지? 나는 쓸데없는 레퍼런스의 불꽃에 휩싸여 있었다!

"갈 수 있을 때 가세요, 가야 할 때 가지 말고." 내가 말했다.

모두가 나를 쳐다보았다.

"화장실에 관한 충고예요," 내가 말했다. "아주 훌륭한 충고죠."

그들은 내 말을 완전히 무시하고 패닉에 빠진 사람 쪽으로 갔다.

"우리가 처리할 수 있어요," 미술관장이 누군가에게 조용히 말했다. "법적 책임은 우리한테 있어요."

"전시에 관해서라면 그렇죠," 설치기사들이 말했다. "하지만 전시는 아직 시작도 안 했잖아요."

"보험은 그런 식으로 처리되는 게 아니에요." 미술관장이 내뱉듯이 말했다.

"난 저분 말씀에 돈을 걸겠어요," 내가 말했다. "나이가 들면 지혜로워지는 법이죠."

스펜서가 나를 향해 눈살을 찌푸렸다. 근심 사절단은 나를 등지고 서 있었다.

바닥. 나의 가방. 열쇠 꾸러미.

델-핀.

이런 젠장.

"자," 나는 팀비에게 속삭이고는 열쇠를 집어들고 일어섰다. 내 머리는 납덩어리였고 목에 제대로 붙어 있지 않았다. 나는 눈을 몇 번 깜빡인 뒤 중심을 잡았다. "봤지?"

팀비의 대답은 점점 가까이 다가오는 사이렌소리에 묻혀버렸다.

스펜서와 그 일행은 낮은 목소리로 언쟁을 하느라 우리가 빠져나가는 것을 알아차리지 못했다.

　오, 스펜서, 가엾은 스펜서. 부디 언젠가는 성공하기를.

　아, 잠깐……

우리가 게일러 스트리트 학교 계단을 오를 때 생명의 징후라고
는 앞쪽 잔디에서 뛰어노는 토끼 한 마리밖에 없었다.

"이런." 팀비가 말했다.

"다들 어디 갔지?" 내가 물었다.

"밖에서 낙엽 쓸고 있어요."

"학교 전체가?"

"노숙자 친구들하고 같이요." 아이가 말했다.

텅 빈 학교라니! 나의 과감한 작전과 너무도 완벽하게 맞아떨어
졌다. 나의 작전은 아무도 보지 않는 틈을 타서 열쇠를 도로 가져
다놓고 빠져나오는 것이었다.

내가 저지른 짓은 도저히 용서받을 수 없었다. 나 때문에 한 젊
은 엄마가 하루종일 반쯤 혼이 나가서 열쇠를 찾았을 것이다. 제아
무리 날씬하고 자기 자신에 대해 만족한다고 해도 그런 일을 당해
도 싼 사람은 없었다.

그런 짓을 하게 된 이유는, 동생에게 딸이 있다는 사실을 빌어먹

을 신문을 보고 알게 되었다는 것을 인정할 수 없었기 때문이었다. 그래서 다시 동생을 되찾겠다는 허접한 시도의 일환으로 똑같은 이름의 딸을 둔 여자의 열쇠를 훔친 것이다……

당신이라면 그러겠는가?

그 모든 일이 나에겐 너무도 충격적이었다. 과거에 나는 종종 미쳤다는 소리를 들었다. 그러나 그것은 사랑스럽게 미친 것이었고, 괴짜처럼 미친 것이었고, 우리 모두가 약간은 그렇듯 귀엽게 미친 것이었다. 하지만 젊은 엄마의 열쇠를 훔쳤다? 제아무리 술수를 부려봐야 그것은 그저 무섭게 미친 것일 뿐이었다.

나는 출입문을 열고 로비를 가로질렀다.

회의실은 어두웠고, 테이블은 열쇠를 슬쩍 올려두고 튈 장소들의 매혹적인 보고寶庫였다. 나는 손잡이를 잡았다. 잠겨 있었다!

"생일 축하합니다……" 복도 쪽에서 노랫소리가 들려왔다.

나는 소리를 따라 행정실로 들어갔다. 릴라의 공간인 대기실은 비어 있었다.

"생일 축하합니다, 사랑하는 그웬─시! 생일 축하합니다!"

모두가 그웬의 교장실에서 케이크를 먹고 있었다. 완벽해! 나는 릴라의 카운터로 가서 컵에 꽂혀 있는 샤피 펜을 뽑아들었다. 그러고는 봉투를 하나 찾아서 크고 진한 글씨로 이걸 주웠어요, 라고 썼다.

그런데 그때, 목소리가…… 아주 커다란 목소리가…… 내가 있는 공간에서 들려왔다. "제가 칼 가져올게요!"

방과후수업 관리 담당인 스티셔였다.

"안녕하세요, 엘리너!" 스티셔는 날 보면 늘 하는 행동을 했다. 티셔츠를 들어올리고 〈루퍼 워시〉 문신을 보여주는 것. 그녀는 비비언의 팬이 분명했다.

"그대로 있네요!" 내가 말했다. 달리 뭐라고 하겠는가?

"릴라 불러줄까요?" 스티셔가 물었다.

"아뇨, 그럴 필요 없……"

"어머, 안녕하세요." 이번엔 릴라! "팀비는 좀 어때요?"

"한결 나아졌어요."

우리 세 사람은 그렇게 서 있었다.

"제가 뭐 도울 일이라도?" 릴라가 물었다.

"조퇴 신청하려고요," 내가 말했다. "오늘 아침에 그걸 잊었더라고요. 조퇴할 땐 반드시 서명해야 한다는 이메일 보내지 않았어요? 시민권인가 뭔가 때문이라고 했는데……"

"아, 그것 때문에 일부러 오실 필요는 없는데," 릴라가 말했다. "팀비 데리고 가실 때 제가 옆에 있었잖아요."

"그건 아이를 그냥 데리고 가버리는 학부모들한테 해당하는 얘기예요." 스티셔가 정리했다.

따분한 정보의 소용돌이에는 일종의 묘한 마비 효과가 있었다.

"그거 저 주실 거예요?" 릴라가 마침내 내가 들고 있는 봉투를 보고 물었다.

"아뇨!" 봉투를 갈기갈기 찢으며 내가 말했다.

"팀비한테 빨리 낫길 바란다고 전해주세요."

복도로 나갔더니 나의 아들이 무릎을 꿇고 지폐가 가득 든, 맹꽁이자물쇠로 잠긴 투명한 상자에 얼굴을 대고 있었다.

"엄마, 보세요! 이거 다 합치면 천 달러는 되겠어요!"

상자 위에 적힌 안내문: 모금함. 그 옆에는 포스트잇으로 오늘이 마지막날!이라고 적혀 있었다.

"노숙자 보호소에 보낼 양말하고 담요 살 돈이래요." 팀비가 말했다.

"쳇," 내가 말했다. "또 노숙자. 왜 항상 노숙자 타령인지 엄만 잘 모르겠다."

"오늘 학부모들이 돈을 셀 거예요." 팀비가 말했다. "만약 게일러 스트리트가 다른 학교보다 앞서면, 와일드 웨이브스*에 간대요."

회의실에 불이 켜졌다. 젊은 엄마 둘과 젊은 아빠 한 명이(아까 그 사람들이냐고? 그걸 지금 나한테 묻는가?) 돈을 세기 위해 테이블 위에 공간을 만들고 있었다. (게일러 스트리트의 방침: 자원봉사자가 두 명 필요하다면 여섯 명에게 귀찮은 이메일을 보내면 되잖아?)

그 순간 아이디어가 떠올랐다.

"팀비, 네 사물함에 가서 가방 가져와."

"가방 가지고 있잖아요."

"그럼 운동화 가져와."

"왜요?"

"가져가서 빨게."

"운동화를 어떻게 빨아요?"

"세탁기로."

팀비가 얼굴을 찌푸렸다. "엄만 그렇게 안 하잖아요."

"너하고 이런 대화 나눌 시간 없어," 내가 말했다. "어서 가."

---

* 시애틀의 놀이공원 겸 워터파크.

240

팀비가 저벅저벅 계단을 올라가 자기 사물함으로 갔다.

5학년 학생들이 꾸민 〈루이스와 클라크의 탐험일지〉*가 벽을 장식하고 있었다. 나는 관심 있는 척하며 가방에서 열쇠를 꺼내 모금함 안에 넣었다. 소리는 거의 나지 않았다. 좋은 뜻을 가진 사람들이 그토록 많은 지폐를 넣은 것이다.

이제 곧 학부모 자원봉사자들 중 한 명이 그 상자를 열 것이고, 열쇠를 찾을 것이고, 델핀의 엄마에게 돌려줄 것이다. 해도 없고, 탈도 없다…… 거의.

2학년 교실 창문으로 학교 운동장이 보였다. 갈퀴를 든 작은 아이들이 줄을 지어 안으로 들어올 준비를 하고 있었다.

이제 꺼져줄 시간. 나는 가방에서 내 자동차 열쇠를 찾았다. 느낌이 이상했다. 열쇠를 보았다.

델-핀.

꺅! 내가 홱 돌아섰다.

내 열쇠! 모금함 안에! 자물쇠로 잠긴 모금함 안에!

뉴욕 헬스 앤드 라켓 클럽 회원이었던 시절이 불현듯 떠올랐다. 그곳에서는 사물함 절도 사건이 빈번하게 발생했다. 알고 보니 자물쇠를 강제로 여는 악질분자들이 있었다. 어떻게 여느냐고? 체육관의 수건을 자물쇠 고리에 통과시킨 뒤 양쪽 끝을 잡고 힘껏 잡아당기는 것이다. 나도 늘 한 번쯤은 그렇게 해보고 싶었다.

루이스와 클라크의 벽 저만치 아래, 아이들이 걸어놓은 원주민

---

* 미국의 루이지애나 매입을 계기로 제퍼슨 대통령의 명령에 따라 1804~1806년까지 실시된 탐험의 기록.

도끼들이 있었다. 그 손잡이와 돌멩이가 무엇으로 묶여 있었느냐면…… 바로 가죽끈이었다!

이런데도 사람들은 하느님이 충분히 안 주신다고 불평한다.

나는 도끼에서 가죽끈을 풀어서 몇 번을 접었다.

아직은 이상 무지만 이제 아이들이 행진을 시작했다. 곧 아이들이 들이닥칠 것이다.

나는 가죽끈을 자물쇠 고리에 통과시킨 후 양쪽 끝을 단단히 잡았다. 힘껏 잡아당겼고, 그리고……

모금함이 테이블에서 바닥으로 요란하게 떨어졌다!

나는 무릎을 꿇고 앉았다. 망할 놈의 상자는 여전히 잠겨 있었다. 나는 도끼를 하나 더 가져와 자물쇠를 내려치기 시작했다. 이 멍청한 물건이 끝까지 버티네. 마침내 경첩이 떨어져나갔다. 모금함 뚜껑을 젖히고 그 안에 손을 넣는 순간 지폐들이 사방으로 쏟아져나왔다. 나는 내 열쇠를 집어들고 벌떡 일어서서 델-핀을 돈 무더기 위에 던졌다. 성공! 아무도 보지 못했다.

더러운 운동화를 들고 서 있던 팀비를 제외하면.

"무의식이라는 말 들어본 적 있니?" 차가 퀸앤힐을 미끄러져내려갈 때 내가 백미러에 비친 팀비에게 물었다.

"아뇨."

"무의식은 네가 알지 못하는 행동을 하고 네가 완벽하게 의식하지 못하는 생각을 하는 너의 숨겨진 일부야."

"아." 팀비가 고개를 돌렸다. 아이는 창밖을 보고 있었다.

"마치 너와는 별개로 자기만의 생각을 갖고 있는 또 한 사람이 네 안에 있는 것 같은 거지. 그리고 때때로 그 사람의 생각은 별로 바람직하지 못해."

팀비가 입을 일그러뜨렸다. 아이의 시선은 스쳐지나가는 벽돌 아파트 건물들에 여전히 고정되어 있었다.

"그러니까 엄마가 하고 싶은 말은, 오늘 아침 엄마의 일부가 델핀 엄마의 열쇠를 집었다는 거야."

"엄마의 손이 그랬겠죠."

나는 백미러의 각도를 조절했다.

"집에 가면 뭐하고 싶니?" 내가 물었다. "랫어탯캣 게임* 할까? 피자 만들까? 〈아이 노우, 라이트?〉 봐도 되고."

"저 혼자 봐도 돼요?"

나는 키 아레나** 앞 신호에 차를 세웠다. 머리를 민 승려 대여섯 명이 짙은 노란색 법복을 입고, 초급 재봉 교본을 보고 만들었을 법한 헝겊 가방을 어깨에 멘 채 우리 앞에서 길을 건너고 있었다. 다른 건널목에서는, 차가 한 대도 지나가지 않는데도 행인들이 건너지 마시오 신호가 바뀌기를 기다리고 있었다.

"시애틀," 내가 말했다. "행인들이 길 건너는 일에 이렇게 무덤덤한 도시는 처음 봤어."

"저 사람들은 그저 행복한가보죠." 팀비가 말했다.

내가 선물 바구니를 뒤로 넘겼다. "포장 좀 뜯어줄래?"

섬뜩한 수준의 성실함으로 팀비가 리본을 풀어보려 했지만 오히려 더 꽉 조여질 뿐이었다. 리본의 끝을 당겨보았지만 매듭이 풀로 고정되어 있었다. 팀비는 셀로판 포장지의 이음새를 파헤쳤는데 그래봐야 손가락 하나가 겨우 들어갈 뿐이었다. 결국 아이는 컵홀더에서 연필을 하나 꺼내더니 무지막지하게 포장지를 찔렀다.

"이런," 내가 말했다. "멋진 마무리야."

승려들이 푸드트럭 앞에 줄을 섰다. 트럭의 덮개에 금속 돼지주둥이가 달려 있고 그 주둥이에 똥구덩이 속 돼지라고 적혀 있었다.

"우리가 같이 재미있게 볼 수 있는 게 뭔지 알아?" 내가 말했다.

---

* 자신이 가지고 있는 카드의 합을 낮은 값으로 만드는 게임.
** 시애틀에 있는 농구·아이스하키 경기장.

"〈루퍼 워시〉."

"케이트 오도 〈루퍼 워시〉 본대요." 팀비가 말하며 올리브 롤을 베어먹었다. "걔 엄마한테 DVD가 있대요. 둘이 가장 좋아하는 프로그램이래요."

우리집 진입로로 들어서며 주차장 문을 여는 버튼을 눌렀다.

"근데 그게 무슨 뜻이에요?" 팀비가 물었다. "'루퍼 워시'?"

"그 작품 파일럿을 쓴 여자한테 딸이 넷 있었어."

"바이얼릿 패리," 팀비가 말했다. "엄마 절친이잖아요."

"맞아. 첫째는 친딸이고 나머지 셋은 에티오피아, 캄보디아, 그리고 그 외 다른 곳에서 입양했어."

"입양했어도 어쨌든 딸은 딸이죠." 팀비가 정정했다.

나는 차를 우리 자리에 주차한 다음 시동을 껐다. "바이얼릿은 루퍼라고 불리는 마을의 워시에서 어울렸던 네 소녀들에 관한 이야기를 쓴 거야. 그래서 '루퍼 워시'지."

"워시가 뭔데요?" 그가 물었다.

"마른 강바닥." 나는 서로 얼굴이 보이도록 백미러의 각도를 조절했다. "맞아, 좀 이상하지. 항상 설명이 필요해. 그 여자애들 진짜 웃겨. 걔들은 기술과 진보를 증오해. 히피랑 음식을 낭비하는 것도."

팀비는 과자를 먹으면서 약간 미심쩍은 표정을 지었다.

"엄마 말 믿어도 돼," 내가 말했다. "완전 웃긴다니까."

"좀 시시한 거 같은데요."

"나이들면 말이야, 시시한 게 웃겨." 내가 돌아보았다. "왜냐하면 바이얼릿과 내가 만든 작품은 어른 아이 할 것 없이 누구나 좋아했고, 그 속엔 사회 풍자와 소녀들의 저력이 담겨 있고…… 그건 진짜 대단한 거거든." 내가 고개를 돌려 앞을 바라보았다.

"엄마 울어요?" 팀비가 물었다.

내가 차문을 열고 내렸다.

"엄마가 보기 싫으면 안 봐도 돼요." 팀비가 말했다. 라피아 바구니의 유해, 빈 포장지, 뚜껑이 열린 유리병, 흩어져 굴러다니는 민트초콜릿 사탕으로 변해 있는 선물 바구니를 여전히 끌어안고 있었다.

"엄마도 보고 싶어." 내가 말했다. 우리는 엘리베이터를 탔다. 나는 로비 층 버튼을 눌렀고 문이 닫혔다.

"파일럿부터 보자," 내가 말했다. "전개가 약간 느리긴 한데, 볼 만한 재미있는 장면들이 있어."

"예를 들면요?"

문이 열렸고 우리는 모퉁이를 돌아 우편함으로 향했다.

"헝가리에서 수작업으로 채색을 했는데……" 나는 우편함을 열어보았다. 쓰레기, 쓰레기, 쓰레기. "대본에 여자애들이 자기네 조랑말한테 주니어 민트*를 먹이는 장면이 있거든."

"정말요?"

"우리 남자 직원 중에 조랑말이 주니어 민트를 좋아한다고 생각하는 사람이 있었는데……"

재즈 앨리에서 온 큼직한 봉투. 시즌 티켓 재중. 내가 반대했는데도 조가 다시 회원 가입을 한 모양이었다. 적어도 내 말을 참고하

---

* 민트가 들어 있는 다크 초콜릿 브랜드.

긴 했는지 공연은 두어 개만 선택한 것 같았다.

"어쨌든," 내가 티켓을 겨드랑이에 끼고 팀비에게 말했다. "헝가리에서 우리 디자인 작업을 했는데, 아마 그 사람들이 주니어 민트를 잘 몰라서 그게 일종의 고기라고 생각했나봐."

팀비는 내 말 한마디 한마디에 집중했다.

"그런데 그걸 수정할 시간이 없었어." 내가 말했다. "후딱 지나가는 장면인데, 천천히 돌려보면 밀리센트가 자기 조랑말한테 핏물이 흐르는 고깃덩어리를 주는 장면이 보여."

"그거 보고 싶어요!" 팀비가 말했다.

갑자기 로비 쪽에서 고함소리가 들렸다.

"저기 있네요!"

시드니 매드슨! 비쩍 마른 달리기 선수 같은 몸매의 시드니가 이상한 워터 슈즈를 신고 서둘러 내 쪽으로 다가오고 있었다.

나는 그제야 상황을 파악하고 숨을 헉 들이켰다.

그녀의 곁에 경비원 에이제이가 서 있었다. 시드니 매드슨이 방금 그에게 어떤 곤욕을 치르게 했건 그건 그가 받는 임금의 한도를 벗어난 것이었다.

"엘리너! 괜찮은가보네요!" 시드니가 내 팔을 잡고 나를 흔들었다. "대체 무슨 일이에요?"

"내가 완전 착각했지 뭐예요! 난 우리가 오늘 점심 같이 먹기로 한 줄 알았어요."

"엘리너가 남긴 음성메시지들을 다 들어보니 그런 것 같더라고요." 진저리가 날 정도로 정확한 발음 때문에 그녀는 평범한 사람보다 말하는 시간이 두 배로 걸렸다. "두 시간 반짜리 회의에 참석

하느라 휴대전화를 꺼놓고 있었거든요. 밖으로 나와보니, 당신이
보낸 메시지가 다섯 개나 있더라고요."

워터파크에 가면 어떤 놀이기구에는 이런 경고문이 적혀 있다.
반드시 젖습니다. 시드니는 이런 경고문을 들고 다녀야 한다. 반드시
따분합니다.

"내가 너무 바보 같은 짓을 했네요," 내가 말했다. "난 정말 괜찮
아요."

그러나 시드니 매드슨은 거기서 멈추지 않았다. "휴대전화로 전
화했는데 안 받더라고요. 집으로도 했어요. 식당으로도 하고요. 그
리고 여기로 왔는데, 이 청년이 엘리너 집에 올라가서 문을 두드려
보는 건 허락해주었지만, 안으로 들어가는 건 안 된다는 거예요.
조의 진료실에 전화했더니 조는 휴가중이라고 하고요."

"우리 엄마 머리 부딪혔어요," 팀비가 거들었다. "미술관에서요.
기절했어요. 휴대전화는 버렸대요."

시드니가 내 앞머리를 젖혀보더니 깜짝 놀랐다. 나도 손을 들어
이마를 만져보았다.

"이런," 내가 움찔하며 말했다. 거위 알이 형성되어 있었다.

"병원엔 가봤어요?" 시드니가 물었다.

"난 괜찮아요." 내가 말했다. "올라가서 좀 누우려고요."

"바로 그게 절대 해서는 안 되는 일이에요." 시드니가 말했다.
"엘리너, 뇌진탕 규칙이라는 게 있어요. 뇌진탕 앱으로 테스트해봤
어요?"

"뇌진탕 앱이란 게 있어요?" 팀비가 물었다.

"잠깐," 시드니가 말했다. "설마 두부 손상 상태로 운전한 건 아

248

니죠?"

"그게……" 팀비가 사랑스럽게 웃으며 말했다.

"실은 내가 몇 년 동안 참고 안 한 얘기가 있는데," 시드니가 또 한번의 느리고도 집요한 발작을 시작했다. "지금은 엘리너의 행동 패턴이 너무 걱정돼서 도저히 말을 안 할 수가 없네요. 이제 엘리너의 생활을 돌보는 에이전시를 고용할 때가 된 것 같아요."

이 맥락에서 에이전시라는 말보다 더 찬물을 끼얹는 말이 또 있을까? 미리 경고해두겠다. 에이전시라는 말을 마음껏 해도 좋다. 대신 나하고는 절대 못 논다.

"당신은 마치 반은 이 세상에 있고 반은 어딘지는 몰라도 딴 세상에 있는 사람 같아요." 시드니가 끝없이 말을 이었다. "난 바쁜 사람이에요. 엘리너를 찾으려고 약속 하나를 취소했다고요. 엘리너의 차를 찾으려고 주차장을 돌아다녔어요. 조의 차는 보였지만 당신 차는 없더군요. 걱정이 되어서 죽을 것 같았어요. 엘리너는 다른 사람 생각은 전혀 안 하는 사람 같아요."

"엄마가 아줌마 주려고 이걸 샀어요." 팀비가 시드니에게 찢긴 셀로판지와 반쯤 먹어치운 음식이 담긴, 초토화된 선물 바구니를 내밀었다.

"내가 병원에 데려가야겠어요." 시드니가 손바닥을 내밀었다. "운전하면 안 돼요."

"좋아요." 내가 그녀에게 열쇠를 건넸다. "갈게요."

"갈 거라고요?" 팀비가 물었다.

"올라가서 보험카드 가져올게요. 금방 올게요. 가자, 팀비."

아파트로 올라간 나는 곧바로 벽장으로 갔다. 그리고 비상 열쇠를 보관해둔 빈티지 밀가루 양철통 뚜껑을 열었다.

"엄마, 지금 뭐해요?"

"재미있는 일."

다시 엘리베이터에 탔을 때 팀비가 로비 층을 누르려고 손을 뻗었다. 나는 제때 아이를 저지하고 지하 2층 주차장을 눌렀다.

"시드니가 아빠 차를 봤다고 했으니까," 내가 설명했다. "만약 그게 사실이라면, 그건 아주 중대한 진전이야."

"그래요?"

팀비가 나를 따라 주차장으로 들어섰다.

그러면 그렇지, 조의 차가 그의 자리에 있었다. 조는 나보다 한 층 아래에 차를 세운다. (정말 사랑스럽지 않은가, 나한테 더 좋은 주차 공간을 양보하다니!) 그래서 내가 들어오는 길에 조의 차를 보지 못했던 것이다. 나는 비상 열쇠로 차문을 열었다.

"우리 이 차 탈 거예요?" 팀비가 물었다.

나는 시동을 걸고 디스플레이가 작동하기를 기다렸다. 스피커 밖으로, 조가 좋아하는 시리우스 라디오 채널에서 요란한 잼 밴드*의 음악이 흘러나왔다.

"윽," 내가 재빨리 라디오를 끄며 말했다. "라이브 콘서트는 라

---

* 여러 나라의 영향을 받은 포크 록을 연주하는 밴드.

이브로 들어야 해. 그러지 않으면 하루 지난 샐러드 같거든."

팀비가 뒷좌석에서 깔깔거리며 웃었다.

"왜?" 내가 물었다.

"하루 지난 샐러드! 너무 웃겨!"

"세상에." 내가 말했다. "엄만 항상 네가 엄마 농담을 이해 못하는 줄 알았어."

"이해해요." 아이가 말했다. "그냥 엄마 농담이 대체로 안 웃긴 것뿐이에요."

GPS 화면에 우리 동네가 떴다. 나는 메뉴에서 과거 경로 추적을 찾았다.

화면에 다시 우리 동네가 나왔지만 이번에는 조가 갔던 곳들을 보여주는 점선이 떴다. 나는 조의 큰 그림을 파악하기 위해 화면을 확대했다.

가장 두꺼운 줄은 우리 아파트와 그의 진료실 사이에 형성되어 있었다. 그런데 또하나의 줄이 있었다. 거의 진료실 선만큼이나 두꺼웠고, 우리 아파트와 5마일 거리에 있는 미스터리의 목적지로 이어져 있었다. 우리가 한 번도 가본 적 없는 따분한 동네 매그놀리아에 있는 곳이었다. 그 동네에 갈 이유가 없었다.

"엄마 지금 뭐하는 거예요?" 팀비가 물었다.

화면을 확대해보았다. 주택가였다. 좋지 않았다.

"카시트에 들어가." 내가 말했다. "안전벨트 매고."

우리는 끽 소리를 내며 나선형 길을 돌아 주차장 밖으로 나왔다. 슬쩍 한번 보지 않을 수 없었다. 로비에서 시드니 매드슨이 우리를 등지고 서서 가엾은 에이제이에게 양팔을 휘두르며 열변을 토하는 중이었다. 매연을 내뿜으며 서드 애비뉴로 진입하는 차에 나와 팀비가 탔음을 깨달은 에이제이의 눈이 휘둥그레졌다.

"무의식이라는 게 가끔은 나쁜 생각을 하는 우리 마음속 깊은 곳의 한 부분이라고 엄마가 그랬지?" 내가 팀비에게 말했다. "근데 이건 그런 게 아니야. 이건 나, 네 엄마가 이게 나쁜 생각이라는 걸 아주 잘 알고 하는 행동이야."

전자 빵 부스러기들을 쫓아, 나는 모퉁이를 돌아 북쪽 데니 애비뉴로 향했다. 태양이 내 눈을 달구었다. 나는 다급하게 바이저를 내렸다. 사진 한 장이 떨어졌다. 우리 셋이, 작년에 퓨알럽에서 열린 박람회에서 앙고라토끼를 쓰다듬고 있었다. 엄습해오는 불안감: 행복의 회상.

"우아," 팀비가 말했다. "봐도 돼요?"

나는 어깨 너머로 사진을 건네주었다,

조와 내가 시애틀로 이사한 직후 우리는 주 박람회에 갔다. 박람회에 간 건 그때가 처음이었고, 그날 이후로는 하나의 전통이 되었다. 뉴욕 토박이였던 나는 가석방 죄수들의 활기와 떼 지어 서성거리는 다른 관람객들의 평균 체중에 당연히 기겁을 했다. 모퉁이마다 티어드롭 트레일러*에서 라즈베리 스콘을 팔았다. 워싱턴의 자랑이라고 간판들이 외치고 있었다. 나는 생각했다, 워싱턴이 자랑할

게 그렇게 없나, 참 서글픈 일이네.

박람회에서 제공되는 구경거리에 대해서도 같은 심정이었다. 우리에 갇힌 염소들을 보고 감탄해야 했고, 워싱턴주 깃발 모양으로 진열된 야채들을 보고 놀라야 했고, 보석 세척 시연을 보기 위해 빙 둘러서야 했다. 너무 오래 서 있었는지 아니면 9월의 더위 때문인지 모르겠지만, 조가 돼지 경주에서 자기 돼지를 응원하며 진심으로 즐거워하는 모습을 보았을 때 (저것 좀 봐! 돼지들이 오레오를 쫓아가네!) 나의 방어기제는 무너져버렸다. 정말로 나는 밀가루처럼 흰 이 인류애 덩어리, 총과 예수와 블루블로커**를 가진 이 워싱턴 사람들과 하나가 된 기분이었다.

그리고 나는 생각했다. 뉴욕시티야, 너 참 딱하다. 넌 자기밖에 모르는 마약에 쩐 매춘부야, 지위에 집착하고 초조해하며 주위를 살피는 너의 눈빛, 숨막히는 보도, 암처럼 번져나가는, 스타 건축가가 설계한 프라다 매장들, 모든 교양 있는 대화를 잠식해버린, 부동산 가격에 대한 숨가쁜 설전, 들어갈 수조차 없는 너의 시끄러운 레스토랑, 브로드웨이의 재능 있는 배우들을 내쫓는 너의 싸구려 TV 스타들, 점점 더 부유해지는 헤지펀드 괴물들을 싣고 다니는, 더 어두워진 창문에 더 검어진 SUV 차량으로 꽉 막힌 냄새나는 도로. 그래서 결국 너의 현주소가 뭐냐고? 넌 어제의 영광을 쫓고 있을 뿐이야.

바로 그 순간 나는 우중충한 워싱턴주에서 시작된 우리의 새로

---

* 눈물 모양으로 생긴 소형 트레일러.
** 디지털기기에서 발생하는 광원인 블루라이트를 차단하는 색안경.

운 삶과, 무엇보다 나를 이곳으로 끌고 와 맨해튼이 최고라고 생각하던 최악의 자아로부터 날 구해준 조를 사랑하게 되었다.

"작년에 엄마가 퍼넬케이크* 못 먹게 한 거 기억나요?"가 팀비의 요지였다. 아이가 사진을 제자리에 돌려놓았다.

"엄마 왜 슬퍼해요?" 팀비가 물었다.

"아빠한테 그동안 신경을 많이 못 쓴 것 같아서 걱정돼." 내가 말했다.

"괜찮아요, 엄마. 엄만 원래 그렇잖아요."

나는 엎드려 이마를 운전대에 댔다. 가슴 위쪽에서 나의 숨결이 퍼덕거렸다.

"엄만 그런 사람이고 싶지 않아," 내가 말했다. 눈물이 목소리에 스며들었다. "정말이야."

나는 안전벨트를 풀고 뒤를 돌아보았다.

"엄마 지금 뭐하는 거예요?" 팀비가 깜짝 놀란 목소리로 물었다.

나는 뒷좌석으로 건너가려고 엉덩이를 들었다.

"널 안아야겠어." 나는 웅얼거리며 한 발을 들고 뒤로 건너가려 안간힘을 썼다.

"안 돼요." 무방비 상태로 카시트에 앉아 있던 팀비가 말했다. "엄마, 그러지 마요."

"난 네 엄마가 될 자격이 있는 사람이고 싶어." 내가 말했다, 출

---

* 깔때기 등을 써서 재료를 소용돌이 모양으로 뽑아 굽거나 튀긴 케이크.

산할 때처럼 헐떡이면서. "넌 나보다 더 나은 엄마를 가질 자격이 있는데." 나는 자동차 콘솔과 천장 사이에 차마 눈뜨고 못 볼 괴물 석상처럼 끼어버렸다.

"이런, 내 꼴 좀 봐." 내가 소리쳤다. "내가 지금 뭘 하고 있는 건지 모르겠네!"

"저도요." 아이가 말했다. "도로 앉으세요."

나는 어깨를 비틀어 정면을 바라보았다. 팀비의 발이 나를 밀어 운전석에 앉혔다.

나는 머리카락을 움켜쥐었다. "지금까지 한 짓으로도 모자라서, 방금도 아주 이상하고 무서운 행동을 해버렸어."

"다 털어버리세요." 팀비가 말했다. "잘했어요."

나는 기어를 주행 모드로 바꾸고 엘리엇 애비뉴로 향했다. 엘리엇 애비뉴는 조차장, 폐쇄된 공장, 지저분한 철거 건물들이 진을 치고 있는 복잡한 간선도로로, 그 모든 것이 리드LEED 인증* 첨단 기술 중심지로 변신해가는 중이었다. 다시 말해서, 행인이 없다는 뜻이었다.

그래서 북쪽으로 걷는 한 남자가 내 시선을 끌었다.

그럴 리가 없는데. 나는 속도를 늦췄다. 틀림없었다.

"나 참 기가 막혀서." 나는 창문을 내리고 그의 곁에 차를 세웠다.

"왜요?" 팀비가 물었다. "왜 차를 세워요?"

"알론조!" 내가 말했다. "타요!"

---

* 미국그린빌딩위원회(USGBC)가 만든, 자연친화적 빌딩·건축물에 부여하는 친환경 인증제도.

그의 상체는 계속 걸었다.

"도저히 못하겠어요." 차량 소음 속에서 그가 말했다. "돌아가지 않을 거예요."

"나 지금 버스 차로에 있어요." 내가 말했다. "어서 타라니까!"

알론조는 씩씩거리면서도 내가 시키는 대로 했다. 팔짱을 끼고 눈길을 피하는 그는 여간 화가 난 게 아니었다. 나는 차를 몰았다. 안전벨트 경고음이 처음엔 도움을 줄 뜻으로, 나중엔 성질을 내며 울렸다.

"안전벨트요." 팀비가 말했다.

알론조는 꿈쩍도 하지 않았다.

"이 아저씨 우리하고 달라요?" 팀비가 내게 물었다.

"다르다니?" 알론조가 말했다.

"아무것도 아니에요." 내가 말했다. "정신지체라는 말은 쓰면 안 되잖아요."

팀비가 알론조의 팔을 두드렸다. "실례합니다. 휴대전화 좀 빌려도 될까요?"

알론조가 어깨 너머로 휴대전화를 건네주고는 잠자코 있었다.

"알론조!" 내가 말했다. "어떻게 된 거예요?"

"다시 돌아갔더니 가장 먼저 눈에 보인 게 오토만* 크기만한 크리스마스 리본이더라고요. 그걸 보는 순간 구역질이 나서 방향을 틀었어요. 내가 몇 년째 소설 쓰고 있는 거 알아요? 벤 러너**의 에

---

* 대형 쿠션 혹은 발걸이로 쓰는, 등받이 없는 푹신한 의자.
** 미국의 소설가, 시인, 에세이스트, 비평가.

이전트가 탈고하면 보내라고 했거든요."

"진짜 잘됐네요!"

"그런데 그걸 끝낼 수가 없어요. 내 영혼이 도살장이기 때문이죠."

"'나는 커피 스푼으로 나의 생명을 떠냈다.'" 내가 위로하는 투로 말했다.

알론조는 나를 제대로 보려고 조수석 문에 등을 기댔다. "고마워요. 하지만 나의 지옥은 나 개인의 문제예요."

"아닐 수도 있어요," 내가 말했다. "내가 책 계약했던 거 알죠? 그거 파기됐어요. 내 편집자는 더이상 출판업계에서 일하지도 않아요. 나이액에서 치즈를 편집한다네요."

"안 돼!" 팀비가 소리쳤다. "그럼 이제 우리 가난한 거예요?"

"당신과 나," 내가 알론조에게 얘기를 계속했다. "우린 예술가예요. 우리는 99퍼센트의 역경과 거절의 길을 선택한 거예요. 하지만 그 길에 우린 함께 있어요. 그게 중요한 거죠."

"그만해요." 알론조가 말했다. "당신은 부자 남편을 둔 여자잖아요. 내가 기댈 곳이라고는 겸임교수직뿐이에요. 그나마 거기서도 날 해고하려 하고 있다고요."

"누가요?"

"컬러 더 코어," 그가 말했다. "혹은 확성기와 페이스북 페이지를 갖고 있는 터코마 출신의 어떤 인터넷 폭력배. 상황을 다 장악해놓고, 대화나 해보자는 거래요. 대화라니! 그 여자의 세계는 소셜 미디어의 반향실로 제한되어 있어요. 시로 입을 닦아줘도 그게 뭔지 모를 여자라고요."

"당신한테 뭐가 불만인데요?" 내가 물었다.

"그 여자가 내 시 강의 소개글을 봤더라고요. 근데 자기가 좋아하기에는 죽은 백인 남자가 너무 많다는 거예요. 그래서 지금 내 사퇴를 요구하는 청원을 온라인상에 퍼뜨리고 있어요. 내 강의의 책 목록에는 랭스턴 휴스*도 있어요. 그웬덜린 브룩스**도 있고요. 하지만 그 둘은 단지 진정성 없는 '내 형식주의의 증거'일 뿐이죠."

"그 여자가 실제로 당신을 해고할 수는 없지 않아요?"

"'가장 선한 자들은 확신을 잃은 반면, 가장 악한 자들은 격한 열정으로 충만하다.'" 알론조가 애처롭게 말했다. "이제 대학생들은 그 말을 예이츠가 했다는 걸 모르게 될 거예요. 왜냐하면 그는 악의 근원이기 때문이죠. 월트 휘트먼과 앨런 긴즈버그도요. 아, 그리고 나도 있어요. 허여멀건하고 늙수그레한 나를 잊으면 안 돼요. 나도 악이니까요. 상황에 도움이 될 수만 있다면 기꺼이 죽을 수도 있어요. 하지만 안 될 일이죠. 그 여자가 원하는 건 단지 내가 집을 잃는 것 정도니까요. 그 여잔 방법을 알아냈어요. 그 여자가 몹시 화가 난 걸 보니, 그 여자 말이 맞나봐요."

"내가 보기엔 이 모든 상황에 뭔가 다른 국면이 있는 것 같네요." 내가 말했다. "하지만 어쩌죠, 다양성 문제는 내가 적극적으로 신경을 *끄기*로 한 주제라."

"사람들이 말다툼을 할 때 내가 어떻게 하는지 알아요?" 팀비가 뒷좌석에서 끼어들었다 "마지막으로 말한 사람 말에 동의하는 거예요."

---

* 미국의 흑인 시인이자 소설가. 1920년대 뉴욕의 흑인 문예운동인 할렘 르네상스의 대표 작가.
** 미국의 여성 시인. 『애니 앨런』으로 흑인 최초 퓰리처상을 받았다.

고양이와-도넛-중에-무엇이-더-긴가요? 뒷좌석에서 갑자기 컴퓨터 목소리가 튀어나왔다.

깜짝 놀란 나는 도로 연석을 들이받기 직전에 운전대를 돌렸다.

"뇌진탕 앱이에요." 팀비가 휴대전화를 들어 보이며 말했다. 그리고 알론조를 돌아보았다. "엄마가 머리를 부딪혔거든요."

"그랬구나."

"오 분에 한 번씩 질문한대요." 팀비가 말했다. "대답 못하면 바로 병원 가래요."

"대부분의 경우, 고양이지." 내가 말했다. "됐니?"

나는 GPS를 따라 어디인지 모르는 동네로 들어갔다. "웩, 매그놀리아. 누가 이런 데 살고 싶을까?"

"육십만 달러짜리 집에 말인가요?" 알론조가 말했다. "저요."

"조는 매그놀리아 얘기는 한 번도 한 적 없는데." 내가 웅얼거렸다.

"저기 미안한데," 알론조가 말했다. "지금 우리 뭐하는 거죠?"

"아빠가 엄마한테 말도 안 하고 어딜 다니고 있어서 엄마가 아빠 자동차 열쇠를 가져왔어요."

알론조는 나와 팀비를 번갈아 쳐다보았다.

"머리를 부딪힌 뒤로 엄마가 자꾸 나쁜 결정을 해요." 팀비가 말했다.

나는 지도의 점선이 느닷없이 끝나는 지점에 차를 세웠다. 우리는 규격화된 주차장과 현대적인 빨간 벽돌 건물들이 있는 주택단지에 와 있었다. 이곳의 정경 전체가 근사한 것의 대척점에 있었고, 주택들은 가볍다기보다는 무거웠다. 힙스터들이 아직 이곳을 발견하지 못했다는 게 이상했다. 만약 살아서 오늘을 넘긴다면, 내가 한번 발견해볼까. 남은 생을 마감하고 자다가 죽기에, 그게 아니라면 트릭 오어 트릿*을 하기에라도 완벽한 동네일 것이다.

나는 차에서 내렸다.

이 동네에는 어딘가 으스스한 정적이 깃들어 있었다. 진달래나무들과 일본단풍나무 한 그루가 있는 정원은 묘하게 생기가 없었다.

조는 대체 왜 이런 동네에 왔을까? 짐작조차 가지 않았다.

나는 뒤를 돌아보았다. 차의 앞유리를 통해, 계기반 위에 놓인 물건이 보였다. 재즈 앨리. 티켓이 들어 있던 봉투. 봉투가 무척 가벼웠는데……

나는 손을 뻗어 봉투를 집어들었다.

"봉투는 왜요?" 팀비가 물었다.

나는 몸을 돌리고 봉투를 찢었다.

절취선이 있는 종이 한 장. 콘서트마다 티켓 한 장씩. 조는 혼자 가기로 결정한 것이다.

"안 돼." 내가 말했다. "안 돼-안 돼-안 돼-안 돼."

차문이 쾅 닫혔다. 알론조는 침착하게 차에서 소리가 들리지 않을 정도로 멀리 간 뒤 스펀지 같은 잔디밭에서 나를 기다려주었다.

"대체 무슨 일인지 얘기해볼래요?" 그가 말했다.

닫힌 차 안에서 들려오는 음악소리, 강한 비트, 보정한 음색으로 성적 매력이 더해진 가수. 조수석으로 넘어온 팀비가 '조의' 음악에 신이 나서 몸을 흔들었다.

---

* 핼러윈에 어린아이들이 집집마다 돌아다니며 과자를 안 주면 장난을 치겠다는 의미로 하는 말.

나는 심호흡을 했다.

"어쩌다보니," 내가 알론조에게 말했다. "나의 결혼생활이 유한 책임회사가 되어버렸네요." 내가 증거물로 티켓을 흔들었다. "조와 나는 육아라는 사업을 함께하는 두 명의 성인이에요. 우리가 처음 만났을 때, 난 이 사람과 함께라면 어디든 갈 수 있다고 생각했어요. 그가 하는 얘기는 뭐든 넋을 놓고 들었죠. 그의 작은 동작 하나하나에 기뻐했어요. 우리가 어디어디에서 섹스를 했는지 들으면 아마 안 믿을걸요! 그러다 결혼을 했고, 물론 나는 생각했죠, 이게 바로 인생이라고. 하지만 그건 인생이 아니었어요. 젊음이었죠. 이제 조는 혼자 재즈 공연에 가고, 나는 내가 얼마나 차갑고 변덕스러운 사람이 되었는지 농담이나 하고 앉아 있어요. 이십 년 전 나는 매력과 재치 넘치는 말들을 뿌리고 다니는 조니 애플시드*였어요. 내 뺨을 손가락으로 찌르면 에인절 푸드**처럼 곧바로 제자리로 돌아왔어요. 지금 내 뺨은 중국 빈대떡이고, 내가 오는 걸 보면 사람들이 길을 건너가버려요. 그리고 이 뱃살. 역겨워요."

"그 모습 그대로," 알론조가 말했다. "난 당신의 존재를 즐기고 있는데요."

"그럴 리가 없어요."

"당신처럼 시를 암송하는 사람은 아무도 없어요," 그가 말했다. "당신은 시를 아주 곧이곧대로 공격하죠. 가식도 전조도 없이."

"하지만 난 바보천치잖아요."

---

* 각지에 사과 씨를 뿌리고 다녔다는 미국 개척시대의 전설적 인물.
** 거품을 낸 달걀흰자를 이용해 만든 기포가 많은 스펀지케이크.

"당신은 초보자의 마음을 갖고 있어요." 알론조가 말했다. "그리고 그 마음은 좋은 마음이에요. 내가 알아차리지 못한 것들을 항상 지적하잖아요."

"오직." 내가 그날 아침 나의 통찰을 언급하며 말했다.

"오직." 알론조가 되풀이했다.

저 너머에서 들려오던 음악소리가 요란하게 울려퍼지는 소리로 바뀌었다.

팀비가 차문을 연 것이었다. "엄마! 내가 알아냈어요."

알론조와 내가 호기심어린 표정을 주고받은 뒤 차 쪽으로 걸어갔다.

GPS 화면의 최근 목적지 아래 일련의 이름과 번호들이 있었다.

"아빠가 입력한 주소는 900번지예요."

"엄청 똑똑하군요, 홈스 씨." 알론조가 말했다.

나는 주위를 둘러보았다. 우리는 915번지 앞에 있었다.

알론조가 손으로 가리켰다. 길 건너, 모퉁이, 널찍한 잔디밭. 보도 위, 검게 스텐실로 찍은 표지판. 900.

잔디 저편, 나지막한 벽돌 건물. 매그놀리아 커뮤니티 센터. 문이 닫히지 않도록 접이식 의자로 고정해놓았다.

"커뮤니티 센터가 정확히 뭔지도 모르겠네." 내가 혼잣말을 했다.

"팀비." 알론조가 차 안으로 몸을 숙이며 말했다. "너 재주넘기 할 줄 아니?"

"네."

"잘됐다." 알론조가 말했다. "나 좀 가르쳐다오."

나는 알론조에게 감사의 뜻으로 고개를 끄덕이고 길을 건넜다.

팀비가 들고 있는 휴대전화에서 들려오는 목소리.

셀러리는-무슨-색인가요?

"셀러리색." 내가 어깨 너머로 소리쳤다.

나는 열린 문을 향해 잔디밭을 대각선으로 가로질렀다. 의자 위에는 새로 꺾은 아네모네가 병에 꽂혀 있었다.

안에서 가벼운 박수 소리가 흘러나왔다.

안으로 들어서니……

……내가 생각했던 것보다 훨씬 작은 방이 나왔다.

둥글게 둘러놓은 접이식 의자에는 스무 명 분량의 문신을 새긴 열 명의 사람들이 앉아 있었다. 조는 보이지 않았다.

"환영합니다." 가죽조끼를 입은 대머리 남자가 말했다. "처음 오셨나요?"

벽에 걸린 포스터들: 차근차근. 단순하게. 하루 단위로. 꾸준히 나올 것.

이런.

모두의 시선이 내게 쏠렸다. 그들의 얼굴이 너무도 연민으로 가득차 있고, 그들의 영혼이 너무도 상심한 것처럼 보여서 나는 털어놓지 않을 수 없었다.

"남편을 찾으러 왔는데요." 내가 말했다. "키는 188센티미터, 희끗희끗한 갈색 머리. 파란 눈. 알코올중독일 리는 없어요. 그럴 리 없어요. 하지만 전 지금 아무 생각이 없어요. 머리를 부딪혔거든요. 아이를 데리고 왔어요. 아이는 지금 사실상 내가 돈을 주고 사귀는 친구나 마찬가지인 어느 시인과 밖에서 재주넘기를 하고 있죠. 이게 익명성이 보장된다는 건 알고 있고, 서로 배신하고 싶어하지 않는다는 것도 알아요. 하지만 전 정말, 정말 남편을 찾고 싶어요. 그러니까 제가 남편의 이름을 말하면 〈모두가 대통령의 사람들〉*에서처럼 고개만 끄덕여주시겠어요?"

불편한 시선들이 오갔다, 아주 많이. 그들의 시선이 마침내 조끼를 입은 남자에게 안착했다.

"만약 중독 문제로 삶이 피폐해졌다면," 그가 친절하게 설명했다. "우리에겐 문학이 있습니다."

그가 팸플릿과 책들이 놓인 테이블을 가리켰다. 그 옆에는 커피 메이커가 있었고, 짝이 맞지 않는 머그잔들이 있었고, 섹스중독자 전용이라고 적힌 헤이즐넛 크리머 한 통이 놓여 있었다.

"아!" 내가 말했다. "여러분들 섹스중독자들이시군요. 제 남편은 그건 아니에요."

아마 내 목소리에 혐오의 소름이 깃들어 있었나보다. 한 여자가 나지막이 울기 시작했다.

"아무래도 전 그냥 가는 게 좋겠네요," 내가 뒤로 물러서며 말했다. "부디 여러분의…… 여정에 행운이 있기를."

나는 밖으로 나갔고, 손으로 얼굴을 가렸고, 신음하며 그 자리에 서 있었다.

"아저씨가 술래예요!" 바람을 가르며 팀비의 목소리가 들려왔다.

나는 고개를 들었다.

알론조가 옥외 통로 반대편 끝에 있는 둥근 건물로 팀비를 쫓아

---

* 워터게이트 사건을 취재하던 〈워싱턴 포스트〉의 두 젊은 기자, 밥 우드워드와 칼 번스타인의 고군분투를 그린 영화.

들어갔다.

근사한 70년대풍의 글자체: 평화의 왕자.

교회. 나는 꽃양배추와 자주색 팬지를 새로 심은 널찍하고 사람을 반기는 길을 따라가보았다.

크리켓 배트 크기의 청동 손잡이를 잡고 밀어서 천장이 낮고 카펫이 깔린 나르텍스*로 들어섰다. 그렇다, 나르텍스. 수십 년 전 '오늘의 단어' 달력에서 보았고 다른 단어는 다 잊어버렸지만 나르텍스만은 잊지 않았다.

알론조가 한쪽 벽에 놓인 업라이트피아노 앞에 앉았다.

"네가 가장 좋아하는 노래가 뭐니?" 그가 팀비에게 물었다.

"〈Love You Hard〉요."

"아저씬 그 노래 모르는데."

"팬시 킹먼 노래예요," 팀비가 말했다. "〈아이 노우, 라이트?〉에 나오는." 아이가 나를 알아보았다. "엄마 어디 갔었어요?"

"아무데도." 눈이 욱신거렸다. 햇빛 속에 있다가 어두운 곳에 들어와서 그런가…… 앉아야 했다.

"잠깐 기다려줄래요?" 내가 알론조에게 말했다.

나는 널찍한 교회의 핵심 공간(이건 '오늘의 단어' 달력에 안 나왔던 게 분명하다)으로 이어진 문을 열었다.

"교회에 가려고요?" 팀비가 물었다.

"교회 안으로 들어가보려고."

---

* 고대 기독교 예배당 본당 입구 앞의 넓은 홀. 참회자와 세례 지원자를 위한 공간이다.

266

알론조가 신나게 피아노를 연주하며 노래를 부르기 시작했다.

"'눈먼 조만 아니었다면 이미 오래전에 결혼했을 텐데. 어디서 왔나요? 어디로 갔나요? 어디서 왔나요, 눈먼 조?'"

나는 안으로 들어갔다. 교회 내부가 눈앞에 펼쳐졌다. 저 높이 달린 스테인드글라스에서 햇살이 스며들었다. 투명한 측면 유리창으로 그보다 많은 햇살이 스며들었다. 길고 가느다란 줄에서 할로겐 불빛이 우아하게 아래를 비췄다. 빨간 봉헌초에서 촛불이 타오르고 있었다. 향내가 자욱했다.

나는 신도석에 앉았고 생각들이 물밀듯 밀려들었다.

부처를 인용하는 버키라니! 그렇다면 나는 바퀴가 고장나서 제자리를 맴도는 쇼핑카트다. 그 어떤 근육과 투지도 날 해방시킬 수 없다. 공항에 서 있던 아이비, 내가 뗏목이고 이제 나를 내려놓을 때가 되었다는 말에 대한 아이비의 암묵적 동의.

아이비가 그랬던 이유는 너무나 자명하다. 버키의 세상은 배타성이라는 토대 위에 지어졌다. 아이비를 받아들여준 대가로 그는 노예의 충성심을 요구했다. 아이비가 결혼생활에 대한 진실을 폭로한 순간, 아이비는 버키 아니면 나를 선택해야 했다.

통찰!

언젠가 바이얼릿은 내게 말했다. "목표는 변화야. 통찰은 꼴찌들이나 받는 상이지." 물론, 그녀의 말은 옳았다.

미안해, 언니. 새벽 세시 출몰 시간에 나타난 아이비가 내게 말한다. 조는 내 곁에서 평화롭게 자고 있다. 어쩔 수 없는 힘든 결정이었어. 나는 있는 그대로의 언니를 알고 있다는 거 항상 기억해. 언니는 나의 가족이야. 나도 언니가 그리워.

그러면 나는 땀으로 범벅이 된 채, 내팽개쳐진 채, 내가 지닌 유일한 장점인 다정함과 강인함이 소실된 괴물로 깨어난다. 다음날 아침 나는 일상으로 돌아오지만, 그것은 나의 은밀한 수치심, 내가 아이비를 그리워하는 하나의 물체로 오그라들었다는 수치심 때문에 일상을 흉내내는 것에 불과하다.

신도석의 내 옆 빈자리를 만져보았다. 동생 때문에 마음이 아플 때면 내가 하는 행동이었다.

동생이 내 곁에 있을 때의 그 위안, 그 전율. 스펜서가 표현했던 대로 '항상 들르던' 동생을 다시 갖는다는 것. 아이비의 몸과 팔다리를 상상하는 것만으로도 내 안에서 무언가가 솟아올랐다. 다시 한번, 세상을 정복할 준비가 되어 있는 플러드 걸스.

"실례해도 될까요?" 팀비가 문틈으로 고개를 빼꼼 들이밀었다. "유럽에 있는 나라 세 개 댈 수 있어요?"

"스페인, 프랑스, 룩셈부르크."

팀비가 엄지손가락을 들어 보이고는 문을 닫았다.

이번주부터 새 정신과의사를 만나기 시작했다. 나는 그에게 '고뇌하는 음유시인', 잠 못 이루는 수많은 밤에 내가 완성한 그 이야기를 털어놓았다. 그 속에서 버키는 악당이고, 나는 희생자, 아이비는 노리개였다. 얼마나 덤덤하게 말했는지 제삼자가 말했어도 그렇게 담담할 수는 없었을 것이다. (다시 술수가 발동하는 순간!) 정신과의사는 인간이 경험할 수 있는 가장 끔찍한 일은 '증오와 오해'의 대상이 되는 것이라고 했다.

"그보다 더 끔찍한 게 있다면 어쩌죠?" 내가 물었다. "증오와 이해라면요?"

그날 버키가 내게 공항에서 했던 말들. 하나도 틀린 말이 아니었다.

견과맛 치즈 한번 맛보시겠어요? 미안해요, 조이스 프림, 내 삶의 진짜 이야기를 원했다는 이유로 당신은 지금 치즈를 팔고 있네요. 난 이미 오래전에 그 삶에 가위표를 쳤는데.

나는 고개를 들었다.

흐릿한 햇살은 가을의 빛깔이었고, 70년대의 빛깔이었다. 주황색, 겨자색, 갈색, 황록색. 스테인드글라스는 기독교보다는 피터 맥스*나 밀턴 글레이저**의 영향을 더 많이 받은 것 같았다. 비둘기를 들고 있는 손. 삭-잇-투-미*** 폰트로 적혀 있는 기쁨. 예수의 두상 중 하나는 밥 딜런 앨범 커버처럼 머리카락이 헝클어지고 무지

---

* 미국의 대표적인 팝 아티스트.
** 뉴욕 출신의 세계적인 그래픽 디자이너.
*** 미국의 양말 브랜드.

갯빛이었다. 어느 일요일에 어머니는 미래에 대한 희망으로 밝아진 표정을 하고 집에 왔다. 그날 성가대가 뮤지컬 〈가스펠〉의 〈Day by Day〉를 불렀고 목사가 앞으로는 여자들도 교회에 바지를 입고 와도 된다고 선포했기 때문이었다. 어머니는 그해를 넘기지 못했다.

아버지는 우리 셋을 "우리 아가씨들"이라고 불렀다. 어머니는 우리 둘을 "우리 아가씨들"이라고 불렀다. 두 사람에게 얼마나 수치스러운 일인가, 이토록 소원해진 현재 플러드 걸스의 모습은.

아이비, 버키, 그리고 과거의 잔해에 벽을 두르는 것. 그때는 그게 유일한 해결책인 것 같았다. 몇 년 동안 그 방법은 통했다. 어느 정도는! 그러나 오늘 그 벽이 찌그러졌다.

나는 일어섰다. 심장이 소행성처럼 묵직했다.

5월이면 나는 쉰 살이 된다. 무얼 이루었느냐고? 대부분의 사람들에게 내가 이룬 것은 허황된 꿈일 것이다. 내가 이번 생에서 이루고자 했던 것을 나는 이루고도 남았다. 내가 가장 사랑하는 사람들을 제대로 사랑하는 것 빼고는.

이제 뭔가 다른 일을 시도해야 할 때가 왔다. 하지만 그게 무얼까?

알론조와 팀비가 똑바로 서 있었고, 두 사람 사이에 엄청난 장난기가 감돌았다.

"어디 갔을까?" 알론조가 말했다. "앗, 저기 있네!"

"어디요?" 팀비가 펄쩍펄쩍 뛰었다.

알론조는 팀비의 귀 뒤에 손을 댔다가 25센트짜리 동전을 하나 꺼냈다. "여기 있네! 여기 숨기는 건 아니지!"

팀비가 그의 손에서 동전을 받았다.

"이건 아니지!" 알론조가 내 쪽으로 돌아서며 말했다. "운이 따라주었나요?"

"전혀요." 내가 말했다.

우리 세 사람은 함께 눈을 가늘게 뜨고 오후의 햇살 속으로 들어섰다. 우리는 왔던 길을 되돌아 차 쪽으로 걸었다.

열두 단계 모임은 해산한 후였다. 몇몇 중독자들이 커피를 마시거나 담배를 피우며 모여 있었다. 내가 그들에게 다가갔다.

"저기요," 내가 말했다. "모임을 방해해서 죄송하다고 다시 한번 사과드리고 싶어요."

"완벽도 누구하진 않아요."* 조끼 입은 남자가 말했다.

가냘픈 여자가 경계의 눈빛으로 나를 쳐다보다가 커피를 홀짝였다. 그녀는 컬러미마인** 특제 컵으로 커피를 마시고 있었다. 두툼한데다 엉성한 유약 처리가 아무리 봐도 틀림없었다.

내가 환영을 보는 건가 하는 생각이 들었다.

"그 컵 반대편 좀 보여줄 수 있어요?" 내가 물었다.

그녀가 컵을 돌렸다. 어린아이답게 해석한 막대기 벌레 그림과 아빠라는 글자가 있었다.

팀비가 거꾸로 쓴 Y까지.

---

* 원문에서 'Nobody is perfect'를 'Podody's nerfect'라고 재미있게 표현한 것을 살리기 위해 '누구도 완벽하지 않아요'를 이렇게 번역했다.
** 도자기 핸드페인팅 공방 브랜드.

"조," 내가 말했다. "여기 왔었어."

나를 향했던 모든 시선이 얼른 딴 데로 돌아갔다.

나는 좌절감에 찬 목소리로 외쳤다. "혹시 이 근방에 아무것에도 중독되지 않은 사람 있어요? 물어볼 게 하나 있는데요."

"그 사람들은 키로 가는 버스를 타고 일찌감치 떠났어요." 한 여자가 고양이를 쓰다듬기 위해 몸을 숙이며 말했다.

"키요?" 내가 물었다.

"키 아레나요."

키 아레나는 시애틀 센터의 일부로 도시 한복판의 70에이커 부지에 걸쳐져 있고 1962년 만국박람회의 개최지였다. 깔끔한 구내는 박물관 다섯 개, 극장 일곱 개, 레스토랑 열두 개와 주차 공간 제로를 자랑하고 있었다. 나는 꾹 참고 발레파킹을 이용했다.

나의 시선이 머리 위로 멋지게 솟아오른 스페이스 니들에 이끌렸다. 강렬한 흰색 스포트라이트들이 멍들어가는 하늘을 점령하기 시작했다.

"쉬해도 돼요?" 팀비가 물었다.

"얼른 해."

"내가 데려갈게요." 알론조가 나서주었고 두 사람은 어린이 극장으로 향했다.

나는 데크로 가서 난간에 몸을 기대고 먼 곳을 내다보았다.

여름이 끝났다. 경쾌한 빨간색 팝콘 수레가 자물쇠로 잠긴 채 콘크리트 벽 옆에 서 있었다. 가지를 늘어뜨린 일본단풍나무는 보드라운 연어 빛깔이었다. 바닥에 떨어진 가을의 흔적을 지우기 위해 매일 새벽 부대가 출동하기 때문에 단풍은 오직 나무에만 남아 있었다. 갓 깎은 잔디는 청소기를 돌린 카펫처럼 줄이 가 있었다. 턱수염을 기르고 머리를 정수리에 하나로 묶은 이십대 남자들이 목에 기술대학 출입증을 달랑거리며 자전거를 끌고 걸었다. 한복판에 위치한 거대한 분수대가 쉰 개의 노즐을 하늘로 향한 채, 멀리 있는 나에게는 격정적인 클래식 곡으로 들리는 음악에 맞춰 일사분란하게 움직이며 위쪽과 바깥쪽으로 물을 뿜어냈다. 옷을 갖춰 입은 정도가 제각각인 아이들이 분수대 가장자리를 뛰어다니며 예측 불가능한 물벼락을 이겨내려 애썼다. 많은 아이들이 실패하고 격하게 몸을 떨어댔다. 이제 곧 겨울이었다.

키 아레나가 우뚝 솟아 있었다.

흉측하고 땅딸한 콘크리트 건물. 아무리 1962년이라고 해도 그 건물이 아름답다고 여겨진 적이 있다니 상상이 가질 않았다. 비틀스가 그곳에서 공연했다. 엘비스도. 소닉스*가 챔피언이 되었던 곳이기도 하다. 그러나 시간은 흘렀다. 소닉스는 오클라호마로 떠났다. 어떤 NBA 팀도 이곳을 원하지 않았다. 밴드들은 이곳에서 공연하기를 꺼렸다. 그렇다면 이 건물을 철거하는 것이 합당할 것이다. 그러나 매번 항의가 빗발쳤다. 건물 옹호론자들조차 감상적인 이유 이상의 무언가를 내놓을 수 없었는데도.

알론조가 데크에 서 있는 내 곁으로 다가왔다.

"집에 가고 싶어요." 갑자기 두려움이 밀려드는 것을 느끼며 내

---

* 2008년까지 시애틀을 연고지로 했던 프로 농구 팀. 지금은 오클라호마시티 선더가 되었다.

가 말했다. "조가 그동안 어딜 다녔는지 알고 싶지 않아요."

"난 알고 싶은데요!" 알론조가 웃으며 말했다.

"팀비, 가자."

그러나 팀비는 옆에 없었다. 아이는 언덕 아래에서 스타벅스 컵을 흔들며 서성거리는 별다른 특징 없는 사람들 쪽으로 달려가고 있었다.

"아빠!" 팀비가 소리쳤다.

그들 중 한 명이 조였다.

나의 어머니는 배우 에이전트인 샘 콘이 전설적인 존재가 되기 전 젊은 시절에 그와 함께 일했다. 어머니는 우리가 살던 어수선하고 집세가 동결된* 어퍼웨스트사이드의 아파트에서 그를 위해 깜짝 생일 파티를 열었다. 어머니가 준비한 장난: 초대받은 사람들은 샘이 한 번도 만나본 적 없는 사람을 데리고 와야 했다. 샘의 진짜 친구들이 계단 뒤에 숨어 있는 동안 샘은 생전 처음 보는 사람들이 "서프라이즈!"를 외치는 집으로 들어섰다.

이번엔 내가 바로 그런 입장이 되어서, 모르는 얼굴들을 살펴보고 있었다. 그들의 얼굴이 어떤 기억도 소환하지 않는다는 사실에

---

* 뉴욕시에서 1920년에 주택 공급 부족으로 인해 집세가 치솟는 것을 방지하기 위해 도입한 제도.

안도하고 싶었다.

그들은 좋은 인상을 주려고 아직은 애써야 하는 사람들처럼 미소를 머금고 활기 넘치게 수다를 떨고 있었다. 익숙함이 주는 침묵은 아직 깃들지 않은 상태였다.

조가 팀비를 알아보았다. 그의 얼굴이 환해졌다. 팀비가 조의 품에 달려가 안기기 직전, 그가 제때 자신의 커피를 낯선 사람 중 한 명에게 넘겼다. 팀비의 다리가 너무 길어서 조가 어른을 안고 있는 것 같았다.

조가 주위를 둘러보다가 데크에 서 있는 나를 보았다.

나는 그에게 손을 흔들었다.

그가 고개를 저었다. 놀라움이나 가책의 표정이 아니었다. 마치…… 감히 말하자면…… 이 상황의 놀라움을 반기는 듯한 표정이었다.

작전

조가 서 있던 자리에서 엘리너는 다시 서른 살이었고, 밑단을 자른 반바지에 빨간 장미로 뒤덮인 버튼다운 셔츠를 입었고, 맨발엔 모래가 잔뜩 묻어 있었다.

그때 조는 레지던트 이 년 차였고 롱아일랜드에 있는 사우스사이드병원 응급실에서 야간 근무를 하고 있었다. 금요일 밤이면 항상 음주와 관련된 상처를 입은 난봉꾼들이 실려왔지만 그들 중 누구도 플러드 걸스만큼 매혹적이진 않았다.

사람들의 시선이 먼저 향하는 쪽은 아이비였다. 180센티미터 키에 우윳빛 피부, 가냘프고 호리호리한 몸, 바닥에 끌려서 검게 변한 하늘거리는 노란 드레스. 아이비가 지닌 무언가가 왠지 손을 뻗어 그녀가 실제로 존재하는지 확인해보고 싶게 했다. 그러나 다친 사람은 엘리너였다. 엘리너의 오른팔이 침대보를 뜯어 만든 보호대에 걸려 있었다.

"무슨 일이 있었는지 얘기해보시죠." 조가 말했다.

엘리너는 눈동자가 초록색이고 얼굴에 주근깨가 났다. 예쁘긴 했지만 둘 중에 더 예쁜 여자는 아니었다.

"왜 있잖아요, 해변을 걷다보면," 엘리너가 말했고, 딸꾹질 때문에 하던 말을 잠시 멈췄다. "죄송해요. 거기 허술한 데크 같은 게 있는 셰어하우스들 보이잖아요. 대체 어떤 바보가 그 발판에 올라서겠어요, 심지어 맥주 파티를 열어서 서른 명이 북적이는데?"

"정답은……" 아이비가 엘리너를 가리켰다.

"상처를 좀 보죠." 조가 엘리너의 팔을 바퀴 달린 테이블 위에 올려놓았다. 그는 조심스럽게 침대보를 풀었다.

엘리너가 주위를 둘러보았다. 마치 검사실을 꼼꼼히 약탈하듯이. 조는 그녀가 자신을 보는 것을 보았다. 그는 겸연쩍어하며 눈을 내리깔았다. 그의 시선이 그녀의 셔츠 단추의 벌어진 틈으로 얼핏 보이는 허리의 굴곡에 안착했다. 그가 황급히 눈을 돌렸다.

엘리너의 손목은 심하게 부풀어올라 있었다.

조가 손을 내밀었다. "손을 흔들어볼 수 있겠어요?"

엘리너는 손가락을 움직일 수 없어서 움찔했다.

"저 오른손잡이라고요!" 그녀가 말했다. "그걸로 생계를 유지하고 있어요. 연필을 못 잡게 되면 제 인생은 끝이에요."

"약간 불편해지긴 하겠죠." 아이비가 거들었다. 마치 엘리너가 곁에 없다는 듯이 조에게. "언니가 워낙 과장이 심해요."

"내 인생을 송두리째 바꿔줄 일자리가 무릎에 떨어졌는데 계약서에 서명도 하기 전에 내가 뭘 했는지 알아요?" 엘리너가 말했다. "파이어아일랜드에 집을 빌려 파티를 열었어요."

"전 테마 파티를 하자고 했거든요." 아이비가 비죽거리며 말했다. "한여름이고, 6월 21일*이니까요."

"넌 어차피 맨날 티타니아**처럼 옷을 입잖아." 엘리너가 쏘아붙이고는 조를 향해 말했다. "완전 촌티 나지 않아요? 들어오지도 않은 돈을 맥주 파티에 쓰다니!"

"엑스레이 찍어봅시다." 그가 말했다.

"맙. 소. 사." 엘리너가 말했다. "그 티셔츠는 뭐예요?"

조가 자기 티셔츠를 확인하려고 가운을 들췄다. 그날 아침 그가 어둠 속에서 뒤집어쓴 티셔츠는 수선화의 노란색 바탕에 발랄한 파란 광대가 그려져 있고 마이어 마니아라는 문구가 적혀 있었다.

아이비가 다가왔다. 어느덧 두 자매가 그를 포위한 상태였다.

"마이어 마니아?" 아이비가 말했다.

"네," 그들의 호들갑에 아랑곳 않고 조가 말했다. "오랫동안 갖고 있던 거예요."

"대체 그게 무슨 뜻이에요?" 엘리너가 물었다.

"제 짐작으로는 마이어 집안에서 가족 모임을 위해 이 티셔츠를 만들었는데 공짜 이미지를 넣어야 해서 행복한 광대를 고른 거 같아요."

"근데 그게 어쩌다가 선생님한테 왔어요?" 엘리너가 물었다.

"대학교 건조기에 있더라고요."

엘리너가 성한 손으로 아이비를 잡았다. 아이비도 엘리너의 손

---

* 하지. 일 년 중 낮이 가장 긴 날이다.

** 셰익스피어의 희곡 『한여름 밤의 꿈』에 등장하는 요정의 여왕. 『한여름 밤의 꿈』은 하지 전날 밤을 배경으로 한다.

을 잡았다.

"왜요?" 조가 물었다.

"우리 어쩌면 선생님을 사랑할지도 모르겠어요." 아이비가 말했다.

엑스레이 검사 결과 심각한 콜레스 골절이라는 진단이 나왔다. 조가 검사실로 돌아왔을 때 자매는 파티에 대해 투덜거리고 있었다.

"통증이 더 심하지 않다는 게 놀랍네요." 조가 엘리너에게 말했다.

"아, 통증은 있어요," 엘리너가 말했다. "통증이라면 잘 참아요. 불편한 걸 못 참아서 그렇지."

"언니가 이겼어!" 아이비가 엘리너를 쿡 찌르며 말했다.

엘리너가 끙 소리를 냈고 자매는 깔깔거리며 잠시 둘만의 세계에 빠졌다.

아이비가 조에게 설명했다. "우리끼리 하는 시합이 있거든요. 상대방한테 인격적 결함이 있다는 걸 지적해주는 시합이죠."

조가 그 말뜻을 헤아려보려 애썼다.

"너 보너스 20점 줄게," 엘리너가 아이비에게 말했다. "내 인생이 끝장났는데, 넌 네 모습이나 비춰보고 있으니까."

아이비는 발끝으로 서서 어깨보다 더 높이 난 창에 비친 자신의 모습을 보고 있었다.

"우리 나르시스가 카운터에 기어올라가기 전에 누가 손거울 좀 하나 갖다주세요." 엘리너가 말했다.

"우리 언니 커리어가 끝장난 건 아니죠?" 아이비가 물었다.

"아닙니다," 조가 말했다. "일단 짧은 깁스를 할 건데 이 주 뒤에는 연필을 쥘 수 있을 거예요."

"깁스라고요!" 엘리너가 비명을 질렀다. "여보세요, 바이얼릿 패리? 제가 데크에 서 있다가 데크가 무너지는 바람에 손목이 부러졌거든요. 아무래도 다른 애니메이션 디렉터를 찾아보셔야 할 것 같네요." 그녀의 목소리가 한 옥타브 올라갔다. "왜 하필 지금이죠? 왜 하필 오른손이죠? 마침내 일이 풀리기 시작했는데……"

"그만하세요." 자신의 목소리에 담긴 단호함에 놀라며 조가 말했다. 더 놀라운 것은 엘리너가 말을 멈췄다는 것이었다.

"세상에, 맙소사." 아이비가 속삭였다.

"이 세상은 당신의 친구가 아니에요," 조가 엘리너에게 말했다. "당신 뜻대로 되도록 설계되어 있지 않다고요. 당신이 할 수 있는 일이라고는 그 흐름에 맞서 싸우며 앞으로 헤쳐나갈 수 있도록 결정들을 내리는 것뿐이에요."

엘리너의 얼굴에 미소가 번졌다. "그리고 월요일에 당신한테 전화하고요."

"월요일에 나한테 전화하고요."

"세상에, 맙소사." 이번에는 아이비가 큰 소리로 말했다.

이십 년의 세월과 팀비의 탄생, 사고 또 팔았던 아파트들, 쌌다가 또 풀었던 짐들, 대륙을 가로지르는 이사, 부모님의 장례식들, 직업적 성공과 실패들. 조는 어떻게 엘리너에게, 그의 행로가 엘리너 없이 어디론가 향하고 있다고 말할 수 있을까?

오십여 년간 그의 삶에, 마치 비행기 바닥에 설치된 통로 조명처럼, 어떤 감춰진 설계가 있었다고 어떻게 말할 수 있을까. 그 조명들은 평상시엔 비행기 바닥에 박힌 채 늘 그 자리에 있다. 긴박한 상황이 발생해 그 불빛이 당신을 안전하게 인도하기 전까지 그것들을 의식할 필요가 없다.

그 일은 예고 없이 일어났다. 한 달 전에. 어느 화창한 일요일, 시호크스의 시즌 첫 홈경기 날. 여느 때처럼 조는 선수들을 돌보기 위해 두 시간 전에 경기장에 도착했다.

지난 시즌 말미에 심각한 척골 골간단 골절상을 입었던 스타 세이프티* 본테 다가트의 첫 출전이었다. 조는 부상 직후 곧바로 수술에 착수했고, 티타늄 판을 삽입했다. 여름 내내 뼈가 잘 아물었다. 수요일에 살짝 부기가 있어서 조는 코르티손** 주사를 놓아 본테가 출전할 수 있을 정도로 부기가 가라앉기를 기대했다.

캐럴 코치는 껌 세 개를 씹으면서 검사실 밖에서 서성거렸다. 그는 오 분 뒤에 최종 출전 선수 명단을 제출해야 했고 그 명단에 본테를 넣고 싶었다.

"느낌이 어때요?" 조가 본테의 팔목을 쥐면서 본테가 얼굴을 찌푸리는지 살폈다.

"아주 좋아요." 본테가 미소를 머금고 말했다. 본테는 자신이 출전하기 위해서라면 무슨 말이든 할 수 있음을 조가 알고 있다는 걸 알았다.

---

* 미식축구에서 최후방을 수비하는 선수.
** 부신피질에서 분비되는, 혈당량을 높이고 항염증, 항쇼크 기능이 있는 호르몬.

"뻣뻣하거나 하진 않고요?" 조가 물었다.

"아시잖아요."

트레이너 고디가 차려 자세로 서 있었다. 조가 그에게 돌아섰다.

"패드를 댄 부목을 하죠."

"고맙습니다. 선생님." 본테가 말했다.

피트 캐럴이 끼어들었다. "괜찮은 겁니까?"

조가 고개를 끄덕였다.

"공 좀 만질 준비됐나?" 피트가 과장되고도 감상적인 동작으로 본테의 몸을 흔들었다.

"다 하느님의 뜻이죠." 본테가 말했다.

"샌더스 부목회사의 뜻이겠죠." 조가 말했다.

"이젠 저의 뜻입니다." 코치가 활기 넘치는 표정으로 앞서 걸었다. "고마워요, 조!"

"우리 가족이 총출동했어요." 조가 스펀지를 자를 때 본테가 말했다.

"제 아내도요." 조가 말했다. "경기장에 온 건 처음이죠."

"처음이라고요?" 본테가 고개를 홱 처들었다. 그는 길고도 연민이 담긴 웃음을 터뜨렸다. "참 나, 어이가 없네요."

조는 아무 말도 하지 않았다.

처음에는 엘리너가 경기장에 오지 않는 것을 이해할 수 있었다. 그러나 시간이 흐를수록 점점 더 짜증이 났고, 시간이 더 흐른 뒤에는 감정적인 문제가 되었다. 그래서 오늘 조는 엘리너에게 꼭 오라고 고집을 부렸다.

조가 직접 부목을 댔다. 부목이 팔목에 안정성을 제공하되 손가락은 자유자재로 움직일 수 있을 것이었다.

"첫 픽식스*는 선생님을 위한 겁니다." 본테가 말했다.

"그 정도는 기대하고 있을게요." 조가 말했다.

조는 다른 선수들과 그들의 경미한 타박상을 진찰했다. 욱신거리는 무릎. 등의 경련. 바비큐 불판에 찔어 접질린 발가락.

경기 시간이 가까워졌을 때 조는 경기장으로 향하는 선수들과 진행요원들의 흐름 속에 있었다. 사기가 높았지만 과하진 않았다. 승리의 기운이 느껴졌다.

팀이 어두운 터널의 입구에서 신호를 기다리고 있었다. 사람들이 폭죽 장비들을 제 위치에 정렬했고 시갤스**는 환상적인 대열을 이루고 섰다. 노란 조끼를 입은 영상 촬영기사들이 몰려들었다. 카메라의 불이 켜지자, 선수들은 아메바처럼 서로 밀착된 상태로 뛰고 고함을 질렀다.

조는 그곳을 빠져나와 팀의 또다른 주치의인 친구 케빈을 찾았다. 드물게 경기장에 찾아온 엘리너 때문에 오늘은 케빈이 책임을 지기로 했다.

"난 관중석에 있을 거야." 조가 케빈에게 말했다.

"좋아," 케빈이 말했다. "자네가 필요하면 문자하지."

조가 반짝이는 티켓을 꺼내들고 관중석으로 향했다.

---

* 수비수가 공격진 엔드존에서 터치다운으로 6점을 가져가는 것.
** 시애틀 시호크스의 공식 치어리더.

조는 기분좋은 함성으로 메아리치는 중앙홀의 콘크리트에서 빠져나와, 물결치며 반짝이는 바다, 푸른 파도 같은 칠만여 명의 관중 속으로 들어섰다. 흰 조명 때문에 경기장이 섬뜩할 정도로 인공적인 초록빛으로 보였다. 검은 조각구름들이 떠 있는 9월의 하늘이 어딘가 음울하게 느껴졌다. 머리 위로 다급히 달려가는 구름들. 조의 얼굴을 스치는 휘어진 바람. 그는 소금기 밴 바람을 들이마셨다.

바로 이것.

〈제퍼디!〉 우승자이자 시애틀 토박이인 켄 제닝스가 12가 적힌 깃발을 높이 쳐들더니 난간으로 돌진했고, 응원 타월을 머리 위로 흔들며 흥분한 관중을 광란의 도가니로 몰아넣었다.* 킥오프 사이렌조차 고막을 뚫을 듯한 함성을 이길 수 없었다. 발밑에서 경기장이 진동했다.

킥오프!

애리조나 카디널스의 리턴맨**이 페어 캐치 신호를 했다.*** 팬들이 실망감을 표현하는 소리가 마치 바다에 잔물결이 이는 것 같았다.

조는 통로를 걸어가며 희망에 흠뻑 취했다. 팀비도 같이 왔으면 얼마나 좋았을까! 월요일 아침에 바로 모든 홈경기 티켓을 요청해두어야지. 나가는 길에 기념품 가게에 들러서 커플 티셔츠를 사고.

"그거 안 쓰실 거면 우리가 쓸게요." 파란색과 초록색 부분 염

---

* 〈제퍼디!〉는 미국의 TV 퀴즈 쇼, 켄 제닝스는 〈제퍼디!〉의 최장 기간 우승자다.

** 킥오프나 펀트된 공을 받아 가능한 한 멀리 뛰는 역할을 하는 선수.

*** 공을 받은 선수가 페어 캐치 신호를 하면 상대 팀은 태클을 해서는 안 된다.

색을 한 식상한 금발 아가씨 둘이 애교어린 눈빛으로 다가오더니 조가 목에 걸고 있는 출입증을 바라보며 말했다. 경기장 및 라커룸 출입.

조는 껄껄 웃으며 줄을 셔츠 안에 넣었다. 그는 팝콘이 떨어져 있는 계단을 내려갔다. 몇 발짝 뗄 때마다 술 취한 백인들이 그와 하이파이브를 했다.

"시호크스!" 한 남자가 자신이 맥주를 들고 있다는 것을 잊고 소리쳤다. 호박 빛깔 액체가 손가락으로 흘러내리자 그는 사랑스럽다는 듯 후루룩 핥았다.

모든 얼굴들이 굳이 말할 필요조차 없는 사실을 말하고 있었다. 우린 이곳에 들어왔어, 최고의 장소에. 집단적 자부심이 J열로 향하는 조의 기분을 고조시켰다.

조의 자리는 여섯 칸 안쪽이었다. 그가 엘리너의 자리를 보았다. 아마 아직 도착하지 않은 모양이었다.

"죄송합니다." 조가 기분좋게 말하며 자리로 향했다. "이러기 진짜 싫은데."

엘리너는 그곳에 있었다. 다리를 꼬고, 가방을 무릎 위에 끌어안고 앉아 있었다. 조가 안으로 들어갈 수 있도록 그녀가 자리에서 일어섰다.

"자기!" 조는 소리를 질러야 했다. "이 광기 믿을 수 있어?"

"그러게! 객석 줄이 얇게 저민 프로슈토* 같아. 지나가려면 납작

---

* 돼지고기 넓적다리를 염장, 훈제 처리한 이탈리아 햄.

288

이 스탠리*가 되어야 해."

"물론 그것도 믿기 힘들지." 조가 말하고는 엘리너의 뺨에 짧게 키스했다.

"아!" 엘리너가 말했다. "방금 귀빈실에 들렀어. 당신 거기 가봤어?"

"안 가본 것 같은데."

카디널스의 공격진이 필드를 장악했다. 올해 첫 플레이, 러닝플레이**다. 5야드 전진.

"이런," 조가 말했다. "막았어야 했는데."

주위에 있던 사람들이 근심어린 동의의 뜻으로 웅성거렸다.

"여기서 파는 거라곤," 엘리너가 말했다. "미지근한 생수, 썬칩, 엄청 큰 그릇에 담겨 있는 물기가 흥건한 과일 샐러드뿐이더라. 통조림 과일 같았어. 그래도 사과는 신선했어. 내가 어떻게 알았게?"

"여보," 조가 말했다. "지금 경기중이잖아."

패스 플레이, 카디널스의 쿼터백이 길게 던진 공……을 누가 가로챘느냐 하면, 바로 본테였다!

"그렇지!" 조가 소리쳤다.

하이파이브 대란이 일어났고, 조는 주위의 모든 사람들에게 사랑을 주고 또 사랑을 받았다.

두 줄 아래에서, 네 개의 저지 티셔츠가 깐닥거렸다. 다가트, 다가트, 다가트, 다가트. 본테의 가족이었다. 조는 병원에서 그들을 본

---

* 미국의 아동도서 시리즈 '플랫 스탠리'의 주인공.
** 공을 잡은 사람이 달려서 자기편의 전진 거리를 늘리는 공격.

적이 있었다. 딸들인 미카엘라, 에이시아, 버네사가 비디오 리플레이로 재생되는 장면을 찍는 동안 아내 크리시는 완전히 흥분한 상태였다.

조는 얼굴에 무언가가 닿는 것을 느꼈다.

엘리너의 엄지. 엄지에 사과 스티커가 붙어 있었다.

"내가 하마터면 뭘 먹을 뻔했는지 좀 봐!" 그녀가 웃으며 말했다.

불현듯 암울한 생각이 조의 목을 조여왔다.

엘리너는 여기 있는 게 싫은 거야. 내가 좋아하는 걸 하나도 좋아하지 않아. 재즈, 다큐멘터리, 자전거 타기. 자기가 좋아하는 게 아니면, 거슬리는 찌푸린 표정으로 저렇게 앉아 있지. 아내는 솔로 연주자야. 항상 솔로 연주자였어. 나는 왜 이제야 그게 보이는 걸까?

"당신 여기 있을 필요 없어." 조가 말했다.

"어?"

"당신을 고문하려고 여기 오라고 한 게 아니야," 그가 말했다. "우리 둘이 같이 경기를 즐기려고 했던 거지."

엘리너의 모든 것이 안정되며 얼굴에서 긴장이 풀렸다. "내가 최근에 사랑한다고 말한 적 있던가?"

조가 껄껄 웃었다. 그것은 그들이 가장 안 좋아하는 밴 모리슨의 노래였다.

"소리가 안 들려요!" 누군가의 우렁찬 목소리가 울려퍼졌다. 미리 녹화해둔, 과장된 몸짓을 하는 맥클모어*의 영상이 대형 전광판에 나오고 있었다.

---

* 미국의 힙합 가수.

세번째 공격권. 모든 팬들은 무얼 해야 하는지 알았다. 일어서서 목청껏 소리를 질러야 했다. 조도 함께 일어섰고, 양손을 모으고 괴성을 질렀다.

그가 엘리너 쪽을 돌아보았다. 그녀는 없었다.

어깨 너머로, 팬들 틈에서, 계단을 한 번에 두 칸씩 오르는 엘리너의 모습이 보였다.

이럴 수가.

진짜로 토껴버리다니.

엘리너의 의자는 여전히 내려져 있었다. 이 황당함, 이 분노, 이 소외감.

텅 빈 의자.

조는 뒤로 주춤거리다가 한 발로 투명한 시호크스 가방을 제대로 밟았다. 조가 가방을 집어들었다. 부서진 화장품들이 가득 들어 있었다.

짝. 짝. 짝.

위쪽에 서 있던, 친구들로 보이는 세 남자가 느리고도 냉소적인 박수를 쳤다.

초록색으로 번쩍이는 손톱이 가방을 낚아챘다. 12자 모양의 스팽글 장식이 달린 분홍색 카무플라주 티셔츠를 입은 여자가 당혹스러워하며 신음소리를 냈다.

"미안합니다." 조가 말했다.

"아주 제대로 밟으셨네?" 그녀의 남편이 비꼬아 말했다.

"내가 제일 좋아하는 립스틱인데!" 여자가 소리쳤다. "경첩이 부서졌어."

짝. 짝. 짝.

조 안의 무언가가 깨어났다. 그의 눈이 남자들과 남편과 아내 사이를 오갔다.

"진짜 다들 이러기예요?" 그가 물었다.

한 명도 빠짐없이 그들은 시선을 피했다.

조는 줄행랑을 쳤다.

영 기분이 좋지 않은 상태로 조는 통로를 따라 터벅터벅 걸었고, 다시 터널을 지났고, 고기와 이스트의 역겨운 냄새가 코를 찌르는 구내매점을 지났다. 계단을 뛰어내려가서 초조해하는 지각 관람객들 곁을 지났다. 단상 위에는 금방이라도 날아오를 듯한, 여행중인 반짝이는 도요타 트럭이 기울어진 포즈로 얼어붙어 있었다.

파란색 커튼 앞을 지키고 서 있는 경호원에게 출입증을 보여주었다. 제한 구역. 조는 파란색과 초록색 줄을 따라 콘크리트 바닥을 걸었다. 줄이 왼쪽으로 꺾어졌다.

머리 위: 경기장으로 들어가려면 이 문을 통과하시오.

"월리스 박사님!" 남몰래 콜츠*를 응원하고 있는 또다른 경호원 민디가 한옆으로 비켜서며 조를 들여보내주었다.

흰 콘크리트 복도를 따라 새겨진 거대한 파란 글자들.

승리를 쟁취하라.

항상 경쟁하라.

---

* 마이애미 시호크스를 모체로 해 창단된 인디애나폴리스의 프로 미식축구 팀.

기필코 해내자.

포기하지 마라.

구호들의 과격함에 조의 뱃속이 조여들었다.

또 한차례 밀려드는 암울한 생각들.

부모님께 돈 보내드리기. 자선활동 여행. 기금 모금. 케냐까지 스물여섯 시간의 비행. 환자들과 보내는 근무 외 시간. 워싱턴 헬스클럽에서 하는 웨이트트레이닝. 엘리너에게 보내는 귀여운 링크들. 팀비와 함께 만든 증기기관차. 수영장에 들어가기 전에 하는 샤워. 훌륭한 고객 서비스를 한 직원에게 칭찬 쪽지 쓰기. 보도에서 쓰레기 줍기. 폐가전제품 센터 방문. 온도조절장치를 20도로 유지하기. 저녁식사 때 나오는 빵 낭비하지 않기. 내 앞에 다른 차 끼워주기. 수술실 직원들의 이름을 외우기 위한 암기법. 소금 없는 감자칩. 클루 보드게임. 대장내시경. 엘리너에게 더 좋은 주차 공간 주기. 엘리엇 베이 서점에서 매주 하드커버 책 사기. 구두창 갈기. 호텔 메이드에게 팁 주기. 플라스틱 맥주잔 재사용하기. 문자에 구두점 찍기……

펑! 경기장에서 대포 굉음이 울려퍼졌다.

터널에서 그를 향해 다가오는 것. 맹금류 한 마리. 눈높이. 진짜 살아 있는 시애틀의 도둑갈매기sea hawk가 조련사의 장갑 낀 팔 위에 앉아 있었다. 조련사가 지나갈 때 조는 새에게 시선을 고정했다. 맹금이 조와 눈을 맞췄고, 매끄러운 동작으로 머리를 움직이면서 지혜와 경계가 모두 깃든 꿰뚫는 듯한 시선을 보냈다.

조의 어깨가 긴장으로 움츠러들었다. 그는 잔디로 발걸음을 내디뎠다.

시갤스가 달려나와 대열을 갖추고 자리를 잡았다. 여덟 명씩 두

줄로 서서 〈Dirty Deeds Done Dirt Cheap〉에 맞춰 외설스럽게 몸을 흔들었다. 나무껍질처럼 두꺼운 화장, 인공적인 가슴 굴곡, 살색 타이츠: 자연에 대한 살아 있는 모욕.

조가 시선을 돌렸다.

카디널스가 다시 공을 잡았다. 시호크스는 3차 공격까지 갔다가 아웃된 모양이었다. 코치들과 선수들이 경기장 맞은편 끝에 모여 있었다.

조는 50야드 떨어져 있는 고디를 보았다. 트레이너를 본 순간 조는 일말의 안도감을 느꼈다. 그의 편.

고디는 팀의 '유연성 전문가', 다시 말해서 요가 강사와 농담을 주고받고 있었다. 요가 강사는 다리가 가늘고 항상 반다나를 매고 다니는 체구가 작은 남자였다. 그가 한 말에 고디가 웃음을 터뜨렸다.

그들의 동지애에 합류하고 싶은 마음에 조가 걷는 속도를 높였다.

그런데 그 순간, 고디의 손에 있는 것: 부목. 그 부목.

조는 경기장을 훑어보았다. 수비진이 대열을 갖추고 있었다. 등번호 27번이 보였다.

그는 조에게 등을 돌리고 있었다. 다가트.

조는 도저히 믿을 수가 없어서 몸이 부르르 떨렸다. 그가 트레이너 쪽으로 달려갔다.

"젠장, 어떻게 된 거죠, 고디?"

고디가 돌아섰다. 그가 사태의 심각성을 감지했다.

요가 강사가 사선死線에서 물러섰다.

"본테가 이거 없이 공을 잡아보고 싶다고 해서요." 고디가 말했다. 그의 얼굴에 공포가 드리워졌다. "몸 상태가 좋다면서."

"당신 소관이 아니잖아요."

"진정들 하시고요." 요가 강사가 말했다.

"아니," 조가 쏘아붙였다. "진정 못해."

"거의 점수를 딸 뻔……" 고디가 더듬거렸다.

"뭡니까, 그 선수가 지금 당신의 환상 속 팀에서 뛰고 있는 겁니까? 당신이 걱정할 일은 꼭 하나뿐이에요. 이 선수들이 선수 생명을 끝낼 만한 심각한 부상을 입지 않게 하는 것."

"알고 있어요." 고디는 토하기 직전의 표정이었다.

"이건 그 친구의 생계야! 이 친구들 운이 좋아야 앞으로 십 년이겠지! 딸이 셋이나 있다고!"

"알고 있습니다."

"안다고 말하지 마, 젠장!" 조가 그의 얼굴에 대고 말했다. "더 이상 안다고 말하지 말라고!"

요가 강사가 두 사람 사이에 끼어들었다.

"이보세요, 진정하세요."

"당신은 입다물어!" 조가 소리쳤다.

"목소리 좀 낮추자고요." 요가 강사가 속삭였다. 그의 오렌지색 반다나는 로고로 뒤덮여 있었다.

고대디GODADDY.*

조는 요가 강사를 세게 밀쳤다.

"이게 무슨?" 고디가 소리쳤다.

요가 강사는 뒤로 날아가 거의 넘어질 뻔했지만……

---

* 세계 최대의 인터넷 도메인 회사명.

놀라운 균형 감각으로 가까스로 멈췄다.

그리고 곧바로 되돌아왔다.

조가 다시 달려들었고 이번에는 당황한 요가 강사를 잔디로 밀쳤다. 조가 주먹을 들어올렸고……

뒤쪽에서 거대한 한 쌍의 팔이 그를 꼼짝 못하게 붙잡았다.

"그만!" 그의 친구 케빈이 조를 경기장 밖으로 끌어냈다.

"다가트를 부목 없이 출전시켰어!" 조가 소리쳤다.

"조, 이봐, 정신 차려!" 케빈이 칠만 명의 불협화음 속에서 소리를 질렀다.

조가 돌아보았다.

놀란 심판이 고디와 넋이 나간 요가 강사에게 빠르게 다가오고 있었다. 요가 강사의 한쪽 발이 경기장 라인 안에 들어가 있었다.

케빈이 조의 시야를 가리고 나섰다. "내가 해결할게. 들어가. 어서!" 케빈이 조를 힘껏 터널 쪽으로 밀었다.

"거 뭡니까!" 목소리들. "거 뭐예요!" 야유하는 목소리들. 머리 위 난간에서, 그리고 양쪽에서. 불룩한 배, 색칠한 얼굴, 초록색 뽀글 머리, 비죽 나온 혀, 정오가 되기도 전에 취한 사람들. "뭐하는 거예요!" 조를 향한 야유.

조는 터널 안으로 들어갔다. 현기증이 났다. 자신이 방금 저지른 행동의 엄연한 사실. 그 사실이 그의 머리를 어깨 위로 길게 늘어서 왼쪽, 오른쪽으로 흔들고 빙글빙글 돌렸다. 그는 차가운 콘크리트 벽에 불안정하게 기대섰다.

"필요한 거 있으세요, 박사님?" 커다란 무릎 위에 휴대전화를 올려놓고 앉아서 경기를 보고 있던 또다른 경호원.

문. 기자회견실. 텅 비어 있었다. 조는 얼른 손잡이를 잡았다.

피트 캐럴의 연설대. 시호크스 벽지. 빈 의자들의 행렬. 너무 높이 쌓여 있어서 흔들리는 것처럼 보이는 의자들. 조는 문을 닫았다.

무덤과도 같은 정적이 내려앉았다.

조는 신경이 곤두섰고, 숨을 헐떡였고, 심장박동이 고장났다.

그는 참았다.

그리고 또 참았다.

더이상 참을 수 없을 때까지.

그는 의자에 털썩 주저앉아 손바닥으로 눈두덩이를 눌렀다.

의대, 헌신, 정직, 절제. 그 모든 것은 한낱 요란한 호객행위일 뿐이었다. 우스꽝스럽고 어설픈 우회로에 지나지 않았다. 이제 끝났다. 단 한순간에 물거품이 되었다.

조는 손바닥을 이마에 갖다대고 눈을 떴다. 그리고 카펫 타일을 바라보았다.

"그렇게 절망하실 필요 없습니다." 누군가가 영국 억양으로 말했다.

신문지가 버스럭거리는 소리.

조는 혼자가 아니었다.

한쪽 구석에서 다리를 꼬고 여행 섹션을 읽고 있는 남자. 조가 한 번도 본 적 없는 사람. 짧은 잿빛 머리에 작고 동그란 안경을 쓴 오십대. 출입증도 없었다. 등산화에 긴 흰색 셔츠와 조끼.

"아마 제가 도울 수 있을 거예요."

그리고 지금, 엘리너는 스페이스 니들을 등지고 잔디를 가로지른다.

두 사람은 너무도 많은 일을 함께 겪었다. 앞으로는 더 많은 일을 겪을 것이다.

지금이야, 하느님이 말하고 있었다.

그녀에게 말해.

패배의 기술

조가 들키거나 겁에 질리거나 혹은 제대로 걸린 남편이 보여야 할 그 어떤 감정도 보이지 않았다는 사실. 그에 대한 나의 즉각적인 반응은 분노였다.

나는 데크에서 내려와 푸드코트에서 식사하는 사람들의 테이블 사이를 보란듯이 가로질렀다. 언덕 꼭대기의 보도에 다다르자 감정이 복받쳐서 달리기 시작했다. 그러나 내딛는 발걸음마다, 나의 분노는 잦아들었다. 그 분노의 밑바닥: 두려움.

수많은 자기 계발의 단계를 거치던 중, 한번은 아이비가 모든 분노의 밑바닥에는 두려움이 있다고 말한 적이 있었다. 오랫동안 나는, 그렇다면 과연 모든 두려움의 밑바닥에는 무엇이 있을까 궁금했다.

그 순간 나는 깨달았다. 만약 모든 분노의 밑바닥에 두려움이 있다면, 모든 두려움의 밑바닥에는 사랑이 있다는 것을. 모든 것은 결국 당신이 사랑하는 것을 잃을지도 모른다는 두려움으로 귀결된다.

나는 조에게 달려가 그를 끌어안았다. 그의 재킷 속에 얼굴을 파묻고 모직과 드라이클리닝 냄새를 맡았다. 조의 큰 키는, 그의 가슴에 내 머리가 닿는 감촉은 항상 나에게 일종의 최면 효과가 있었다. 나는 손가락을 그의 어깨뼈 아래 파묻고 얼굴을 돌려 내 코가 그의 살에 닿게 했다. 그의 축축한 쇄골, 따가운 가슴 털. 조의 냄새. 나의 남자.

"여보!" 그가 말했다. "나도 만나서 반가워."

알론조가 다가와 자신을 소개했다.

"마침내 직접 뵙게 되었네요." 조가 알론조와 악수를 했다. 형광색 팔찌가 조의 소매 아래로 비죽이 나왔다.

"엄마랑 오늘 하루종일 아빠 찾아다녔어요." 팀비가 말했다. "오늘 아빠 진료실에 갔었는데, 거기 사람들이 아빠가 휴가중이라고 해서 엄마가 아빠 차를 몰고 저기 언덕 위로 올라가는 무지하게 긴 다리를 달렸어요."

"아." 조가 나와 눈을 맞추고는 이내 아스팔트로 시선을 떨어뜨렸다.

"상관없어." 내가 말했다.

조가 입술에 힘을 주고는 나를 쳐다보았다. 깊은 한숨.

"알고 싶지 않……" 내가 입을 열었다.

"나 종교를 찾았어."

"종교?" 내가 말했다. 너무 이상한 말이었다. "종교라니?"

"흠." 알론조가 말했다.

"종교라니, 그게 무슨 소리야?" 내가 물었다. "케틀벨 믿는 종교? 아니면 라디오헤드 믿는 종교?"

"예수 믿는 종교."

"간식 사먹어도 돼요?" 바보가 아닌 팀비가 말했다.

"아저씨도 같이 가자." 알론조가 말하고는 서둘러 팀비를 데려 갔다.

이 사람은 조였다. 나의 남편.

"나도 전혀 예상 못했던 일이야." 그가 불편하게 자세를 바꾸며 말했다. "내가 일을 하다가 열받아서 뛰쳐나갔어."

"그런데……"

"그런데 웬 남자를 만난 거야," 조가 말했다. "평범한 사람. 목 사. 그 사람이 날 자기 교회에 초대했어."

"그래서 당신이 거길 갔다고?" 내가 말했다.

"그러게 말이야," 그가 말했다. "그리고 거기서 사건이 일어났어."

"무슨 사건?"

"우린 그저 동시대에 태어난 인간들이었던 거야." 조가 말했다. "인간이라는 집단의 겸허함이 날 압도하더군. 그 목사, 사이먼이 설교를 시작했어. 성전에 들어서는 예수에 관한 이야기, 환전상들, 내가 수백만 번은 들었던 이야기였어. 하지만 사이먼은 그 이야기를 역사적인 관점에서 풀어냈어. 너무 공감했고 심지어 급진적이라는 생각마저 들었어."

"당신이 공감했다고?"

"그 이야기는 예수라는 한 인간의 용기와 지혜를 담고 있었어. 마치 내 어깨에서 천 파운드의 짐을 들어 땅에 살며시 내려놓은 기분이었어. 그것은 한 인간 존재에 의해 이루어진 일이었어. 난 주위를 둘러보았고 모든 게 달라져 있었어. 사람들, 햇빛, 냄새 그리고 나무들이 모두 나와 별개의 존재가 아니었던 거야. 난…… 우리 모두는 눈부신 사랑에 둘러싸여 있는 거야."

"당신 오늘 힘들었구나." 내가 말했다.

"난 하느님을 직접 체험했어."

"그래서 나한테 거짓말을 한 거야?" 씁쓸한 배신감과 자기 연민이 안에서 끓어올랐다. "이 엄청난 소식을 언제 나한테 전할 생각이었어?"

"알아." 조가 내 팔을 문지르며 말했다.

나는 그의 팔을 뿌리쳤다. "당신이 나보다 더 평온하다고 해서 도덕적으로 우월하다는 뜻은 아니야."

세그웨이를 타고 시애틀을 관광하는 일가족이 만면에 미소를 머금은 채 쌩하고 지나갔다.

"하느님의 계획이라는 말을 들으면 어떤 생각이 들어?" 조가 물었다.

"당신이 시호크스 사람들하고 대화를 너무 많이 했다는 생각이 들어."

"난 당신이 우리가 자애로운 우주에서 살 가능성을 고려해보면 좋겠어."

"그 점은 고려한 걸로 고려되는데."

"진짜로 고려해보라고." 조가 말했다. "만약 이 우주가 자애롭다면, 그건 다 잘될 거란 뜻이잖아. 우리가 마댓자루 밖으로 나가는 길을 찾으려고 주먹질을 하지 않아도 된다는 뜻이라고."

"당신이 하는 얘기 전부 완전 이상하다는 거 인정 좀 할래?"

"이보다 더 합리적일 수 없는 얘기야." 조가 말했다. "통제할 수 없는 우주에 당신의 뜻을 강요하는 대신, 예수님의 지혜에 굴복하면 돼."

"제발 예수 얘기 좀 그만해. 사람들이 우리 가난한 줄 알겠다."

"기독교 신자가 되는 게 쿨하지 못한 일이라는 건 나도 잘 알고 있어." 그가 휴대전화를 보았다. "이런! 사람들이 나 찾겠다. 우리 음향 점검해야 해."

"음향 점검?"

"토요일에 교황 앞에서 노래를 부르거든."

"당신이 뭘 한다고?" 내가 멍하게 물었다.

"키 아레나에서 교황을 위해 노래한다고. 종파를 초월한 축하 행사야. 우리 신도들도 참여해."

나는 중심을 잃지 않기 위해 나무를 붙잡아야 했다. "당신 지금 '우리'라는 말하고 '신도'라는 말을 같이 쓴 거야?"

조가 나를 끌어안았다. "이런 식으로 일이 풀려서 다행이야. 이런 식으로 당신이 나타나주다니. 봐, 모든 걸 내맡기면 다 이렇게 해결되잖아."

"당신한텐 이 상황이 그렇게 보여?" 감상적인 그의 포옹에서 벗어나며 내가 말했다. "해결된 걸로?"

"집에 가서 전부 얘기할게." 그가 스포츠 코트 주머니에 손을 집어넣고 키 아레나 쪽으로 걸어갔다.

완전히 넋이 나간 나를 홀로 남겨두고서.

"팔찌가 있어야 들어갈 수 있습니다." 키 아레나의 경호원이 말했다. 그는 금속탐지기와 접이식 테이블 옆에 서 있었다. 그의 뒤쪽으로 더 많은 경호원들이 지키고 있는 유리문이 보였다.

"남편한테 팔찌가 있어요." 나는 온몸으로 펄펄 뛰며 말했다. "방금 들어갔어요." 나는 안으로 들어가고 싶어서, 조를 이 광기에서 끌어내고 싶어서 허둥대고 있었다.

"안 됩니다." 그가 말했다.

그의 곁에 독일셰퍼드가 있었다. 목줄에 쓰다듬지 마시오, 라고 수가 놓여 있었다.

단체 티셔츠를 입은 한 무리의 초등학생들이 거대한 슬러시를 들고 몰려들었고 지친 교사들이 그 뒤에 서 있었다.

"지금 입구를 막고 계십니다." 소음 속에서 경호원이 내게 말했다. 개에게 다가가는 아이들에게 그가 "목줄 읽어보렴" 하고 말했다.

"어떻게 좀 안 될까요?" 설탕으로 통통하게 살이 오른 꼬마들에게 이리저리 밀리며 내가 말했다. "남편이 의사예요. 난 머리를 부덮였고요." 나는 앞머리를 들추고 혹을 보여주었다. "봤죠? 나 무슨 짓이든 할 수 있는 사람이에요."

"안으로 들어가는 것만 빼고요."

"내가 교황한테 폭탄을 던질 사람으로 보여요?"

경호원이 나를 차갑게 노려보았다. "농담으로 할 얘기가 따로 있습니다." 그가 클립보드를 들고 교사 쪽으로 돌아섰다.

그 순간 형광 초록색 팔찌 한 묶음이 바닥에 떨어졌다. 나는 신발끈을 묶는 척하면서 그중 하나를 빼냈다. 그리고 팔찌를 들고 뛰었다.

나는 재빨리 옆 출입구로 가서 팔찌를 보여주고 안으로 들어갔다.

흐릿한 형광등이 병약한 빛을 발하고 있었다. 진행요원들이 서까래에 색색의 현수막들을 달았다. 3층에서 경찰들이 폭발물 감지견을 데리고 좌석들을 하나하나 점검했다.

"하나-둘, 하나-둘." 음향 시스템에서 목소리가 시끄럽게 흘러나왔다.

무대 위에는 공처럼 생긴 머리에, 기쁨에 겨워 양팔을 V자 모양으로 들고 있는, 스티로폼으로 만든 행복한 특대 사이즈 사람들의 숲이 설치되는 중이었다.

무대 아래 바닥에는 여러 가수들이 접이식 의자에 앉아 리허설을 기다리고 있었다. 티베트 승려들, 아프리카계 미국인 합창단, 터번을 쓴 시크교도들이 있었고, 앞에서 서너번째 줄에 조의 일행이 삼삼오오 모여 있었다. 나는 계단을 내려가 그의 뒤로 다가섰다.

"내 얘기 좀 들어봐." 내가 말했다.

조가 나를 돌아보았다. "당신 여기서 뭐해?"

"우리는 다들 포기하고 싶어해." 내가 말했다. "하지만 포기하는 데 예수가 필요한 건 아냐. 날 봐. 난 혼자 힘으로 다 포기했잖아."

"이분이 엘리너인가요?" 앞줄의 영국인이 말했다. 긴 흰색 튜닉에 카키색 조끼를 입고 있었다.

조가 시호크스의 목사 사이먼을 내게 소개했다.

"제 남편을 세뇌한 분이세요?"

"그렇게 볼 수도 있겠네요!" 그가 나와 악수하며 말했다.

"사이먼 목사님은 경기 전후에 우리 팀과 함께 기도를 해." 조가 말했다. "그리고 경기중에는 기자회견실에 계셔."

"밀린 〈뉴요커〉를 훑어보기에 딱 좋은 시간이죠." 사이먼이 말했다. "엄청 쌓여 있거든요." 그가 내게 한 권을 내밀고는 다시 돌아앉았다.

"당신 갑자기 무슨 교회 병이라도 걸린 거야?" 내가 조에게 물었다.

"그것보다 더 큰 거야." 그가 말했다. "아주 급진적인 변화지."

어떤 아내도 듣고 싶어하지 않는 말이었다.

"그 급진적인 변화에는 나도 포함되는 거겠지?" 내가 말했거나 혹은 물었거나 혹은 애원했다. 그게 뭔지 몰라도 내 목소리는 떨렸고 입안은 눈물로 가득찼다.

"물론이지," 조가 내 손을 잡으며 말했다. "집에 가서 얘기하자." 조가 우리 대화가 들리는 거리에 앉아 있는 사람들을 의식하듯 흘깃 쳐다보고는 내게 고개를 끄덕이며 말했다. 마치 이걸로 얘기는 끝났다는 듯이.

"하지만 당신 행복했잖아." 내가 말했다. "지금도 행복하잖아."

"엘리너, 내가 요가 강사를 공격했어."

"당해도 싼 사람이었겠지." 내가 말했다.

"고대디 반다나를 매고 있다는 이유만으로."

"이십 년 동안," 내가 말했다. "당신은 종교는 현실 도피자들을 위한 거라고 말했어. 학식과 지능이 있는 사람이라면 신을 믿을 수가 없다고."

"지금 당신이 하는 말이 얼마나 교만한지 알아?"

"그건 당신의 교만이었어!" 내가 말했다. "당신이 그 대단한 무신론자잖아."

"그 믿음을 잃었다고 해두지," 조가 말했다. "난 무신론에 대한 믿음을 잃었어."

"그 표현 마음에 드네요," 사이먼이 말했다. "상당히." 그가 펜을 찾으려고 주머니를 두드렸다.

"무신론, 회의론, 항상 옳아야만 한다는 생각," 조가 말을 이었다. "나는 그런 식으로 편안한 '무감각 상태'*에 머물렀던 거야." 그러고는 사이먼을 가리키며 뿌듯하게 덧붙였다. "목사님은 분명히 이게 어디서 나오는 얘기인지 알고 계실 거야."

"'나의 손은 마치 두 개의 풍선 같았네.'"** 사이먼이 말했다.

무대에서 소동이 일어났다. 진행요원들이 지게차가 경사로를 타

---

* comfortably numb. 핑크 플로이드의 노래 제목.
** 〈comfortably numb〉의 가사.

고 올라갈 수 있도록 길을 터달라고 소리를 질렀다. 지게차가 6피트 높이의 상자 하나를 내려놓고 깜찍하게 빙그르르 돌아 출구로 빠져나갔다. 전동 드릴이 지잉 소리를 내며 상자의 나사못들을 풀었다.

"그래서 급진적인 변화라는 게 대체 무슨 뜻인데?" 내가 조에게 물었다.

"집에 가서 얘기해준다잖아요." 체격이 좋고 무표정한 얼굴의 여자가 불평하듯 말했다. 교통국에서 일했어도 좋았을 텐데.

조는 미소를 지으며 눈썹을 치켜세웠다. 마치 그 말로 다 해결되었다는 듯이.

"아니," 내가 말했다. "지금 얘기해."

모두가 우리를 쳐다보았다. 흑인과 백인, 노인과 젊은이. 너 나 할 것 없이 수분크림이 절실해 보였다.

"좋아," 조가 말했다. "나 신학교에 갈까 생각중이야."

"어이쿠야." 교통국 여자가 껄껄거리며 말했다.

"예수그리스도처럼 날 완전히 사로잡은 건 없었어." 조가 말했다.

"이게 나한테 얼마나 힘든 일인지 당신은 몰라." 내가 눈을 감고 콧등을 꼬집었다. "당신이 내가 만난 가장 재미있는 사람에서 가장 따분한 사람으로 바뀐 것 같다고."

"예수는 역사상 가장 급진적인 사상가야." 조가 말했다. "1세기 팔레스타인에 관한 모든 걸 배우고 싶어. 예루살렘의 사원 문화에 대해서. 그노시스* 복음, 나그함마디**를 공부해보고 싶어."

---

* 영지주의(靈知主義). 고대 그리스 말기에 나타난 종교 사상.
** 이집트 나그함마디 지방에서 발견된 그노시스의 문헌.

"팟캐스트 있잖아."

"교육을 받고 싶어. 그동안 앱으로 미친듯이 공부했는데……"

"잠깐," 내가 말했다. "지난 한 주 동안 그걸 했던 거야?"

"스타벅스에서 에세이를 썼어."

"어느 스타벅스?"

"지금 그게 중요해?" 그가 말했다. "멜로즈 애비뉴하고 파인 스트리트 교차로에 있는 거."

"거기 스타벅스 괜찮지." 미스터리 하나가 풀렸다. "책상 위에 있던 스파이 장치로는 뭘 보고 있었던 거야?"

"망원경," 조가 말했다. "별을 보고 있었지."

"별?" 내가 말했다. "무슨 별? 아, 말하지 마. 하느님의 별이구나."

조는 부정하지 않았다. 나는 한숨을 쉬었다. 내가 할 수 있는 일이라고는 그저 그동안 내가 얼마나 잘못 짚었는지 놀라는 것뿐이었다.

무대 위에서 상자가 열렸다. 그 안에 에어캡으로 포장된 물건이 들어 있었다. 한 여자가 여러 겹의 포장을 조심스럽게 걷어내자 의자 하나가 모습을 드러냈다. 진홍색 좌석에 높은 등받이가 있는 왕좌였다.

"교황이 온다고 다들 난리가 났네." 내가 조에게 말했다. "그럼 당신 다시 가톨릭 신자로 돌아간 거야?"

"아니, 아니, 아니," 그가 말했다. "가톨릭 신자가 될 순 없지. 하지만 교황님이잖아. 참석은 해야지." 라몬스 티셔츠를 입은 인부가 무대 중앙 교황의 자리에 앉아 있는 동안 조명이 조절됐다.

"왜 하필 예수야?" 내가 물었다. "불교처럼, 좀 평범한 종교일

순 없었어? 이왕 불교 방석도 집에 있는데."

조가 고개를 저었다. "예수. 예수가 나의 종교야."

왕좌에 앉은 인부가 마이크에 대고 큰 소리로 말했다. "위대한 오즈의 마법사 가라사대!"

직원들 틈에서 키득거리는 소리가 새어나왔다.

"릭!" 음향 시스템에서 목소리가 들려왔다. "재미없어."

조가 나의 손을 잡았다. "십 년은 날 위해 시애틀에서, 십 년은 당신을 위해 뉴욕에서 살기로 했던 거 기억나?"

"기억나."

"십 년 끝났어. 그래서 컬럼비아대학에 지원했어."

"컬럼비아? 그럼 이 상황에서 짐까지 싸고 내 친구들을 전부 떠나야 한다고?"

"당신 친구들 안 좋아하잖아." 조가 말했다.

"그래도 이건 다른 얘기야."

"당신이 원한다면," 그가 말했다. "스포캔에도 학교가 있어."

"지금 날 보고 스포캔을 더 좋아하라는 거야?"

"듀크대학도 있고," 가까스로 침착한 목소리를 유지하며 조가 말했다. "시카고대학. 스코틀랜드의 세인트앤드루스대학도 있어."

"방금 스코틀랜드라고 했어?" 내가 벌떡 일어섰다. "나하고 상의 한마디 없이 스코틀랜드로 이사하겠단 거야? 팀비는 학교 다녀야 하잖아. 대체 언제 말할 생각이었어?"

"오늘밤에 얘기한다잖아요!" 뜨개질하던 여자가 소리쳤다.

"스코틀랜드에 가면 시호크스 일은 어떻게 할 건데?"

"여러 가지 결단을 내려야겠지."

"말 잘했어."

이번에는 조가 일어섰다. 그동안 우리가 공공장소에서 싸움을 하지 않는 사람인 척했다면, 그 가면은 방금 벗겨졌다.

"지금 나는 아주 낯설고 조심스러운 시간을 보내고 있어." 조가 말했다.

"그러니까 그냥 흘려보내! 예수 괴물이 되지 말라고! 빌어먹을 자존심은 어디다 팽개친 거야?"

"당신한테 이게 얼마나 힘든 일일지 알아." 조가 되받아쳤다.

"물론 그래서 거짓말을 했겠지!"

"난 거짓말쟁이가 아니야!" 조가 말했다. "난 거짓말 싫어해." 그의 목소리가 한풀 꺾였다. "하지만 덫에 걸린 기분이었어."

그 말이 날 쳤다…… 아주 세게.

"엘리너?" 조가 말했다.

"그래서 오늘 아침 식탁에 엎드려 있었던 거구나." 내가 휘청하며 말했다. "나 때문이었어. 이 모든 게 내 잘못이야."

"잘못?"

우리 옆에는 숲처럼 많은 6피트 높이의 야자수 화분들이 무대를 장식하기를 기다리며 대기하고 있었다. 나는 그쪽으로 다가가 한 발로 화분들을 밀고 길을 텄다. 그리고 조의 손을 잡고 화분들 속 오아시스로 이끌었다. 우리 둘뿐이었다.

내가 그의 어깨에 손을 얹었다. "당신이 왜 이러는지 알아."

"안다고?"

"당신이 보살펴야 할 사람은 나야. 예수가 아니고."

"엘리너," 조가 다정하게 말했다. "하느님은 당신보다 크셔. 중요한 건 바로 그거야."

"그동안 당신은 내게 기댈 수가 없었지." 내가 말했다. "내가 너무 나약했고. 일을 너무 많이 벌이고 다녔어. 내 뇌가 지금 얼마나 엉망진창인지 알아? 지난주 라디오에서 누가 오하이오에 있는 선로에 굴착기를 놓고 가서 열차가 탈선했다고 하는 거야. 그런데 내가 실제로 이런 생각을 했어. 내가 그랬나? 내가 굴착기를 선로에 뒀나?"

"당신이 좀 정신이 없긴 하지." 조가 말했다. "그건 인정해."

"너무 정신이 없어서 당신을 요단강으로 내몬 거야!"

"이건 나의 길이야." 조가 말했다. "나의 투쟁이고."

"당신이 그렇게 생각한다는 거 알아." 내가 말했다. "하지만 내 말 들어봐. 우리가 사랑에 빠진 뒤로 난 감사 목록을 만들었어."

"허블 우주 망원경 사진들 계속 봤어?"

"엥?"

"최근에 그 망원경을 우주에서 가장 따분하고 텅 빈 공간에 조준했어. 몇 주에 걸쳐 빛을 수집하고 나서, 그 망원경은 백삼십억 광년 거리에 만 개의 은하계가 있다는 사실을 알아냈지. 인간의 두뇌는 그런 걸 이해할 수 없어. 다른 분야의 경우도 마찬가지야. 한때 가장 작은 입자는 모래알이었어. 그다음엔 분자, 그다음엔 원자, 그다음엔 전자, 그다음엔 쿼크. 이젠 스트링이야. 스트링이 뭔지 알아? 1센티미터의 십억분의 일의 십억분의 일의 십억분의 일의 백만분의 일이야. 그런데 난 내가 다 안다고 생각하고 살았어. 그러다가 결국 어떻게 되었느냐고? 시호크스 경기에서 폭발하게 된 거야! 이제 끝났어. 난 이 미스터리를 기꺼이 받아들일 거야. 이 미스터리에서 위안을 얻고 있어."

"알았어, 알았다고." 내가 말했다. "얘기가 감사 목록에서 벗어나고 있는 것 같아."

"평화의 왕자!" 확성기의 목소리가 외쳤다.

촘촘한 초록색 빗금 너머에서 조의 팀이 가방과 재킷을 벗어놓고 일어섰다. 뒤에서 보기에 근사해 보이는 사람이 한 명도 없는 스무 명 남짓한 사람들이 계단을 올라갔다.

"당신 저 무대에 올라가면," 내가 말했다. 두려움이 빠르게 공포로 변해가고 있었다. "당신은 우리 결혼을 포기하는 거야."

"엘리너……" 조가 말했다.

"내가 당신한테 소홀했어." 무너지기 시작한 내가 말했다. "그럴 뜻은 없었어. 하지만 평행선을 걷는 부부가 될 수는 없잖아. 엘리너라는 여자, 골방에 틀어박혀서 그림을 그리고 아들한테조차 '엄마, 엄만 원래 그렇잖아요'라는 소리를 들어도, 당신은 걱정 없겠지. 왜냐하면, 당신한텐 교회 친구들이 있으니까." 눈물, 콧물, 침, 전부 동시에 쏟아졌다.

무대감독이 성가대를 단상 위에 줄 맞춰 세웠다. 사람들이 웅성거리면서 조를 찾고 있었다.

"우리 결혼생활과 내가 하느님을 찾은 것." 조가 말했다. "그 둘은 별개야."

"평화의 왕자!" 무대에서 누군가가 소리를 질렀다. "한 명 모자라요."

"만약 그 둘이 별개가 아니라고 내가 당신을 설득할 수 있으면?" 내가 조에게 말했다.

그는 잠시 생각해보았고, 결국 그의 대답은 나를 더 비참하게 만들었다. "그렇다고 해도 달라질 건 없어."

예수의 퇴장과 맞먹는 분위기를 연출하며 조가 식물의 벽을 통과해 사라졌다.

나는 혼자였다. 슬픔과 당혹감에 헐떡이면서.

유머는 통하지 않았다. 재치도 통하지 않았다. 벼랑 끝 전술, 심술, 통찰, 자아비판, 절망, 협박. 어떤 것도 통하지 않았다. '술수'가 실패한 것이다.

지금껏 술수가 실패한 적은 한 번도 없었다.

나는 자리에 앉았다.

무대감독이 조를 뒷줄에 세웠다. 오른쪽에서 두번째 자리에.

나는 조가 좀더 눈에 띄는 자리에 서지 못한 것에 대해 거의 물리적으로 반응했다. 그도 그럴 것이, 나는 다른 사람들이 누구인지 알지 못했다. 그러나 그는 조 윌리스였다.

나의 남편. 그는 눈을 뜨자마자 곧바로 침대에서 일어나 샤워를 하고 옷을 입는다. 셔츠를 바지 속에 넣고, 벨트를 맨다. 택시 기사가 자기 얘기를 끝내기 전에는 절대 택시에서 내리지 않는다. 우리는 아직도 퀸사이즈 침대에서 잔다. 새로 산 킹사이즈 침대에서 하룻밤을 자고 나서 조는 우리가 너무 멀리 떨어져 있는 것 같다며 침대를 반품했다. 그는 금요일과 토요일에 펜을 쥐고 십자말풀이를 한다. 그는 척척박사다. 1쿼트가 몇 컵이지? 옐로스톤까지 운전해서 얼마나 걸리지? 자이르의 현재 국가명이 뭐지? 아니면 원래 다른 거였다가 지금은 자이르던가? 그보다 더 좋은 점이 뭐냐고? 그가 나의 헛소리를 헛소리로 여기지 않고 견뎌준다는 것이다.

젊은 부부가 가장자리에 서 있었다. 남편은 기타를 연주하고 아내는 성가대를 지휘했다.

아침 햇살이 밝았네, 태초의 그 아침처럼,
찌르레기가 노래하네, 태초의 그 새처럼.

노래를 부르기 시작하자 조의 표정이 진지해졌다. 성가대 소년이었던 조, 마침내 무리의 품으로 돌아가다……

그 노래를 찬양하리, 그 아침을 찬양하리,
말씀에서 새로이 샘솟는 그 모든 것 찬양하리.

스포트라이트가 성가대를 비추었다. 서까래에 있던 누군가가 조명을 조절했다.

바이얼릿과 데이비드의 정원에서, 그 고요한 8월의 어느 날. 황갈색 모래, 암녹색 바다. 포돗빛 타이에 남색 슈트, 옷깃에 흰 치자꽃을 꽂은 조. 아이비의 곁에 서서 조의 눈을 바라보면서 내가 했던 맹세는 그가 더 나은 사람이 될 수 있도록 곁에서 그를 돕겠다는 것이었다.

이것이 조의 더 나은 모습이었다. 내 두 눈으로 똑똑히 볼 수 있었다. 다만, 나는 항상 그가 더 나은 사람이 되는 일에 내가 연관되어 있을 거라고 생각했었다.

　　새로이 떨어지는 달콤한 빗방울, 천국의 햇살에 물드네,
　　태초의 풀잎에 떨어지는 태초의 이슬처럼.

　어쩌면 한껏 조명을 받고 있어서였는지도 모른다. 어쩌면 감고 있는 조의 눈 때문이었는지도. 어쩌면 그의 환한 미소 때문이었는지도. 어쩌면 실제로 조가 나보다 더 높은 위치에 있었기 때문이었는지도 모른다. 조의 머리 위로 빛의 강이 흐르는 것 같았고, 그 강은 사랑으로 이루어진 강이었고, 조는, 나와 함께이건 아니건, 언제고 그 강으로 뛰어들 수 있을 것 같았다.

　　촉촉하게 젖은 정원의 그 달콤함을 찬양하라,
　　주님의 발길 닿는 자리에서 온전히 돋아나네.

　눈에 눈물이 차올랐다. 나의 폐는 나비의 날개들이었다. 내 뱃속에 씨 하나가 뿌려졌다. 그 씨가 빠르게, 검게 자랐다. 7월 4일의 뱀 모양 불꽃놀이*처럼 섬뜩하고 흉물스러운 무언가가 나를 가득 채웠다. 나는 시선을 돌려야 했다.
　내 곁 텅 빈 의자 위에, 내 가방 위로, 접어서 넣어둔 「스컹크의

---

* 독립기념일 축제에서 사용하는 폭죽으로 불을 붙이면 기다란 뱀 모양의 재를 남기며 탄다.

시간」이 비죽 나와 있었다.

> 어미 스컹크가 새끼들의 종대를 이끌고 쓰레기통을 들이켠다.
> 쐐기 모양 머리를 사워크림 컵에 박고,
> 타조 같은 꼬리를 늘어뜨린 채,
> 그것은 두려워하지 않으리.

나는 고개를 들었다. 성가대가 자리를 이동했고, 조는 다른 사람들에 가려 보이지 않았다.

> 그 햇살은 나의 것, 이 아침은 나의 것,
> 에덴이 보았던 한줄기 빛에서 태어나.

저 자주색 블라우스를 입은 아프리카계 미국인? 저 여자도 아홉 살에 엄마를 폐암으로 잃었을지 모른다. 마이클 랜던* 머리를 하고 있는 저 남자? 그의 여동생도 별 희한한 사연으로 그에게 등을 돌렸을지 모른다. 사이먼? 그의 아버지도 술주정뱅이여서 아버지가 대체 언제 돌아올지, 돌아오긴 하는 건지 모르는 상태로 동생하고만 지냈을지 모른다.

그리고 조? 우리 둘에겐 아이가 있었다.

> 드높이 찬양하라, 이 모든 아침을,

---

* 미국의 배우이자 감독. 우리에게는 TV 드라마 〈초원의 집〉 속 아버지로 유명하다.

주님이 새로 지으신 새로운 날을.

조, 그는 두려워하지 않을 것이다.

"어떻게 이럴 수가 있어!" 나는 의자를 넘어뜨리고 커피를 쏟고 가방들을 바닥으로 떨어뜨리며 소리를 질렀다.

"이런 법이 어디 있냐고!" 내가 말했다. "차라리 다른 여자 때문에 날 떠난다고 해. 예수 때문이 아니라!"

나는 무대로 올라가는 계단에서 비틀거리다가 나머지를 기어올라갔다. 성가대, 무대 기사, 밧줄 사다리에 매달려 공중에 떠 있는 사람, 스티로폼으로 만든 행복한 사람을 들고 있는 사람, 모두가 얼어붙었다.

"내가 산 남자 어디 있어?" 내가 일어서며 말했다. "나는 스스로 생각할 줄 알고 세상의 이치를 아는 외과의사를 샀단 말이야! 나는 '사자' 조를 샀어. 위로나 찾는 쪼다 같은 남자를 산 게 아니라고."

조를 향해 달려갈 때 무전기가 지직거리는 소리가 들렸다.

내가 돌아섰다. 내 친구 그 경호원.

그리고 그 문구. 쓰다듬지 마시오.

개가 내 팔을 물어뜯기 전에, 문득 이런 생각을 한 기억이 난다. 이거 정말 진귀한 볼거리라고…… 허공을 가르는 독일셰퍼드라니.

눈을 떠보았다.

나는 조의 검사실 중 한 곳의 푹신한 안락의자에 앉아 있었다. 내 옆에는 파란 종이 칸막이가 설치되어 있고, 내 왼팔이 그 칸막이를 관통하고 있었다. 조는 전신마취를 하지 않은 환자들을 위해 이런 칸막이를 설치했다. 환자들이 수술 도중 자신의 손을 보고 반사적으로 움직이지 않도록 하기 위해서였다.

몽롱했다. 진통제 때문인가?

얼굴이 당기는 느낌이 들었다. 움직일 수 있는 손으로 서랍을 열어서 손거울을 찾아보았다. 귀밑의 봉합은 턱끝에서 끝났다. 흉터는 남지 않을 것이다. 조의 봉합 실력은 업계 최고니까.

"깨어나셨어요?" 팀비가 한쪽 구석에서 스프링 노트에 그림을 그리고 있었다.

"안녕, 아가." 내가 얼굴을 찡그렸다. 턱을 조금만 움직여도 나무토막이 쪼개지는 것 같은 느낌이었다.

"아빠가 그러는데 엄마가 개한테 팔을 물린 다음 무대에서 떨어졌대요!"

복도에서 들려오는 목소리. "잠깐 들어가서 인사 좀 할게요."

알론조가 들어왔고, 그 뒤로 파스텔톤 분홍색 캐시미어를 입고 금색 체인이 달린 검은색 가방을 든 전형적인 금발 미녀가 따라 들어왔다. 알론조가 아내 헤일리를 소개했다.

"오늘 고마웠어요." 알론조가 내게 말했다.

우리가 할 수 있는 일이라고는 그저 서로의 눈을 바라보면서 웃는 것뿐이었다. 우리는 서로를 좋아했다. 늘 그랬다. 첫 수업에서 우리는 로버트 프로스트의 「사과를 딴 후」를 읽고 울었다. 웨이트리스가 다가와 "두 분 방금 약혼하셨어요?"라고 물었다.

코르크스크루와-망치의-닮은-점은?

알론조가 주머니에 손을 넣었다. "이제 이 앱은 지워야겠네요."

"아아!" 실망한 팀비의 목소리다.

"둘 다 철딱서니가 없어요." 헤일리가 말했다. "하지만 다행히 둘 다 보호자가 있죠." 헤일리가 귀엽게 손가락으로 총구의 연기를 부는 시늉을 하고는 가상의 권총집에 넣었다.

"오늘 아침에," 내가 알론조에게 말했다. "'나의 시인'이라고 불러서 미안해요."

"그건 괜찮았어요." 그가 말했다. "하지만 혼자 남겨지는 바람에 아침식사 값을 내야 했던 건 좀 별로던데요. 선물 바구니 값도요. 그리고 오늘 오십 달러도 안 주셨어요."

"아저씨가 센터하우스에서 퍼지도 사주셨어요." 팀비가 덧붙였다.

나는 창피해서 숨을 헉 들이켰다. "내 가방 거기 있어요?"

"계산은 나중에 하죠." 알론조가 말했다.

조가 문 앞에 와 있었다. "안녕, 자기," 그가 알론조와 헤일리를 향해 돌아섰다. "나가는 길 안내해드릴게요. 진료시간 이후엔 나가는 길이 좀 복잡해서요."

"다음주에 봐요." 알론조가 말했다.

"「생선 가게에서」." 내가 말했다.

"엘리자베스 비숍의 다른 작품을 합시다." 그가 말했다. "「한 가지 기술One Art」이라는 작품이에요."

"한 가지 기술. 왠지 나에 관한 고발 같은데요."

"그 반대예요." 그가 말했다.

"헤일리?" 내가 말했다. "나 이 남자 사랑해요."

"모두가 사랑하죠." 그녀가 환하게 웃었고 그들은 밖으로 향했다. 이제 나와 팀비뿐이었다.

"이것 봐요, 엄마. 내가 엄마 그렸어요."

by: Timbr Wallace

Age: 8

Mommy

"이런, 아가." 내가 말했다. "난 화난 엄마가 되고 싶지 않아."

"그럼 되지 마세요."

"그게 생각보다 어렵더라고." 내가 말했다.

팀비가 어깨를 으쓱했다. 그럼 좋으실 대로.

조가 돌아왔다. 그가 스툴을 끌고 내 곁으로 다가왔다.

"월리스 부인, 다음번에 조형물에 부딪혀서 의식을 잃으면, 저한테 알려주셔야 합니다."

"내가 말했어요." 팀비가 일그러진 얼굴로 말했다.

조가 칸막이의 종이를 뜯어냈다.

내 팔은 꿰맨 자국과 찢긴 피부로 엉망이었다. 팔 전체가 심하게 부었고, 벌겋고, 연고로 끈적였다.

"세상에나." 내가 말했다.

"뼈가 부러지거나 이물질이 들어가진 않았어." 조가 말했다. "감염 여부를 확인하기 위해 칠십이 시간 동안 지켜볼 거야." 그가 돋보기를 쓰고 가까이 들여다보았다. "이제 그만 봉합해야겠어."

"조," 내가 말했다. "내가 성질이 고약한 사람이라고 생각해?"

"당신은 성질이 고약하지 않아." 그가 곧바로 대답했다. "당신은 성질이 고약한 착한 사람이야. 아주 다르지."

"그것 봐," 내가 말했다. "이래서 난 당신이 필요하다고. 당신은 나의 '유능한 여행자'야. 나한테 예수님 얘기 하지 마."

"예수님 얘기 좀 하면 안 될까?"

"무슨 예수님 얘기요?" 팀비가 물었다.

"세상에 해결할 수 없는 일은 없어," 조가 내게 말했다. "마음을 다한다면."

"그건 알아."

내가 미소를 지었다. 우리의 미소.

조가 일어서더니 파란 종이를 쓰레기통에 넣었다. "당신 그거 알아?" 그가 말했다. "토머스 제퍼슨, 이성의 상징과도 같은 그 사람이 신약성서를 인간에게 주어진 가장 숭고하고 자애로운 도덕규범이라고 한 거?"

저게 바로 그 예수님 얘기야, 내가 팀비에게 입 모양으로 말했다.

"하지만," 조가 말을 이었다. "심지어 제퍼슨조차 그 모순 때문에 괴로워했어. 그래서 이렇게 했지. 네 개의 복음을 면도날로 도려내고, 기적, 신비주의 그리고 다른 변변찮은 사건들을 잘라낸 후 좋은 부분만을 엮어서 일관성 있는 하나의 이야기로 만들었어."

"성경을 수술했구나." 내가 말했다.

"바로 그거지!" 조가 말했다.

그제야 나는 벽에 걸린 그림을 보았다.

두번째 데이트를 하던 날 나는 저 스케치를 했다. 조가 그림을 간직했다는 것을 잊고 있었다. 액자에 끼워두었다는 것도.

저때만 해도 조는 여전히 나에게 낯선 존재였다. 뱃속의 그 설렘을 나는 지금도 기억하고 있다. 정말 이 사람이 바로 그 사람일까? 버펄로 출신의 이 진지한 의대생이? 모든 면에서 뛰어나지만 따스함에 있어서만큼은 전혀 복잡하지 않은 이 사람.

그렇게 검사실에서 처음 만난 날로부터 이십 년이 흐른 지금, 우리는 다시 검사실에 있었다. 이제 우리는 세 사람이었다. 나의 작은 가족.

"할 수 있을 것 같아." 내가 말했다.

조가 돌아섰다.

"이사하자." 내가 말했다. "뉴욕, 시카고, 스코틀랜드, 어디든 상관없어."

"우리 이사가요?" 팀비가 물었다.

"심지어 스포캔도 좋아." 내가 말했다. "모험이 되겠지. 아주 변변찮은 모험. 하지만 우린 진짜 늙었잖아."

"엄마하고 의논을 좀 해야 해." 조가 팀비에게 말했다.

"시애틀에서 날 붙잡는 건 아무것도 없어." 내가 말했다. "난 어디서든 그림 그리고 사고 칠 수 있으니까."

"난 스코틀랜드 가고 싶어요!" 팀비가 말했다.

"당신 정말 놀라움 그 자체야." 조가 내게 말했다.

"당신 얘기가 일리가 있는 것 같아." 내가 잠시 말을 멈추고 생각해보았다. "만약 어떤 자비로운 버스 기사가 있는데 그 사람이 당신을 멋진 곳으로 데려가줄 거라는 확신이 든다면, 그 버스에 올라타서 여행을 해야겠지."

"그렇게 말하니까 내가 꼭 요요가 된 것 같네." 조가 말했다. "하지만 받아들일게."

처음엔 내 눈이 휘둥그레졌고, 그다음엔 팀비가 입을 쩍 벌렸다.

"앗, 엄마!"

조가 텅 빈 주차장을 가로질렀다. 달 없는 밤, 들리는 소리라고 는 엘리엇 베이에서 파도 부딪치는 소리뿐이었다. 가장 가느다랗 고 엷은 파란색 줄이 어둠의 소리를 가르며 올림픽산의 정상을 훑 고 있었다. 이제 곧 태양이 저 너머로 저물 것이다.

조는 멈춰 서서 기다렸다. 이런 광경, 산맥이 어두운 밤하늘로 흡수되는 광경을 목격한다는 것은 참으로 놀랍고도 매혹적인 일이 었다.

그 순간 조가 녀석을 보았다. 오렌지색 불빛 가장자리에, 공손하 게 앉아 있는 녀석을.

"착하기도 하지!" 조가 말했다.

요요는 여전히 쇼핑카트 보관대에 묶인 채 아스팔트 위로 꼬리 를 흔들었다. 익숙한 얼굴을 보자 녀석이 일어나 조그만 엉덩이를 씰룩댔다. 조가 가까이 다가가자 요요가 깡충거리며 뒷발로 섰다. 누군가가 나타나면 요요는 매번 반가워하면서도 결코 놀라지는 않 았다.

성한 손으로, 나는 예술서적 더미를 한옆으로 치웠다. 단단한 마루가 얼마나 매끄러운지, 책들이 쓰러지지 않고 밀려났다. 그 뒤에 내 작은 작업실의 나머지 부분과 마찬가지로 비좁고 실용적이지 못한, 물건들이 가득한 벽장이 하나 있었다. 나는 온갖 잡동사니 속을 뒤졌다. 내가 좋아한다고 생각했는데 이내 싫증이 난 리넨 도화지 한 묶음. 먼지 앉고 빛바랜 명상용 방석. 전화선과 오래된 프린터 연결선들. 꿍쳐둔 시어스 위시 북*(이게 여기 있었네!), 혹시 쓸데가 있을까 해서 사십여 년 가까이 수고스럽게 모아둔 것들이었다. 조의 어머니의 은제품이 들어 있는 흰 가죽 케이스. 48회 슈퍼볼 손전등. 언제 산지도 모르는 코코넛워터. 저 깊숙이 처박혀 있는 구겨진 니먼 마커스 쇼핑백.

〈플러드 걸스〉.

나는 가죽 제본 앨범을 내 화판 위에 올려놓고 불을 켰다. 표지

* 시어스홀딩스사에서 매년 8, 9월에 제작하는 크리스마스 선물 카탈로그.

를 넘기는 순간 속지가 갈라졌다.

어머니와 매티. 어머니를 그린 그림 하나하나가 모두 다른 사람 같았다. 나는 흐려지고 왜곡되어가는 기억을 되살리며 그림을 그릴 수밖에 없었다. 아이비를 환하게 빛나도록 그리는 것이 나의 목적이었다. 그 목적은 파슬리와 함께 있는 그림에서 가장 잘 표현되었다. 두번째 페이지의 배경. 그것은 실제 동화책에 나오는 그림이었다. 책 위의 크레용 낙서는 아이비가 한 것이었다. 어머니가 수를 놓은 흔들의자의 쿠션들은 서럽고 원한에 사무친 아홉 살 소녀였던 내가 치워버렸다. 〈킹콩〉 극본을 쓴 작가 부부가 우리를 브롱코스의 경기에 데려가곤 했다. 알아보기 힘든 매티의 글씨. 사람들이 죽으면 그들의 필체도 죽는다. 그런 생각은 아무도 안 하겠지.

팀비에게 아이비 얘기를 안 하기로 작정한 건 아니었다. 팀비가 두 살 때 나는 유독 오랫동안 잠을 못 잤고 새로 만난 정신과의사(융 학파이고, 역시 도움이 되지 않았던) 때문에 감정의 소용돌이를 겪고 있었다. 조와 나는 머리디언파크에서 팀비를 그네에 태워주고 있었다. 나는 조에게 아이비와 버키를 증오하느냐고 물었다. 조가 대답했다. "그건 방울뱀을 증오한다는 말처럼 황당한 얘기야. 우리가 방울뱀을 증오하진 않잖아. 그저 피할 뿐이지."

82번 고속도로에서 아이비와 끝이라고 했을 때, 그 말은 조의 진심이었다. 그날 이후 조가 아이비를 열 번이나 생각했을까 솔직히 의문이 든다. 내가 조에 대해 한 가지 동의할 수 없는 것, 그건 바로 내가 자기처럼 해주기를 기대하고 있다는 것이다. 그는 아이비와 끝낼 수 있었다. 나는 결코 아이비와 끝낼 수 없을 것이다. 나는 아이비와 끝내고 싶지 않다. 그애는 내 동생이니까.

애스펀 지도! 그 빌어먹을 지도를 그리는 데 한 달이나 걸렸다. 우리는 리처드 스캐리*를 좋아했고 일요일 자 〈패밀리 서커스〉**를 좋아했다. 생일날이 되면 매티는 보물찾기를 준비했다. 그때가 여자의 저택 안에 우리가 들어갈 수 있는 유일한 날이었다. (그 외 나머지 날에는 길게 연결된 우표를 앞문과 뒷문을 가로질러 붙여놓았다. 아버지는 우리가 몰래 들어가지 못하도록 일련번호를 적어두었다고 했다.) 아이비와 내가 마침내 집안을 구경할 수 있었던 그 생일 보물찾기야말로 놀라움 속의 놀라움이었다.

그리고 그 곰. 그 곰은 착한 곰이었다.

"엄마!" 팀비가 소리쳤다. "이리 오세요!"

나는 스크랩북을 덮었다. 이게 내 잡동사니 속에 처박혀 있었다니. 한 페이지 한 페이지가 아름다운, 예전의 내가 그린 그림. 〈플러드 걸스〉. 더이상의 불운은 없다.

---

* 미국의 그림동화 작가.
** 1962년에 처음 소개된 신문 연재만화.

팀비가 거울 앞에 놓인 발판 위에 올라가 칫솔을 들고 나를 기다리고 있었다. 만약 내가 우리의 일과를 건너뛸 핑계가 있다면 아마그때였을 것이다. 그러나 팀비와 나는 어깨를 나란히 하고 서는 이일과를 거의 하룻밤도 빼먹은 적이 없었다.

"이것 보세요!" 팀비가 〈아치 더블 다이제스트〉를 펼쳐 들고 말했다.

나는 무엇을 보라는 건지 알 수 없었다.

"마지막 줄이요!" 팀비가 다그치듯 말했다.

네모 칸 안에서, 아치와 저그헤드가 웨더비 씨에게 야단을 맞고있었다. 아치가 저그헤드를 향해 말했다. "갈퀴 들어."

"〈아치〉 역사상 느낌표 없이 끝나기는 이번이 처음이라고요!"아이가 말했다.

나의 아들. 똑똑하기도 하지. 사랑스럽기도 하지.

"항상 엄마보다 낫구나, 넌."

나는 성한 손으로 칫솔을 들었다. "어떤 점이 그런지 몇 가지만말해보세요." 팀비가 내 칫솔에 치약을 짜주었다.

우리는 이를 닦기 시작했다.

잠시 후 내가 멈췄다.

나는 칫솔을 내렸다. 팀비에게 돌아섰다.

"엄마한테 여동생이 있어." 내가 말했다. "이름은 아이비야. 엄마보다 네 살이 어리고 뉴올리언스에서 남편하고 애들 둘하고 살고 있지. 그러니까 너한테 한 번도 만나본 적 없는 이모하고 이모부, 사촌들이 있다는 뜻이야."

팀비가 거품이 가득한 입에 칫솔을 문 상태로 손을 내렸다. 그리고 거울 속의 나를 골똘히 보았다.

지금부터가 어려운 대목이었다.

"그 사람들은 우리를 모르는데도," 내가 말했다. "우릴 좋아하지 않아."

팀비가 칫솔을 빼들더니 세면대에 거품을 뱉고 고개를 들었다.

"그 사람들이 엄마는 알겠죠." 아이가 말했다. "하지만 나를 아는 건 아니잖아요."

오늘은 다를 것이다. 오늘 나는 현재에 충실할 것이다. 오늘, 누구와 이야기를 나누건, 눈을 바라보며 진심으로 이야기를 들어줄 것이다. 오늘 나는 원피스를 입을 것이다. 오늘 나는 팀비와 보드게임을 할 것이다. 조와의 섹스를 주도할 것이다. 오늘 나는 욕을 하지 않을 것이다. 돈 얘기를 하지 않을 것이다. 오늘 나에게는 편안함이 깃들 것이다. 나의 얼굴은 편안할 것이고, 그 쉼터엔 미소가 떠올라 있을 것이다. 오늘 나는 열린 마음을 가질 것이다. 오늘 나는 설탕을 먹지 않을 것이다. 「한 가지 기술」을 외우기 시작할 것이다. 오늘 나는 교황의 행사에 참석하기 위해 팀비와 나의 표를 살 것이다. 스코틀랜드에 대해 알아볼 것이다. 그리고 세차를 할 것이다. 오늘 나는 나의 가장 멋진 자아, 내가 되고자 하는 바로 그 사람이 될 것이다. 오늘은 다를 것이다.

감사의 말

　고맙습니다⋯⋯
　애나 스타인, 주디스 클레인, 니콜 듀이
　바버라 헬러, 홀리 골드버그 슬론, 캐럴 카셀라, 코트니 호델, 캐서린 스털링
　에릭 앤더슨, 대니얼 클로즈, 패트릭 셈플
　레이건 아서, 마이클 피츠, 크레이그 영, 리사 에릭슨, 테리 애덤스, 어맨다 브로워, 캐런 토러스, 키스 헤이스, 마리오 풀리스, 줄리 어틀, 앤디 르카운트, 트레이시 로, 캐런 랜드리, 제인 야프 켐프, 로런 파셀
　아르수 타신
　클레어 알렉산더, 메리 마지 로커, 클레어 노지에리스, 록산 에드워드
　에드 스쿠그, 케빈 올드, 니컬러스 베시, 필 스투츠, 팀 데이비스, 케니 코블
　하워드 샌더스, 제이슨 리치먼, 래리 살츠

조이스 셈플, 로렌초 셈플 주니어, 조애나 헤르위츠, 로렌초 셈플 3세

피퍼 메이어

이 책의 모든 페이지가 조지 마이어로 시작해서 조지 마이어로 끝나고, 나 또한 그렇다.

옮긴이 **이진**

이화여자대학교에서 문헌정보학을 전공하고 광고대행사에서 근무하다가 현재 전문 번역
가로 활동하고 있다. 옮긴 책으로『슬레이드 하우스』『빛 혹은 그림자』『도그 스타』『저스트
원 데이』『저스트 원 이어』『우리에겐 새 이름이 필요해』『아서 페퍼: 아내의 시간을 걷는
남자』『사립학교 아이들』『열세번째 이야기』『잃어버린 것들의 책』『658, 우연히』『비행공
포』『페러그린과 이상한 아이들의 집』 등이 있다.

문학동네 세계문학
오늘은 다를 거야

초판 인쇄 2019년 11월 11일 | 초판 발행 2019년 11월 21일

지은이 마리아 셈플 | 옮긴이 이진 | 펴낸이 염현숙

기획 이현자 | 책임편집 윤정민 | 편집 이현자 김지연 | 모니터링 이희연
디자인 김마리 최미영 | 저작권 한문숙 김지영
마케팅 정민호 정진아 함유지 김혜연 박지영 김수현
홍보 김희숙 김상만 오혜림 지문희 우상희
제작 강신은 김동욱 임현식 | 제작처 한영문화사

펴낸곳 (주)문학동네
출판등록 1993년 10월 22일 제406-2003-000045호
주소 10881 경기도 파주시 회동길 210
전자우편 editor@munhak.com | 대표전화 031) 955-8888 | 팩스 031) 955-8855
문의전화 031) 955-8896(마케팅) 031) 955-2634(편집)
문학동네카페 http://cafe.naver.com/mhdn | 트위터 @munhakdongne
북클럽문학동네 http://bookclubmunhak.com

ISBN 978-89-546-5866-9 03840

www.munhak.com